新潮文庫

警察庁長官を撃った男

鹿島圭介著

版

9483

プロローグ　パイソンを買った男

《Whom Called X

Xよ　お前は生け贄だ
お前は哀れなモルモットになるのだ
俺の能力を試すための
実験台に使われるのだ
Xよ　お前は償いだ
お前は選ばれて処刑されるのだ
俺の蒙った屈辱を
お前がその血で雪ぐのだ

Xよ　お前は使い捨てだ
お前は銃口の前に立つのだ
俺が射的を堪能するために
お前は安物の栄光を着るのだ
(処刑命令が発せられたとき
未知数Xは固有名詞に置換される)》
（1962年3月　千葉刑務所にて）

それから25年後——。

空はおそろしいほど青く美しいが、その底にひろがるのは、コールタールが今にも溶けだしそうな灰色の地面だった。自動車修理工場やくず鉄業者、自動車部品販売店ばかりが立ち並ぶ工場地区。路面から太陽の照り返しに混じって、埃《ほこり》と油のすえた臭《にお》いが立ち込める。通りには仕事にあぶれたメキシコ人たちがあふれ、うつろな目でこちらを見ていた。

街の喧騒《けんそう》を引きはがすように進める車をファイアー・ストーン通りのある店の前で停めた。

『Weatherby Sporting Goods（ウェザビー　スポーティング　グッズ）』。看板にそう書かれた店の扉をくぐる。半月ほど前に、700ドル近い代価を払い、購入の意志を示していた、約束の品を受け取りにきたのだ。

手渡された箱をあけると、目に飛び込んできたのは、黒光りする、異様というほど長い銃身だった。

コルト・パイソン・357マグナム・8インチ・バレル――。その洗練され、気品さえ漂うフォルムの逸品に触れると、体中にアドレナリンが回り、力がみなぎるのを感じる。両手でグリップを握り、窓ガラスの向こうの店外に銃口を向ける。その眼に見据えたのは、時空を超えたはるかかなたの標的だった。

1987（昭和62）年、アメリカ合衆国カリフォルニア州ロサンゼルス郡サウス・ゲート市。

この時、定めた照準は、8年後、遠く離れた極東の地にいる〝敵〟の動きに重なり合わされることになる。そう、その呪《のろ》われた物語はこの時、すでに始まっていたのである。

治安への信頼が崩壊した日

その朝も刺客は独り、視《み》えぬ者としてあった。身にまとう黒衣に息を白く濁らせもせず、この世のものとは思えぬ風情《ふぜい》で。

東京都荒川区南千住《せんじゅ》。工場や倉庫が立ち並ぶ昔ながらの下町に突如、城のように出現したマンション群「アクロシティ」は、周囲にその威容を誇っていた。

隅田川沿いに建つウォーターフロントの〝億ション〟は計7棟から成る。その建物の一つ、Fポート。黒っぽい濃紺色のコートを着て、マスクをつけた男は小雨に打たれながら、この建物の陰に身を潜め、獲物が出てくるのをじっと待っていた。警備にあたっているのは、Fポート北側の〝死角〟となる位置に路上駐車した護衛車両にいる二人の私服警官と、アクロシティ北東角の川沿いに立つ警官だけだ。

呼吸を整え、前方の一点、隣のEポートのエントランスに集中する。その距離、20・92メートル。

〝敵〟が姿を現すまでにさほど時間はかからなかった。どういうわけか、この日にかぎって、ターゲットはいつもとは違い、出入り口からではなく、少し手前の通用口の方から出てきた。迎えにきていた秘書官が傘を差し出し、一緒に車に向かう。

男は一瞬、戸惑ったが、すぐに落ち着きを取り戻すと、コートの下に隠し持っていた拳銃《けんじゅう》を引き抜いた。異様に長い銃身。357マグナム口径のコルト・パイソンがその全貌《ぜんぼう》を現す。男は両手で銃把を握ると、ゆっくり標的に向け、銃口をあげる。そぼ降る雨に濡《ぬ》れる銃身は20センチを超えていた。

引き鉄《がね》はしなやかだった。大きな鉄板を高所から叩《たた》き落したような凄《すさ》まじい轟音《ごうおん》が鳴り響いた。

その瞬間、国松孝次《たかじ》・警察庁長官（当時＝以下、特別のことわりがないかぎり、肩書きはその当時のもの）は前のめりに突っ伏すように押し倒された。秘書官や近くにいた私服の警備要員は何事が起こったのか分からず、呆然《ぼうぜん》とするよりほかない。続いて2発目の銃声がとどろき、国松の肉体が軋《きし》んだ。濡れた路面に、血に滲《にじ》んだ雨水が広がっていく。

狙撃《そげき》――。秘書官は反射的に国松の体に覆《おお》いかぶさった。この身を挺《てい》した行為に、しかし狙撃者はまったく動揺を示さなかった。1発目、2発目と等間隔で放たれた第3弾は、秘書官が覆いきれず、わずかに露出していた国松の右大腿《だいたい》部の最上部を正確に射抜いたのである。

秘書官は倒れた姿勢のまま国松の体を抱きかかえる。血溜《ちだ》まりの中、渾身《こんしん》の力で声なき声を張り上げると、そのまま傍らの植え込みの陰に引きずるように運び込んだ。

狙撃者は、人間の盾に守られた国松に4発目の銃弾を撃ち込むことはしなかった。

かわりに、視界の左端から駆け込んできた警備要員の背後ぎりぎりをかすめるように、追跡をひるませるための威嚇《いかく》射撃を敢行。そして足元においていたスポーツバッグを拾い上げ、すぐ近くに立てかけてあった自転車に飛び乗った。バッグの中に入っていたのは、KG—9短機関銃。多勢の敵と銃撃戦になった場合の非常時に備え、念のため装備していたものだ。しかし、そんなものはまったく必要なかった。男は猛然と自転車をこいで、アクロシティの敷地をL字型に横断。公道に出ると、そのまま異界の彼方《かなた》に消え去った。

狙撃現場には、男が置いた本物の北朝鮮人民軍バッジと韓国のウォン硬貨が遺《のこ》されていた。

「すべてはあっという間の出来事で……。まるでフランス映画の一シーンを見ているようでした」

マンションのベランダから偶然、銃撃の一部始終を目撃した住民はこうふり返った。

1995（平成7）年3月30日、午前8時30分。狂気のカルト教団、オウム真理教が引き起こした地下鉄サリン事件によって、日本全土が未曾有《みぞう》の騒乱に陥り、充分な警戒がなされているはずの中、しかし要人暗殺を狙《ねら》ったテロは見事なまで完璧《かんぺき》に実演された。

それは全国26万人の治安部隊を率いる総指揮官が完膚なきまでに打ち倒され、日本の安全への信頼が根本からこなごなに破壊された瞬間でもあった。

耳を聾《ろう》する四つの銃声。それは、狙撃グループにとって、積年の怨念《おんねん》を晴らすと同時に、ある高度に謀略的な目的を達成した歓喜の祝砲だった。そして日本警察にとっては、地獄へつづく扉が叩かれた音であり、呪われた物語の幕開けを告げる、不吉な警鐘の音にも似ていた。

大阪拘置所

「国松孝次・警察庁長官の暗殺を企て、狙撃したのは、私たち『特別義勇隊』です。我々がトクギと呼んだ、この『特別義勇隊』がいかなる組織であるのかは、おいおい語っていきましょう。

犯行に使用した拳銃はコルト社製のパイソン。357マグナム口径の8インチ銃身(筆者註・20・32センチ)のものです。これは、アメリカのロス近郊、サウス・ゲートという街の銃砲店で購入し、日本に持ち込みました。

銃弾は、ホローポイントタイプの357マグナム弾。しかもナイロン樹脂でコーティングされた、ナイクラッド弾と呼ばれる稀少品《きしょう》を選びました。これは80年代に、アメリカのあちこちで催されていた〝ガン・ショー〟と呼ばれるマニアたちの展示会に出かけ、手に入れたものでした」

まもなく齢《よわい》80歳を迎えようとしていた男は、しかし毅然《きぜん》とした態度と、矍鑠《かくしゃく》とした物言いで、静かに犯行を語り始めた。

２００８（平成20）年9月某日、大阪拘置所。正門脇《わき》にある面会受付で携帯電話を小さなロッカーに預け、空港に設置されているような金属探知機のゲートをくぐる。中の敷地を50メートルほど歩き、老朽化しつつある鉄筋コンクリート造りの建物に入ると、あらためて面会申請を行う受付窓口がある。そこで申込書を出し、自分の名前が呼ばれるのを待って、面会待合室から狭い廊下に出る。突き当りまでは約20メートル。右手には、資材置き場となっている、殺風景な中庭のような空間がある。それに面して、左手、廊下沿いに計15の部屋が並んでいた。

その中の一つ、行き止まりの奥から二つ目となる、第2面会室の古い木製のドアを開ける。特殊なガラスの仕切り板が目にとびこむ。それに隔てられた、こちら側もあちら側も畳一畳あるかないかの狭い空間だ。二つあるうちの一つのパイプ椅子《いす》に荷物を置き、待つことしばし。やがて、向こう側の部屋の扉が開くと、刑務官にともなわれて、身長１６０センチほどの小柄な老人が現れた。

パイプ椅子に腰掛け、わずか数センチしか厚みがないガラス板をはさんで対峙《たいじ》する私と老人。人生の最晩年に差しかかった男は、ガラス板に顔をくっつけるほど近づけ、そして口を開いた。

「現場に赴いた銃撃グループは私を含め、二人。長官を撃ったのは私です。もう一人の同志は、後方支援役として犯行に加わっていました。この同志は支援用の軽自動車を用意し、私をあの現場に送り届けた後は、近くの駐車場で待機していました。戦略、武器、射撃能力。どれをとっても、私たちの準備は完璧でした。

それなのに、国松長官は死神から逃げおおせた。奇跡としか言うほかはなく、彼の運の強さには驚くばかりでした。あの銃弾を3発も体内に浴びたら、普通、命はありません。しかし、長官は死の淵《ふち》から生還した。幾重にも幸運が重なり、紙一重よりも薄く、狭い隙間《すきま》から死の手をすり抜けたのです。

とはいえ、暗殺が未遂に終わったからといって、我々の謀略が失敗し、目的を遂げなかったかというと、そうでもありません。逆に皮肉にも、国松氏が生き延びたことで、我々の狙いは永続することになった。その狙いはいずれ明かしていきますが、長官自身が撃たれた責任を取って自決もしなかったことで、これが〝歩く看板〟となり、その効果は倍増したのです」

しかし、と私は口をはさんだ。

「警視庁南千住警察署（以下、南千《ナミセン》）にある『警察庁長官狙撃事件・特別捜査本部』は未《いま》だに犯行をオウム真理教によるものとの見方を崩していません。特捜本部を主導する警視庁公安部は、教団の大幹部だった早川紀代秀（筆者註・教団建設省大臣。坂本堤弁護士一家殺害事件などで、09年、最高裁で死刑が確定）を指揮役として、元信者の端本悟《はしもとさとる》（教団諜報省幹部。前出・坂本事件、松本サリン事件などで、07年、最高裁で死刑が確定）か、K元巡査長が狙撃の実行犯を務めたと見て、捜査をつづけています。この構図のもと、2010年3月30日の時効までに、もう一度、オウムとK元巡査長への強制捜査に乗り出そうとしているんです」

K元巡査長——。その名は、前代未聞《みもん》の警察トップ暗殺未遂事件につき、浮かんでは消え、消えては浮かび、関係者の脳裏に常に消滅することなく、悪夢のようにとり憑《つ》いてきた。現役の警視庁の警察官でありながら、オウムの在家信者として活動。教団に対する捜査情報をオウム幹部に漏洩《ろうえい》していたことが発覚し、捜査当局に衝撃を与えた人物である。そして、96（平成8）年に、「自分が長官を撃ったと思う」と供述して以降、長官狙撃事件に関与した疑いのある人間として、この10年以上にわたり、常に警視庁公安部の捜査リストの最上部に位置づけられてきた。

耳をガラス板に近づけていた老人が、口元に笑みを浮かべる。

「オウム、オウムといっているのは、公安部でももはや上層部だけでしょう。13年以上もオウムだけを念頭に置いて、捜査してきた結果が今の体たらくです。これだけ捜査を尽くしたのだから、本当にオウムによる犯行だったら、もうすでに解決できたはず。それが叶《かな》わなかったというのは、どこかで間違えたからです。にもかかわらず、公安部は軌道修正を行わなかった。はっきり言って、オウムやK元巡査長を被疑者とする捜査はすべてやり尽くし、もはや他にやれることは何もありません。長官狙撃事件の捜査において、オウムはこれ以上しぼっても水一滴でない、いわば〝ひからびた雑巾《ぞうきん》〟なのです。

〝自分たちはどこかで間違え、引き返せなくなってしまったのではないか……〟。それは現場の多くの捜査官たちが抱いている疑念であり、悔恨の思いです。トップの米村敏朗《としろう》・警視総監（筆者註・京都大学法学部卒・74年警察庁入庁。08年8月に警視総監に就任し、10年1月退官）だって、本心では分かっていることだと思います。もし、仮に米村総監が、この期《ご》に及んでまだ本気でオウム犯行説を信じているとすれば、それは救いようのない本当の愚か者としか言いようがなく、能力の面からトップにいる資格はありません。でも、私は、彼がそこまで無能とは思いません。

それに、実際の捜査状況はこの一年でかなり変わってきています。特捜本部内には、狙撃事件で私を被疑対象とする捜査チームも作られ、公安部の上層部も容認している。ということは、彼らの認識も変化しているのではないでしょうか。私は必ずしも悲観していません。私に対する捜査をつづけている捜査員たちがいる。彼らは苦労して、私と事件を結びつける証拠を膨大に積み重ねてきたのだから、それを恣意《しい》的に無にされたら、さすがに黙ってはいられないでしょう。また米村総監ら公安幹部たちもそれらの捜査資料を精査すれば、私を犯人と見て間違いないと確信し、放っておけないはずです。いずれ捜査方針を大きく修正し、私たちトクギグループでの立件を決断する時が来るでしょう。未解決の事件を立件し、全容解明を果たすという、警察官としての良心があれば……。もしそうならず、私やトクギの存在を黙殺しようとすれば、その時には私にもそれなりの覚悟があります。私は正義が実現されることを望んでいるのです」

「警察官の良心」「正義の実現」——。この美しくも、青くさい言葉を使って、狙撃事件捜査の内情を推し量る男。しかし、美しいものの裏には、どす黒く濁ったものが沈殿しているのも人の世の常だ。この男を対象にした捜査内容が上層部から事実上、黙殺されている現状を見れば、いまだその良心が発揮されているとは到底思えまい。

奇妙にも、未解明の重大事件について、自身が容疑者として逮捕されることを望み、真相解明が果たされることを期待している男。彼の名は、中村泰《ひろし》（1930年生れ）。かつて警視庁の警察官を射殺し、約20年もの間、刑務所に服役。仮出獄して以降、謎《なぞ》に包まれた生活を送り、01（平成13）年と02（平成14）年、大阪や名古屋で現金輸送車襲撃事件を引き起こし、無期懲役の刑に処せられて、現在、服役中の男である。

そして07（平成19）年、彼は、警視庁刑事部捜査一課による大阪拘置所内での取り調べで、いまだ未解決のこの警察庁長官狙撃事件につき、「自分が撃った」と供述。オウム真理教とK元巡査長ばかりが疑われ、解決できないまま、時効を迎えようとしている事件で、捜査線上に急浮上した最重要容疑者なのだ。

まったく表に出ず、詳《つまび》らかになっていないこの捜査の経緯については、後に詳述することとする。

筆者は、03（平成15）年以降、途中ブランクはあるものの、この中村と面会や手紙のやりとりを続け、取材を重ねてきた。その面会回数は20回近くを数え、お互いを往来した書簡の数は80通以上にのぼる。頭を左手でおさえながら、遠い日の記憶を喚起しようとする中村。彼の思いは、拳銃強盗犯に堕する前の80年代半ばから90年代半ば、特殊工作員として地下活動に取り組んだあの日々に飛んでいた。

目次

警察庁長官を撃った男

第一章　公安捜査の大敗北

「国松孝次警察庁長官狙撃《そげき》事件の殺人未遂事件につき、東京地方検察庁に書類送致を行ったので、その内容を発表する。

　事件は、被疑者不詳の指示役が警察庁長官の殺害を目論《もくろ》み、計画、立案。被疑者不詳の指揮役に命じて、実行させたものである。

　この指揮役の指示の下、被疑者不詳の数名が現場支援役となり、被疑者不詳の実行犯が殺害目的で、東京都荒川区南千住6丁目アクロシティEポート通用口付近において、出勤途上の国松長官を銃撃した。狙撃犯は銃弾4発を発射し、うち3発を被害者国松に被弾させたが、腹部銃創、出血性ショック等による全治1年6月の重傷を負わせるにとどまり、殺害の目的は遂げなかった」


「**ギブアップ宣言**」

警視庁本庁9階にある記者会見室。ペーパーを前に口を開く栢木《かやき》国廣《くにひろ》・警視庁公安部公安一課長の目は虚《うつ》ろなものになっているにちがいない。

被疑者不詳が連発された書類の内容。2010(平成22)年3月某日、国松孝次が狙撃された事件から15年の歳月が流れる直前、この薄っぺらい書類が、警視庁公安部が主導する南千《ナミセン》の特捜本部から東京地検に送致される。そして、3月30日の時効を迎えるその日、書類送検の内容を伝える、冒頭のような発表が栢木の口から発せられることになるだろう。あるいは、事件の重大性に鑑《かんが》み、会見の主は、キャリア官僚の福本茂伸・公安部参事官(東大法卒・86年警察庁入庁)、あるいは青木五郎・公安部長(東大法卒・79年入庁)になっているだろうか。

その場の空気を察してか、集まった各報道機関の警視庁クラブ、公安担当の記者たちの顔も、皆一様に暗く沈みがちなものになるにちがいない。

警察から検察庁への、在宅捜査の事件送致にともなう書類送検にはいくつかの種類があるという。一つは、軽微な罪で、身柄の拘束までは必要ないと判断された犯罪事実を検察に知らせ、処分の判断を仰ぐもの。もう一つは、重大事件でも、捜査の末、警察としては犯人を特定し、犯罪事実を立証できるものと考えるが、逮捕しても、起訴などの刑事訴追が可能かどうか判断が難しいので、検察庁に吟味を委《ゆだ》ねるというもの。いずれも当然、書類には被疑者と疑う人物の実名が書き記される。

そして、もう一つは、捜査が失敗に終わり、犯人を特定できないまま、時効を迎えようとしている旨《むね》を検察に伝える、事実上の「ギブアップ宣言」だ。これを「公訴時効送致」という。

南千が送致することになっている、被疑者の名前が何一つ書き込まれていない書類が、三つ目の「ギブアップ宣言」を指しているのは言うまでもない。09年末から10年初めにかけ、警視庁と検察庁の首脳らによる最終協議で、この未曾有《みぞう》の重大事件について、立件が不可能で、やむなく時効とする方針が決定、確認されたのだ。ついに南千が、警察庁長官狙撃事件の解決を果たせず、敗北を認める瞬間が刻一刻と近づいているのである。

警察要人が銃撃されるような重大事件が未解決で終わるとは、世界でも類例がなく、極めて恥ずべき事態というほかない。これまで声高に喧伝《けんでん》された「日本の治安神話」は一体、何だったのか訝《いぶか》らざるを得ないのである。

この15年のうちで、投入された捜査員の延べ数は約50万人。今もなお、3月30日のその日を迎えるまで、特捜本部は70人体制で捜査を継続しているという。全国警察の中では最強の捜査機関といわれる警視庁が、これほどの陣容で長期間、捜査に臨んだというのに、一体何故《なぜ》、事件は解決できなかったのか。

発生当時、首都圏は、オウムによる目黒公証役場事務長・假谷《かりや》清志さん拉致《らち》事件や地下鉄サリン事件が続発し、オウム・パニックに陥っていた頃だ。そんな中、オウム捜査で全国警察を指揮する警察庁長官が銃撃された。特捜本部を主導する警視庁公安部が、犯行をオウムによる組織的テロと思いこんだのは当然といえば当然かもしれない。以降、公安部は事件と教団を結びつける捜査に奔走していく。

前述のように、96（平成8）年には、K元巡査長の供述から、彼が狙撃犯である可能性が浮上。しかし、結局、裏付けは何ら取れず、捜査は終結された。

そして、その8年後の2004（平成16）年7月7日、警視庁公安部は突如として、K元巡査長を含む、オウム信者3人を長官狙撃の殺人未遂容疑で、また一人を別件の爆発物取締罰則違反で逮捕。が、妙なことに、肝心要《かなめ》の狙撃の実行犯を「被疑者不詳」として特定しないまま、強制逮捕に踏み切ったのである。

最初から危うさをはらんだ捜査だった。実際には、坂本弁護士一家殺害事件などで死刑判決を受けている、信者の端本悟（04年当時は最高裁に上告中）を実行犯とみていたのだが、「実行犯は端本に似ていた」とするK供述以外にその証明は何もなく、逮捕に踏み切るだけの材料がなかったのだ。

この時、端本自身は、刑事事件を担当した自分の弁護士などに事件への関与を完全否定。警察の任意の取調べにも烈火のごとく怒って、全面否認を貫いた。「上告しているとはいえ、坂本さんの事件など全《すべ》ての犯罪を自ら事実と認め、死刑を受け容《い》れている自分が、どうして一件の殺人未遂事件で今さら嘘《うそ》をついて、犯行を隠さないといけないんですか」と。

案の定、捜査は暗礁《あんしょう》にのりあげる。逮捕された全員が「今回ばかりは、公安警察の完全なでっちあげ」と全否定。結局、7月28日には処分保留で4人全員が釈放され、9月17日、東京地検は嫌疑不十分で全員を不起訴処分にしたのである。この大失態は、警視庁の捜査史上に永遠にぬぐえない恥辱の汚点を残した。

しかし、つい最近まで警視庁トップの警視総監を務めた米村敏朗とその配下の公安幹部らは、間近に迫る時効を前にした2009年、またもやK元巡査長を実行犯と見立てた捜査に着手しようとしたのである。

狂気の沙汰《さた》としか思えないが、その暴挙はついに敢行されてしまう。09年10月から11月にかけ、公安警察は三度《みたび》Kの前に立った。もう一度、狙撃の実行犯としての自供を得ようとしたのだ。

任意の取り調べを受け、元同僚でもある公安警察官と対面したKは、何かが吹っ切れたかのように、こう言った。

「あなたがたは、まだ私が長官狙撃事件に関係していると思っているんですか。私は何も関係していません。まして、銃撃しただなんて、全くあり得ない。私は撃っていませんし、関与もしていない。もうこれ以上、私に構うのはやめてください」

完全な全面否定。Kでの立件は、検察をして、たとえ本人の自供があっても、他に何ら物証と呼べるものがなく、公判維持は不可能とされた、危険なものだ。それが取り調べ段階で、この自供さえひっくり返されたとしたら……。素人《しろうと》でも分かるだろう、すべてが潰《つい》えたという厳然とした事実が。

今までのあの供述は何だったのか。Kを取り調べた捜査官は自分が奈落《ならく》の底に落ちて行くのを感じた。

一抹の不安を感じながらも、「よもや今さら否定はしまい」とタカを括《くく》っていた米村総監や青木五郎・公安部長らはその報告を聞き、自分の耳を疑った。

〈嘘だろう〉〈あってはならないことだ〉〈やっぱり、任意ではなく、強制で逮捕しておけばよかったんだ〉――。

混乱する頭に様々な思いが交錯する。ふりかえれば、上層部はともかく、現場で上意を押し付けられる捜査員にとって、Kへの捜査は、急峻《きゅうしゅん》な山の頂上が見えたと思ったら、次の瞬間、崖《がけ》下へ真っ逆さまに突き落とされる、疾走するジェットコースターに乗っているかのような苦悶《くもん》の連続であっただろう。

「自分は長官事件には全く関与していない」――。15年近い年月。億単位の捜査費用。この一言で、それらはすべて無に帰した。

来たる「公訴時効送致」の公式発表の場ではなく、本当はこの時だったのだ、警視庁公安部の「長官狙撃事件」捜査が完全に崩壊した瞬間は。

その後、公安部はKをなだめすかし、何とか「長官を撃ってはいないが、やはり事件当日、現場に行ったと思う。よく覚えていないが、近くに停めた車で待機していた」と供述させるまで押し戻したという。04年に支援役として逮捕した時と同じ図式に戻し、改めて端本悟を実行犯に仕立てて、立件に持ち込もうと目論んだのだ。

しかし、そんな急ごしらえの泥縄捜査を検察が受け容れるわけがなかった。その結果が、前述の書類送致＝敗北宣言の方針決定である。

米村総監は、強制捜査が認められないなら、せめて在宅捜査で、端本を実行犯、K元巡査長を支援役などとする事件送致を行いたいので、受けてほしい、と検察側に打診。最後まで被疑者を特定した形の書類送検にこだわったという。

「事件はオウム真理教による組織的な犯行である」。それが15年にわたる捜査の結果、警視庁が出した最終の答えであり、このことを世間に印象付けられれば良い。事件を受け付けて、起訴するかどうかは東京地検次第であり、警察としては事件を解明し、果たすべき仕事をすべて終えた――。

米村はこの路線で捜査の幕引きを図りたかったとされる。だが、東京地検は、書類に名前を書き込むことを許さなかった。むろん人権上の問題もあるが、それよりも何よりも事件の解明など何一つなされていないからである。とはいえ、警視庁のメンツを立てるため、ある政治判断を行うことは忘れなかった。諸方からの働きかけもあり、地検は、公安部主導の特捜本部が書類送致で事実上の捜査終結を発表する際、その会見やレクの場などで、「犯行はオウム真理教によるものと強く推認されるが、残念ながら検挙には至らなかった」といった言葉を口頭で織り交ぜることには了承を与えたというのだ。武士の情けで、これまでの15年の捜査は間違っていなかったと主張できるよう、配慮してあげたというわけだ。

そして、実際、会見の場では、そのとおりの虚《むな》しい文言が、公安幹部の口から嘯《うそぶ》くように発せられることであろう。最後の最後まで、真相解明より警視庁幹部らのメンツが優先された事件捜査だったというしかない。

「取り返しのつかない失敗です。やはり、オウムとK元巡査長だけではなく、もう一つの線も精査すべきだったんです。そうしていれば、事件の捜査はまったく違う展開を見せていたかもしれないのに……」

ある警視庁の刑事は唇を噛《か》んだ。「もう一つの線」とは言うまでもなく、前記の「中村泰《ひろし》」への捜査である。しかし、その捜査の中身はついに日の目を見ることはなく、意図的に封殺されてしまった。もはやそれを精査するための時間は残されていない。

なぜ、こんな大失態が、全国警察の中でも最優秀といわれる警視庁で起こってしまったのか。それは単純な捜査ミスという言葉では片付けられず、公安部の敗北といった表現も適切ではない。

それは、ある一部のキャリア幹部による人的瑕疵《かし》だったとしか考えられないのである。そのキャリアとは、10年1月に警視総監を勇退した、先述の米村敏朗のことである。最後の最後に討ち死にというほど無残な形で一敗地にまみれたオウム・K元巡査長への捜査。それはこのキャリアと、彼に追随してきた者たちのメンツと自己保身が何よりも最優先された結果の暴挙であった。それどころか、己の無能が天下に曝《さら》け出されるのを未然に防ぐため、人為的に仕組まれた真相解明の封印だった可能性すらあるのである。

警視庁のトップに昇り詰め、頂点から全職員に睨《にら》みをきかせて組織を支配した米村総監。彼の心中は黒いベールで覆《おお》われ、その深淵《しんえん》はおぞましいほどに暗く澱《よど》んで、内《ない》奥《おう》をうかがい知ることは出来ない。

本書を執筆する意図は主に二つある。一つは、オウムだけにこだわり、オウムだけしか見て来なかった警視庁公安部が、この15年間、一体、何をしてきたのか、その捜査の実態を明らかにすることだ。それは、捜査失敗の原因を明確にすることにもつながる。

それともう一つは、重要参考人に浮上しながら黙殺された、中村泰という男の、長官事件における極めて高い容疑性を詳《つまび》らかにすることである。

米村らによって行われた、恣《し》意的で、あまりに個人的な「中村捜査」の封殺を述べる前に、まずはオウムだけに的を絞った迷走捜査の歴史をふり返ろう。それを語るために、今一度、時間軸を95年3月のあの時に戻す。

治安トップの責任

けたたましいサイレンを鳴らして、救急車が滑り込んだのは、東京・千駄木にある「日本医科大学付属病院」だった。午前9時前後には、国松を乗せたストレッチャーは、院外で待ち受けていた医療スタッフらに周りを囲まれるようにして、高度救命救急センターの処置室に消えて行った。

銃撃された国松は、出血性ショックで意識混濁の重態に陥っていた。体内に残った銃弾の摘出や内臓の傷を治すための緊急手術がすぐさま執り行われた。正中切開で開腹したところ、その肉体の内部は、背中や下腹部から食い込んだ3発の銃弾によって甚大《じんだい》な損傷を受けていた。彼の体を駆け巡った弾は、どれが射入口でどれが射出口なのか分からぬまま、臀《でん》部や両足大腿《だいたい》部などに7つの銃創を負わせていたのである。

警察が捜査資料として病院から取り寄せたカルテによると、この時、国松の体内では、生物が命の危機に際して発する緊急警告音量がピークに達し、生命力を示すメーターの針はもはやデッドゾーンの限界値まで落ちこんでいたことがうかがえる。大動脈はズタズタに破られ、腹腔《ふくこう》内には体内血液の6割に当たる約3000ミリリットルもの出血が認められた。後腹膜にも血腫《けっしゅ》がある。

胃を貫いた弾丸はその前壁、後壁に大きな穴を穿《うが》ち、出血が止まらない状態だ。弾丸や体内で飛び散ったその破片は膵臓《すいぞう》にも突き刺さり、深い穿孔《せんこう》をあけていた。トライツ靱帯《じんたい》（十二指腸提筋）から1・5メートルの部位の小腸にも穴が穿たれ、腸壁は無残に切り裂かれていたのである。

いつ、その命脈は尽きてもおかしくない。切迫した状況の中、日医大付属病院の辺見弘教授が術者となり、益子邦洋助教授ほか2名が助手として加わって、大動脈や胃の前壁、後壁の縫合、穴があいた周辺部を含めた約30センチの傷ついた小腸の切除など、懸命のオペがつづけられた。

腹部大動脈の側壁にも損傷があり、縫合止血作業が進められる。高速で回転しながら体内を駆け巡る銃弾が周囲にもたらした火傷《やけど》の痕《あと》も削り取っていかなければならない。内臓に食い込み、体内に残っていた弾丸はそれだけでは除去できず、周りの組織ごとひとまとめに摘出した。

手術に要した時間は約8時間。輸血の総量は体内血液の2倍、10リットルに達する大手術だった。

この間、死線をさまよう国松の心臓は何度か停止した。カルテの備考欄には、「術中VT頻発　version　6回」とある。これは、オペの間に「VT＝心室性頻拍」という、大出血に伴う、命にかかわる重症の不整脈が頻発し、心停止に陥ったため、心臓に電流を流す「電気的除細動」という措置を6回も行ったことを意味している。まさに救命救急センターの手術室は戦場と化していたのだ。

しかし、そのたびに国松は驚異的に蘇生《そせい》。適切な施術や、見事なほど迅速、完璧《かんぺき》に実施された手術の恩恵と、本人の強靱な体力によって、奇跡的にその命はつなぎとめられたのである。

「こんなことならもっとガードを固めておけばよかったと後悔したが、もとより後の祭りである」(『文藝春秋《ぶんげいしゅんじゅう》』97年6月号「屈辱を嚙みしめた三発の銃創」より)と、国松本人は、術後、ICU(集中治療室)のベッドで思ったことを、後に手記で明かしている。

「私が撃たれたとき、全くの丸腰だったというような報道もあったが、そんなことはない。所轄《しょかつ》の南千住署の警備員が、ちゃんとついていてくれていた。ただ、狙撃を防げず、犯人も逃がしてしまったのだから、警戒に不備があったことは否定できない。しかし、それはすべて私の警備を受ける態度に起因していることだった。そもそも私は、かねてから警察官が警察官を守るということに単純に一種の違和感を持っていた。(中略)したがって、私は、長官就任時に、警視庁が、南千住署を通じ、自宅マンション前にポリス・ボックスを置きたいと具申してきたときも、大げさだと思い、これを断ったし、流動警戒についている署員にも、くれぐれも目立たぬようにと注文をつけ続けてきた。こうしたことは、注文をつける当方は、それでいいようなものの、配置につく警戒員にしてみれば、手足を縛られ、さぞやり難く、また気合いの入らなかったことだろうと思う」（同掲書）

警察が行う個人警戒には、「原則として身辺警戒及び常時固有遊動警戒を実施」するという最高レベルの「特A対象」から、「常時固有遊動警戒を実施」の「A―1対象」、さらに「A―2」「A―3」「B―1」「B―2」とつづき、「昼夜間を通じて、重点警戒を実施」という程度の「C対象」まで、全部で7区分がある。

この中から、警察機構の双璧をなす警察庁と警視庁のトップ、警察庁長官と警視総監の両雄には通常時、「A―1」の警戒モードが適用されている。具体的に言うと、これは、居住地の所轄警察署内に専従班を設け、24時間体制で警備警戒を行うというものである。

ちなみに、オウム事件が起こった95年当時は、教団の首魁《しゅかい》、麻原彰晃《しょうこう》の身柄拘束時や初公判開始時など大きな節目に応じて、信者らによる要人テロに備えた「特別対策重要防護対象」という警備対象も設定されていた。

当時、国松への警備体制も、通常、「A―1対象」であるものが、地下鉄サリン事件などの未曾有《みぞう》のテロが発生したことを受け、警視総監と並んで最高レベルの「特A対象」へと引き上げられていた。

これによって、国松の警護は、警視庁警備部警護課所属のSP（セキュリティ・ポリス）が常時ついて、身辺警戒にあたることになっていたのである。オウム真理教は警察を敵視していたから、当然といえば当然の措置であろう。しかし、こうした要人警護を国松の方で断ったというのだ。

むろん、SPがついていたからといって、犯行を防げたかというと、それは甚だ疑問ではある。しかし、狙撃犯をして、テロ行為をより容易にしたのは紛れもない事実であろう。結果、全国警察のトップというシンボリックな存在である自身が狙撃される大失態を演じ、警察や周辺関係者に計り知れないほど大きな打撃と深刻な影響を与えたのである。しかも、その衝撃で受けた重篤《じゅうとく》な後遺症はいまだに警察組織に色濃く残っているのだ。命を狙《ねら》われた点は気の毒だったが、国松の責任は極めて重大と言うほかない。

国松が死の淵《ふち》をさまよっていた頃、警視庁では大混乱が起こっていた。午前の早い時間から現場を管轄する南千《ナミセン》には、警視庁本庁（警視庁の人間は本部と呼ぶ）から幹部たちが続々と集まってきた。

ここで、当時、全国の都道府県警察を統括し、日本中に支部のあったオウム真理教への捜査を指揮、管理していた警察庁と、首都・東京における治安護持を担当し、オウム捜査に邁進《まいしん》していた警視庁の幹部の面々を紹介しておこう。いずれの組織も幹部ポストを占めるのは、国家公務員一種試験に合格した警察官僚（いわゆるキャリア）で、他の役所と同様、東大、京大出身者が多い。

まず行政官庁として全国警察を仕切る警察庁のトップはご存じ、国松孝次・長官（東大法卒・61年警察庁入庁）。これを補佐する№２の警察庁次長は関口祐弘《ゆうこう》（東大法卒・63年入庁）。№３の官房長は菅沼清高（京大法卒・64年入庁）。それにつづいて、警備局長に杉田和博（東大法卒・66年入庁）、刑事局長に垣見隆（東大法卒・65年入庁）の陣容である。

一方の警視庁も前記のとおり、主要ポストは警察庁入庁のキャリア官僚で占められている。ちなみに、形の上では、警視庁も他の道府県警と同様、警察庁の管理下に入る。しかし、皇居をはじめ、国会、議員会館のある永田町、中央省庁が集まる霞《かすみ》が関《せき》など、日本国家の象徴や中枢《ちゆうすう》機能が集中する首都・東京を守り、長い伝統と歴史を誇る警視庁の権限は絶大で、実質的には警察庁と対等の関係にあるという。

その警視庁のトップである警視総監の力が強大なのは言うまでもない。そもそも、

「警視総監」というのは、警察官の階級の最高位を指し、全国警察官の中でも、階級と官職名が一致する唯一《ゆいいつ》の職位である（警察庁長官は、階級制度の適用を受けない）。実際、他の道府県警本部長と違い、警視総監人事だけは警察庁長官同様、内閣総理大臣の承認が必要なのだ。

結局のところ、警察キャリアたちが熾烈《しれつ》な出世競争を闘い、生き残った二人が、警察組織の最高ポスト、警察庁長官と警視総監を分け合うのである。

「ハム」vs.「ジ」

では、後者の警視庁において、幹部として組織のピラミッドを形成し、オウム捜査を主導していた面々を見ていこう。

まず、頂点に君臨していたのは、井上幸彦・警視総監（京大法卒・62年警察庁入庁）。それを支える副総監として、広瀬権《はかる》（東大教養卒・66年入庁）。この下に、様々な部長が並ぶが、オウム事件でよくも悪くも脚光を浴びたのは、公安部長の桜井勝（東大経卒・68年入庁）と刑事部長の石川重明（東大法卒・68年入庁）の両名である。

そして、公安部長の下には、公安部のNo.2である参事官として、伊藤茂男（京大法卒・76年入庁）と南隆（東大法卒・78年入庁）の二人がいた。さらにその下に、公安総務課長、公安一課長、公安二課長、公安三課長、公安四課長、外事一課長、外事二課長、公安機動捜査隊長などが連なる（当時はまだ外事三課はなかった）。

一方、刑事部の方は、石川の下にやはりNo.２の参事官がいて、さらにその下に刑事総務課長、捜査一課長、捜査二課長、捜査三課長、捜査四課長、暴力団対策課長、捜査共助課長、国際捜査課長、鑑識課長、機動捜査隊長、科学捜査研究所所長などがぶらさがる（現在は一部、組織改編がなされているが、ここでは割愛する）。

この刑事部、公安部の各々《おのおの》の組織の中で、参事官や生活安全部長、地域部長などノンキャリアが登り詰めることのできる最高ポストを目指して、獅子《しし》奮迅の活躍をしてきたのが、寺尾正大《まさひろ》・刑事部捜査一課長であり、岩田義三・公安部公安一課長である。

95年３月30日の朝、南千には刑事部、公安部を問わず幹部のお歴々が駆け付け、事件に対する今後の捜査方針が協議されたのである。その中には、前記の、殺人などの凶悪事件を扱う刑事部捜査一課を率いる寺尾と、過激派などの極左暴力集団を捜査対象にする公安部公安一課を束ねる岩田の姿もあった。

ことは、拳銃《けんじゅう》使用による殺人未遂事件である。本来であれば、刑事部の捜査一課が担当するヤマだ。しかし当時、捜査一課は、95年２月に発生した目黒公証役場事務長の假谷清志さん拉致《らち》事件（後に逮捕監禁致死事件として立件）や、同年３月20日、首都圏を阿鼻《あび》叫喚の地獄絵図に変えた地下鉄サリン事件などの捜査に追われていた。

その二日後から始まった、サティアンと呼ばれる、山梨県上九一色村のオウム真理教教団総本部をはじめとする教団施設への家宅捜索や検証も連日行われ、総勢約370人もの課員は全員、フル稼働《かどう》。新たな事件に人を回す余力はまったく残っていない状態だった。寺尾は、石川重明を通じて、上層部にその旨《むね》を伝えた。現状、取り組んでいる捜査に邁進できるようにしてほしい。その思いを示し、長官狙撃事件の捜査が自分の課に回ってくることに難色を示したわけだ。

そして、この寺尾の要望が聞き入れられ、それまで全く自分の仕事になるとは夢にも思っていなかった岩田義三のもとに捜査担当のおハチが回ってくるのである。

井上幸彦・警視総監の厳命により、南千に設置された「警察庁長官狙撃事件・特別捜査本部」は、桜井勝・公安部長が指揮をとることになり、実際の捜査現場は公安一課が受け持つことになった。つまり特捜本部は、刑事部ではなく、公安部が主導することになったのである。そして、これがすべての悲劇の始まりだった。

なぜなら、公安部と刑事部では、そもそも扱う事案の性格上、捜査手法に大きな違いがある。前者は殺人事件の捜査などはノウハウも乏しく、やり慣れていないからだ。

膨大な量の聞き込みを敢行。被害者の交友関係などを洗い出し、犯人をさぐる「鑑《かん》の捜査」と同時に、鑑識とも連動する。事件現場を徹底的に調べあげ、指紋、毛髪、足跡などの物証をかき集めて、証拠を積み重ね、犯人に迫っていく「ブツの捜査」を重視するのが刑事部だ。

それに比べ、公安部はあらかじめ犯行態様からその背景にある思想信条を読み解き、それに基づいて、犯人の組織をしぼりこんだうえで、日頃作っているネットワークや〝運用〟している人脈を駆使し、犯人を特定していく。そもそも、公安部内のどの課をとっても、犯人検挙による事件解決よりも、地下に潜って、共産党や赤軍関連、中核派といった極左などの内部や関係者に情報提供を行わせるための協力者を作ったり、尾行や監視による行動確認などの〝作業〟で、調査対象の組織の実態解明や、組織が進めようとしている戦略・方針、またその具体的な行動を事前に把握することの方に捜査の眼目を置いている。それこそが全精力を傾けるべき、重要な目的なのだ。おのおの流儀や手法、得意技から、日ごろ目指している目標まですべてが違うのである。

互いに、「ハム（公安の公の文字をカタカナで呼んだもの）」「ジ（刑事の事《じ》）」と、多少の侮蔑《ぶべつ》の念も込めて呼びあう両者。公安部と刑事部は仲が悪いという話を聞いたことがある読者も多いと思うが、実際、互いの仕事に理解が少ないことは事実だ。それが高じて、両者の間に大きな軋轢《あつれき》が生じたり、激しい確執が生まれることも、ままある。筆者が双方の警察官からよく耳にするのは次のような批判である。

「ハムの連中は、膨大な人と金と時間をかけ、対象をただ見ているだけで、かりに目の前で不法行為が行われていても、作戦継続中だとかいって、逮捕したり、事件を解決しようとしない。一体、何をやっているんだ、と言いたい。あんなの警察じゃない」（刑事部捜査員）

「ジのやつらは手柄意識から、目先の事件を解決して、子供のように喜んでいる。大きな背景のない単純事件ならそれでいいだろう。でも、俺たち公安部が相手にしているのは、国家の存亡を危うくするような大きな組織だ。だから、長期的スパンで物事を考え、対象をウォッチしている。そうして、未然に大きな犯罪を防ぎ、国民の治安を守ったり、国益の損失を防いでいる。人知れず、目立たぬよう任務を遂行することこそ肝要なのだ」（公安部捜査員）

揶揄《やゆ》し合う両組織。この長官狙撃事件を巡っても、刑事部捜査一課の刑事たちには、「どの程度、公安部が殺人事件に対応できるのか、お手並み拝見だ」と高みの見物といった思いがあっただろう。一方、公安部の方には、それなりのプレッシャーがあったと思われる。なにしろ、過激派のセクトどうしの内ゲバによる殺人や殺人未遂事件ならまだしも、ことは拳銃を使った殺人未遂事件だ。あまりに経験の乏しい事案であり、日頃の流儀は通じない。〈要人テロとはいえ、殺人未遂事案だ。しかも、凶器は拳銃である。公安部に任せて大丈夫だろうか……〉

警視総監を含め上層部にも、そうした多少の不安はあったはずである。しかし、刑事部の捜査員払底の現状を考えれば、いかんともしがたい措置だった。そして、この不安は後に見事に的中することになる。

ここで90年代前半から95年にかけての教祖・麻原彰晃を絶対君主とするオウム真理教の動向も確認しておきたい。この頃、オウムは、「日本シャンバラ化計画」と称して、教団の教えを絶対とした、宇宙の真理を守護、推進しているユートピアの世界を地上に築くことを唱えていた。

その中には、「ロータス・ヴィレッジ構想」というものがあり、衣食住から、修行、医療、教育、冠婚葬祭、雇用機関まで必要なものはすべて備えた、完全に独立した〝オウム村〟を全国規模で建設、展開していくとしていた。が、裏を返せば、その実態は、ハルマゲドン（世界終末戦争）の到来を喧伝《けんでん》し、人々の不安を煽《あお》り、俗世を捨ててオウムに出家させ、教団を拡大しようというもの。組織拡大は限界が見えながらも、その教えの狂信性はますます深まり、それが極まった結果、麻原は自らの手でハルマゲドンの創出を企図する。サリンなどの毒ガス化学兵器や自動小銃を使ったクーデターによる国家転覆を図り、自身が神聖法皇として支配するオウム王国建設を目論《もくろ》んだのである。

妄想というほかはない。そして、信者をして違法行為も自己正当化させる教えが、目的のためなら殺人などの手段さえ許されるという〝ヴァジラヤーナの教義〟であったのだ。この狂った教えは、坂本堤弁護士一家殺害事件などでも遺憾なく利用された。したがって、彼らにとって、麻原が君臨するオウム王国の創造を阻《はば》む警察は絶対の敵だった。

こうした中で起こった長官狙撃事件である。犯行が、警察を敵対視するオウム真理教によるものである可能性が高いとするのは、公安部、刑事部問わず全警察や、マスコミ、国民も含めた誰もが当時、抱いた思いであろう。

大方の見方と同様、公安部は事件をオウムによる犯行と見て、捜査に突き進んでいった。

そして、実際に見立て通りであれば、オウムという組織に対象を絞り、監視や信者の証言などから首謀者や狙撃犯を特定していけばよいのだから、いつもの公安部お得意の手法でも充分、事件解明は果たせるはずであった。

しかし、である。ご存じのとおり、そうはならなかった。教団による他の凶悪事件とちがい、この長官狙撃事件だけは、公安部の手法では全容解明には至らなかったのである。

「見込み捜査の結果、信者への事情聴取が捜査の中心となり、現場のブツの捜査や、聞き込みで目撃情報などを集める地取《じどり》捜査（筆者註・聞き込み捜査）は不十分極まりないものになりました。そのまま現場は荒らされ、時間の経過とともにまさに風化していった。後になって、もっと徹底的に現場を調べるべきだったと特捜本部の幹部は悔やんでいましたが、後の祭りです」（ある公安部捜査員）

最初から、現場のブツ捜査や地取捜査などに長《た》けた捜査一課が捜査にあたっていれば、もしかすると今頃、事件は全然違う展開を辿《たど》ったかもしれない。

むろん、南千は、地取捜査や遺留弾丸捜査、北朝鮮のバッジや韓国のウォン硬貨などの捜査、現場で目撃された車両関係捜査、指紋検出などの鑑識作業も行ってはいる。

その結果、犯行に使用された拳銃はコルト社製回転式の長銃身のもので、銃弾は通常より火薬量が多く、ナイロンコーティングされており、先端にくぼみをつけることで殺傷能力を高めたホローポイントタイプの３５７マグナム・ナイクラッド弾か38SPL+P・ナイクラッド弾のどちらかであることが判明。また、赤い旗と星、交叉《こうさ》させた小銃や歯車などが組み合わされたデザインの北朝鮮バッジについても、1958（昭和33）年から1981（昭和56）年にかけ、同国で製造され、軍隊で使用された「人民軍記章」の真正品であることが分かっていた。

しかし、そうした中でも、やはり一番重視されたのは、身柄拘束中のオウム信者の取り調べにおける追及捜査であった。

そして、その手法で最初に重要参考人として浮かび上がったのが、あの男だ。目黒公証役場事務長・假谷清志さん逮捕監禁致死事件で特別手配を受けながら、未《いま》だ逃亡中の平田信《まこと》（1965年生）である（本書最終章で後述するが、二〇一一年十二月出頭、翌年元日、逮捕）。

彼は假谷さんを拉致して死に追いやり、オウムに理解的だった宗教学者の自宅マンションに時限式の爆弾をしかけるなど、数々のテロ事件に手を染めた。その逃亡生活は実に16年目に入ろうとしている。

有力容疑者・平田

平田は、高校時代に射撃部に所属し、ビームライフルで高校総体全国大会に出場した経験を持つ。銃への興味も強かったことから、警察庁長官狙撃《そげき》事件の実行犯ではないかと疑われたのである。
公安警察において、この疑惑をさらに強く支える傍証となったのが、二人の信者の証言だった。一つは、山形明という元信者の話だ。山形は、習志野にある陸自第一空挺《てい》団のレンジャー訓練を受けたこともある、元自衛官信者だった。教団幹部の指示でVXガスを使い、教団の邪魔になる人間を次々と襲い、うち一人を殺害。マスコミからは「VXスナイパー」などの異名で呼ばれ、すでに懲役20年の刑が確定し、服役している。
この山形の証言によると、95（平成7）年3月10日、相模原《さがみはら》市内の倉庫に駐車中の車の中で、彼は平田と次のような会話をかわしたという。
平田「教団が開発しようとしたレーザー銃はうまくいかなかった」
山形「レーザーで、交番の警察官を狙《ねら》うのは無理だ。実際にやるんだったら、銃を使った方が手っ取り早い」
平田「非合法で銃を使うとしたら、どんな銃がいいんだ」
山形「薬莢《やっきょう》が残らないリボルバー（回転式）がいい。コルト社製のパイソンかトルーパー等で、弾は357マグナム弾がいい」
実際に犯行に使用された銃と弾がこの山形の推奨の品どおりと見られたため、捜査当局は証言を重要視したわけだ。

もう一つは、今や公安部に長官狙撃事件の共犯と疑われている、前出の端本悟の証言。95年4月10日、東京・竹芝にあるホテルに一緒に宿泊した際、彼は平田から、こう囁《ささや》かれたという。

平田「このホテルは前にも泊まったことがある。ここから大島まで船で行き、トンボ帰りしてきたが、その際、船から海にバッグをポッチャンして、捨てたんだ」

端本は「それ、銃か!?」と思わず尋ねたが、平田はそれには答えなかった。捜査当局はこの平田の行動について、拳銃を海に捨てて証拠隠滅を図ったものと疑った。

警視庁公安部が平田を最重要人物と位置づけ、部内に「平田追跡本部」を設置し、血眼になって追ったのは自然の流れだった。

南千の特捜本部が作成した捜査資料『平田信の行動概要』によると、彼は95年3月27日、品川区の鮫洲《さめず》と豊島《としま》区の池袋で、運転免許とパスポートの更新手続きを行った。

3月30日、長官狙撃事件が発生。この日の平田の動静は明らかになっていない。ただし31日には三重県の在家信者の家を訪れている。

その後の動きは以下の通りだ。

《4月3日　深夜バス（三重交通）に乗車し帰京。偽名（ハタ、モトカズ）で乗車。

午後9時25分（名張市役所発）。午前6時15分（品川バスターミナル着）。
4月4日　北海道の実家へ「元気でやっている」と電話。免許証の受領〜午前中。パスポートの受領〜午後の早い時間。
4月10日　在家信徒M・H（筆者註・資料では実名）宅に「長官事件の犯人にされそう」と電話。新宿焼肉屋「○○○」に川越ウィークリーM（筆者註・マンション）から端本、○○、平田の3人で向かうも同店が休みのため同日午後5時頃ヒルトンホテル近くの焼肉屋「○○○」で食事。同日午後8時頃、ホテル「○○○○」（筆者註・竹芝所在）に宿泊》
その後の4月13日、平田は親しかった徳島県在住の元出家信者のもとに逃走した。しかし24日には空路、帰京。青山総本部に入る姿が確認されている。その後の動きは、前記『行動概要』にはこうある。
《4月24日　午後1時41分〜車両で青山総本部出発
時間不明〜河口湖IC休憩
午後3時42分〜上九一色村、呼称「山梨平場検問1」で職質》
これが、警察が現認した、生きた平田の最後の姿だった。

「なんで俺たち、こんな目に遭わなければならないんだ。頭にくるから、教団から逃走資金をもっと出させてやるんだ」

平田は憤懣《ふんまん》やるかたない口調で、林泰男《やすお》（教団科学技術省幹部。地下鉄サリン事件の実行役を務め、08年、最高裁で死刑が確定）らに訴えたという。

山梨で姿を消した平田は、その後、名古屋にいた林泰男らのグループと合流した。

以下は、林が警察の取調べに対して行った、供述概要である。

《平田信と最後にあったのは、95年8月20日の昼ごろから22日の夕方頃までです。名古屋市内のすかいらーくで待ち合わせたところ、平田は一人で現れました。ファミレスは人目につくことから、近くの間仕切りのある喫茶店に移動しました。

彼は、私の潜伏方法（筆者註・林は96年12月、沖縄の石垣島で逮捕されるまで、名古屋、京都などで逃亡をつづけていた）に関心を持っており、尋ねてきました。逃亡幇助《ほうじょ》してくれる女性信者が水商売などの店で働き、その寮などに一緒に潜り込む方法を説明しました。平田は〝俺も今後は、誰か（女性）に手伝ってもらおうかな〟と言っておりました。その日は、私の逃亡を助けてくれていた、小口洋子（仮名）の勤める〇〇〇〇クラブの寮である公団住宅に平田を連れて行き、一泊しました》

この夜、狭い公団住宅の一室に林、平田、小口、菊地直子（地下鉄サリン事件の殺人容疑などで逮捕)、そして山下浩史(仮名)という男性信者ら5人が身を寄せ合った。話は他の逃亡信者や逮捕された井上嘉浩《よしひろ》(教団諜報省大臣。地下鉄サリン事件の総合調整役を果たしたと認定され、10年、最高裁で死刑が確定)、また長官狙撃事件にも及んだ。密室で交わされた会話の概要を供述調書から再現してみよう。

「今、いくら持っているんだ」(林)

「100万円くらいだ。教団はこれだけのことを俺達にやらせたんだから、逃走資金を出すのは当たり前だよ。出さないと言ったら、〝今までやってきたことをバラす〟と脅して、もらうつもりだ」(平田)

「今まで、いくらもらった?」(林)

「3月に、I(筆者註・元教団大蔵省大臣)から、N(筆者註・元教団車両省大臣)に渡すお金を1000万受け取った。それをそのままNに渡し、そこから200万円もらったんだ。

山下は今までどうしていたの。所沢のアパートはどうやって借りた? 俺にも手を貸してくれないかな」(平田)

「自分もこれ以上、手助けするのはもう無理です。限界です。今後は自分たち以外の者と逃げるしかないでしょう。今、誰と一緒にいるんですか」(山下)

「古い友達のところで厄介になっているんだ。大変なんだよ。もうこれ以上、迷惑はかけられない」（平田）
「捕まった井上は警察にどう話しているのかな」（林）
「井上も大変だ」（平田）
「それはそうと、長官狙撃事件だけど……、マコちゃん（筆者註・平田の呼称）、関係してないよね」（林）
「もちろん、自分は関係してない」（平田）
「本当は撃ったんじゃないのか⁉」（林）
「どうなんですか⁉」（山下）
「やるわけないだろう。撃ってない、やっていないよ」（平田）
山下によると、この時、平田は左右に手を振り、笑いながら答えたという。
この翌々日の8月22日午後7時頃、林たちは仙台に帰るという平田を新栄《さかえ》のバスターミナルに見送る。平田は名古屋行きのバスに乗り込み、去っていった。
以降、平田は林らとは完全に別行動をとり、長期逃亡に入っていくのである。
林は長官狙撃事件における平田の容疑性について、「まったくない」と否定している。その供述概要を見ておこう。

《長官狙撃事件はオウムの仕業であると疑われても仕方がありませんが、犯人は200%、平田ではないと思います。それに、もし長官事件がオウムだとしたら、なにも拳銃で狙うことはなかったはずです。

平田の人間性は正直で、明るい性格、人に好かれるタイプです。実物は、よい男です。平田は、平成4（92）年4月以後に、富士山総本部で開かれた会議の席上、面と向かって、麻原に、「ヴァジラヤーナにはついていけない。私はヒナヤーナ（筆者註・本来は「小乗」を指すが、オウムでは、「外界と離れ、自己の浄化、完成を目指す修行の道」として使われた）で結構です」と明言して、目的のためなら、殺人をも肯定するヴァジラヤーナの教えを批判していた。

後に、平田は、尊師警備、東京総本部、信徒指導などのワークにつき、省庁発足時には車両省次官となりましたが、これは常々、ヴァジラヤーナ・ワークを批判していたことが、原因の左遷《させん》人事でした。

教団内の噂《うわさ》では、その後、平田は麻原に「人殺しを絶対しない」と宣言したと聞きました。教団の秘密を暴露することを恐れた麻原が、平田をレーザー銃ワーク、假谷事件、地下鉄霞が関アタッシュケース事件、青山総本部自作自演事件などに無理やり関与させたのだと思っています。これらの事件への関与のせいで、平田は精神的におかしくなってしまいました。平田の精神的動揺が激しかったことから、私は井上嘉浩に、平田を絶対、地下鉄サリン事件の運転手役から外すように進言しました。

その結果、平田は地下鉄サリン事件には関与せずに済んだのです。そんな平田が、その後の3月30日の段階で、拳銃《けんじゅう》による暗殺事件を起こせるはずがありません》

林は確信に満ちた口調でこう語った。

南千の特捜本部は、林以外にも、平田と親しかった信者を片っ端から事情聴取し、その容疑性を吟味していった。これはほとんど知られていないが、実はその結果、事件から1年半後にはある判断を下していたのだ。

ここに、一冊の分厚い資料の束がある。表紙の右上には、平成8(96)年8月の日付が入っており、その横に㊙の刻印が刻まれている。

「現在の捜査推進状況

~南千住署特別捜査本部~」

こう題された南千特捜本部作成の極秘捜査資料である。

これを見ると、当初、公安部主導の特捜本部が、拳銃が使われた事件ということで、元自衛官信者や、オウムが主催した「ロシア射撃ツアー」の参加信者、またオウムと何がしかの接点を持った日本人の拳銃射撃インストラクターなどを疑い、重点捜査対象にしていたことが分かる。

陸・海・空にわたる元自衛官信者は35名もリストアップし、捜査。計3回、実施されたロシア射撃ツアーでは、平田を含め、参加者全員を特定し、精査している。

また、拳銃射撃インストラクターは、自衛隊出身で、フランスの外人部隊にも入隊した経験のある猛者《もさ》も含め、計5人がリストアップされている。彼らがなぜ疑われたのか、捜査資料の中のチャート図を見れば、一目瞭然《りょうぜん》だ。5人は皆、米国に足場があり、拳銃を購入、保管している可能性があった。しかも、彼らは、各種訓練やボディガードの提供、護身用具等の販売などを手がける会社を運営。オウムの山形明やその他の女性信者にサバイバル訓練やボディガード養成訓練を施し、また山形に関しては、米国において射撃訓練の手ほどきまで行っていたのだ。

オウムとこうした関係があったことから、教団に長官狙撃を依頼されたのではないかという「外部依頼説」の犯人候補に擬せられたわけだ。しかし、彼らはいずれも、アリバイなどがあり、結局のところ、容疑性は薄いとされた。

こうした重点捜査項目を並べた極秘捜査資料の中で、やはり一番ページを割いて、扱われているのが平田信である。平田に関しては、「行動概要」や「狙撃犯人としての適否について」という項目などがあり、その中でも最も目を惹《ひ》くのが、「容疑性精査」という項目だった。平田信を筆頭に、林泰男や山形明など、長官狙撃事件について、関与の疑いを排除できない信者など9人をリストアップし、その容疑性を精査したページである。

チェックすべき重点項目は、

「射撃の経験」

「訓練の機会」

「性格」

「アリバイ」

とつづき、最後に、

「容疑性」の判断となっている。

この項目の中で、95年3月30日のアリバイについては明確ではないとされているが、それ以外では、平田の評価は以下のようなものだった。

《「射撃の経験」……高校時代、射撃部に在籍していたが、腕は評価されず、3年生のときやっと出場出来た状況で、特別、射撃の腕はよいとは考えにくい。

「訓練の機会」……動向があるとすれば、3月27日夜から3月29日夜までの期間が考えられる。

「性格」……一部では冷静、緻密《ちみつ》との供述もあるが、殆《ほとん》どの友人・知人は「性格的に優しく、人を撃てるタイプではない」と供述している。

「容疑性」……弱い
・射撃ツアーでの拳銃は「センスがなかった」との供述あり。
・銃に関する知識と興味が薄い。
・友人、知人、オウム信徒が、狙撃《そげき》犯としての適格性がないと供述。
・本件前、3月27日、運転免許証及び旅券の更新手続をし、4月4日、免許証の受領に姿を現している事実から、事件関係者の行動とは考えにくい》

こういう至極真っ当な判断に基づき、南千の特捜本部は、捜査報告書の中で、平田を「容疑性弱し」と、明確に結論付けていたのである。

ちなみに、この「容疑性精査」の捜査では、林が唯一《ゆいいつ》、「中」の評価だったくらいで、ほかは全員が「弱い」だった。

つまり、96（平成8）年8月の段階で、公安部が率いる南千の特捜本部は、オウム信者について、怪しいものはすべて洗い出し、そのうえで、平田も含めて全員、極めてシロに近いとの判断を下していたのだ。

「実は、この段階で、オウムについては、もはや捜査をやり尽くし、他にやれることが何もない、という状況だったんです」（当時、特捜本部にいた捜査員）

捜査対象をはなからオウムとしか見てこなかったため、長官狙撃事件の捜査は完全に暗礁《あんしょう》に乗り上げていたわけである。

ここから、軌道修正をしても遅くはなかった。オウムに限らず、もっとあらゆる可能性を視野に入れる捜査体制にシフトすることもまだできたはずである。

しかし、実はこの時、水面下では、警視庁トップとごく一部の公安幹部の間だけで、まったく別種のオウム信者が重要参考人として浮上していた。そして、この存在がさらに、長官狙撃事件の捜査を大きく狂わせていくのである。

衝撃の告発

《国松警察庁長官狙撃の犯人は警視庁警察官（オーム信者）。

既に某施設に長期間監禁して取り調べた結果、犯行を自供している。

しかし、警視庁と警察庁最高幹部の命令により捜査は凍結され、隠蔽《いんぺい》されている。

警察官は犯罪を捜査し、真実を糾明すべきもの。》

それはあまりに衝撃的な告発だった。ワープロで打たれた便箋《びんせん》1枚の封書が、警視庁に常駐する三つの記者クラブ、「警視庁記者クラブ」「七社会」「警視庁ニュース記者会」に加盟する全報道機関に郵送されてきたのは96年10月14日、15日のことである。消印は10月14日だった。

オウムと対決し、国民の治安を守るために徹底捜査に邁進《まいしん》してきた警視庁。その内部にオウム信者がいるというだけで充分、驚愕《きょうがく》に値するのに、あまつさえその警官信者が教団側の上意に従ってか、自らの組織のトップであるはずの警察庁長官を銃撃したというのである。しかも、警視庁と警察庁の幹部らは、この男から自供まで得ながら、捜査を凍結し、真相を闇《やみ》に葬《ほうむ》ろうとしているというのだ。真実であれば、超弩級《ちょうどきゅう》の大不祥事である。そしてこの「警視庁警察官」こそ、プロローグで触れた問題のK元巡査長、その人だった。

ここでK元巡査長について、その経歴を簡単に紹介しておこう。Kは65（昭和40）年5月、静岡県榛原《はいばら》郡相良《さがら》町で生まれた。

地元の高校を卒業後、東京の専門学校電子科に進む。その後、警察官を目指し、87年3月、警視庁に採用され、警視庁警察学校に入校。翌年、研修を修了し、警視庁本《もと》富士《ふじ》警察署に配属され、地域課員として交番勤務にあたった。

この交番勤務を経て、地下鉄サリン事件や長官狙撃事件が起こった95年3月当時は、Kは同署の公安係員となっていた。地下鉄サリン事件発生時は事件現場の地下鉄丸ノ内線「本郷三丁目駅」に出動。ここでK自身も軽いサリン中毒に罹《かか》り、しばらく通院治療を受けることになる。

その後、築地《つきじ》警察署にある同事件の特捜本部に派遣され、被害者の聞き取り調査にあたる。まさに教団が引き起こした事件に対する捜査のど真ん中にいたのである。

しかし、教団への捜査の過程で、Kが在家信者であることが判明したため、警察庁から指示を受けた警視庁は身辺調査を実行。そして、オウムとの関係について本人に事情聴取を行った。その後の4月21日付けで、Kは捜査部門から外され、江東運転免許試験場の閑職に飛ばされた。

実はこの事情聴取などの調査で、とんでもない事実が判明していた。

Kは、「体が弱く、健康のために、ヨガをやろうと思い」、警視庁に任官した直後の88（昭和63）年4月、オウム真理教に入信したという。ただ、さほど熱心な方ではなく、名前だけの在家信者だったと説明した。

しかし、聞き取りが進むに連れ、違う一面が見えてきた。Kは在家信者として活動を続け、主に東京・南青山の東京総本部や世田谷支部に通い、ヨガの修行を実践。教団のイニシエーション（教団がいうところの秘儀伝授）も頻繁に受けていたのだ。

ちなみに、教団が出家信者を手っ取り早く増やすために、LSDや覚醒《かくせい》剤等の違法薬物による幻覚作用で神秘体験を経験させる「キリストのイニシエーション」などを在家信者に実施していたことをご記憶の方も多いだろう。

K元巡査長は、山梨県上九一色村の教団施設、第2サティアンで、これらの違法薬物を使ったイニシエーションまで、3回にわたり受けていたというのだ。さらには、教団に約400万円ものお布施を行っていたことも判明。住んでいた警視庁の独身寮「菊坂寮」の部屋には教団機関誌のほか、「麻原尊師と脳波を合わせ、修行がより早く進む」という謳《うた》い文句の「PSI」と呼ばれたヘッドギアまで発見された。名ばかりの在家信者とは違って、Kは正真正銘、骨の髄まで極めて熱心なオウム信者と化していたのである。

教団内で、在家信者のK元巡査長の指導を担当していたのは、諜報《ちようほう》省大臣だった井上嘉浩や女性幹部のI・Eだった。井上は、元自衛官信者らを使って企業侵入を繰り返し、假谷清志さんの拉致《らち》にも関与。オウムを攻撃する勢力の仕業と見せかけ、教団の青山総本部へ火炎瓶を投げる、自作自演の謀略活動に従事するなど、麻原彰晃の指示で、様々なテロ事件を主導した。はては、地下鉄サリン事件の計画遂行が円滑に進むよう、実行犯たちが集まる出撃アジトの部屋を用意し、送迎用の車を調達するなど支援役を果たしたことから、極刑を科されることになったのは前述のとおりだ。

K元巡査長は、この井上と定期的に連絡を取り合っていた。井上は現職警察官を利用して、できるかぎりの警察情報を入手しようと目論《もくろ》んだにちがいない。

事実、K元巡査長を厳しく追及したところ、彼が井上に、車両のナンバー照会のデータや、本富士署管内のNシステム（自動車ナンバー自動読取装置）の設置場所を教えたり、警察関係法規が記された『警務要鑑』を提供していたことなどが判明した。さらには、「山梨県上九一色村でサリン残留物が検出された」との、オウムのサリン製造を疑わせる95年1月1日付けの読売新聞のスクープ記事が出た数日後、「警察の動きはどうなっている」と探りを入れる井上に対し、「うわさ話ですが、山梨と長野の両県警が薬品流通ルートについてかなり詳しく調べているらしいと聞きました」という捜査情報まで漏らしていたのである。

こうした情報漏洩《ろうえい》については、トップの井上幸彦総監に全て報告があげられていた。衝撃の事実の数々に、井上総監は我が耳を疑った。しかし、井上はK元巡査長に対する人事処分を行おうとはしなかった。先述したように、Kを忌《い》まわしい存在として、江東運転免許試験場に左遷しただけで、この時点では地方公務員法違反での立件など考えもせず、情報漏洩の調査内容を封印してしまったのだ。なぜか。

「正式な処分となれば、マスコミに隠し通すことはできず、発表しなくてはいけない。話が表沙汰《ざた》になります。当時、警視庁は総力戦でオウムと対決し、微罪だろうが何だろうが、あらゆる法令を駆使して、信者を検挙していました。あれだけの重大テロ事件を犯した教団ですから、メディアも含めてほとんどの人がそれを非難することなく、むしろ世論の強烈な後押しもあったくらいです。そんな中で、警視庁にオウム信者がおり、しかもサリン事件の関連捜査に携わっていたことや警察情報を漏らしていたことが露見すれば、〝警視庁は何をしていたんだ〟と、いきなり逆風が吹き、厳しい批判に晒《さら》されることになる。いずれにせよ、この段階でさえ、すでに立派な不祥事であり、Ｋの直接の上司が管理責任を問われるばかりか、その使用者責任は、トップの井上さんにまで波及することになるのは間違いありません。井上さんはそれを避けたくて、Ｋを処分せず、放置した。内々に話を封殺して、組織の中でも、時間の経過とともにその存在そのものが忘れ去られていくことを願ったのです」

ある元警視庁幹部は井上総監の胸中をこう解説してくれた。

井上総監らごく一部の幹部だけが知る隠密の左遷人事で、Ｋの不祥事はとりあえず発覚することなく、彼らはその存在を黙過することができた。しかし、現実はそんなに甘くはない。長官狙撃事件に関するKの供述が飛び出し、関与の疑いが浮上するのは、それから間もなくのことだった。

そもそも公安部において、長官事件に絡《から》んで、Kの存在が浮上したのは、井上嘉浩・元教団諜報省大臣の供述からだった。すでに述べたように、オウムだけを見続けてきた南千の特捜本部は、動機があるだけで、教団と事件との具体的な関与が見出《みいだ》せず、困り果てていた。疑いのある人物としてリストに挙がった信者の誰にも事件との具体的な接点が摑《つか》めないのである。

とはいえ、もはや手中にある信者で調べられる者は他にいなかった。年が明けた96（平成8）年春の段階で、特捜本部は完全に行き詰まっていたという。

そんな最中の同年3月頃、捜査当局による井上嘉浩への任意の事情聴取の中で、井上の口から重大な発言が飛び出した。

「もし仮に、事件が教団の犯行とすれば、警視庁の現職の警察官で、在家信徒として私が指導を担当していた、Kさんが何か事情を知っているかもしれません。

というのも、実は、事件があった95年3月30日の朝、テレビのテロップでまだ事件を知る前の午前8時30分すぎに、Kさんから携帯に電話がかかってきたのです。内容は、『警察庁長官が撃たれたらしいです』というものでした。その連絡によって、私は初めて事件の発生を知ったんです。今、言ったように、テロップが流れたのはそのしばらく後でした」

この証言を受け、96年4月より、K元巡査長への事情聴取が再開された。そして、96年5月、ついにKは告白する。

「自分が長官を撃ったような記憶があるんです」と。

それは、出口のない迷宮《ラビリンス》に足を踏み入れてしまったことを告げる、呪詛《じゅそ》の言葉。まるで、カフカの『城』のように、目標物が近くに見えながら、永遠にその周辺を彷徨《さまよ》いつづけなければならない、長い、長い、呪《のろ》われた物語の始まりだった。しかし、『城』の主人公は測量師「K」だったが、アクロシティという名の城についぞ辿《たど》り着けない主役は、元巡査長Kではなく、捜査員たちの方であることは言うまでもない。

元巡査長の供述

話を96年10月の告発書騒ぎの時点に戻す。

警視庁でさえ内部にオウムの在家信者を抱え、その処置に苦慮していたことを知っていた毎日新聞や共同通信の記者らは投書の内容を一笑に付さず、これに機敏に反応し、桜井勝・公安部長や岩田義三・公安一課長など公安幹部への取材を開始した。

しかし、これらの個別取材に対し、桜井や岩田は「馬鹿《ばか》げている」「そんな事実は絶対ない」と頑として内容を全否定した。

報道機関の動きがないことにじれた投書の主は、すぐさま第二の紙爆弾を放つのだった。これが、K問題を封印していた井上総監や桜井、岩田らの思惑をこなごなに打ち砕いた。

《国松警察庁長官狙撃事件の犯人がオーム信者の警視庁警察官であることや本人は犯行を自供しているが、警視庁と警察庁最高幹部の命令で捜査が凍結されていることを、先般、共同通信社など数社の皆様にお伝えしました。各社の幹部の方々が当庁に何か弱みを掴まれているのか、当庁と警察庁最高幹部からの圧力で不満分子の戯言《ざれごと》とされているようです。警察の最高責任者を狙撃し瀕死《ひんし》の重症を負わせた被疑者が現職の警察官であったとなれば、警察全体に対する轟々《ごうごう》たる非難や長官、次長、警務局長、人事課長や警備上の責任とは別に警視総監、副総監、警務部長、人事一課長、人事二課長、本富士署長の引責辞職や管理者責任が問われないではすまされないと思います。警察史上、例のない不祥事と批判され、当庁の威信は地に落ちると思います。警察庁と警視庁の最高幹部が、自己の将来と警察の威信を死守するため真相を隠蔽されよう としても真実は真実です。警察官の責務は犯罪を捜査し真実を糾明することです。警察、なかでも警視庁の威信が地に落ちることは明らかですし、被疑者が法的にも社会的にも組織的にも許されないことは当然ですが、組織を守るためとして、この事件を迷宮入りさせ法の裁きを受けさせなくするため被疑者の口を封じようとする有資格者の動きは恐ろしくこれを見逃すことは著しく正義に反すると思います。しかし、家族を抱えた一警察官の身では、卑怯《ひきよう》ですが匿名《とくめい》によるこの方法しかありません。心あるマスコミと警察庁、警視庁、検察庁の幹部の皆様の勇気と正義が最後の拠《よ》り所です。匿名をお許しください。》

10月24日の消印で発信されたこの第二弾はハガキで、裏面にワープロ打ちの文字がびっしり詰め込まれている。そしてマスコミばかりか、今度は、東京地検の検事や警察庁幹部、公安部以外の警視庁幹部などにも送りつけられた。告発が本当に警察内部の者によるのか、あるいはその後、一部で噂《うわさ》されたように、極左暴力集団（過激派）による組織的謀略であったのか、未《いま》だ真相は分かっていない。ただ、告発先の範囲を広げ、何が何でも事を露見させてやるという、告発者の並々ならぬ、暗く堅固な意思が感じられよう。

この投書によって、警察組織は上を下への大騒動となる。投書の連発を受け、強い確信を得た毎日新聞と共同通信が再び桜井や岩田に詰め寄った。この取材に、今度は桜井も事実の存在を認めるしかなかった。

翌朝25日付けの新聞各紙一面には、

「国松警察庁長官狙撃《そげき》事件　現職警官の関与浮上　『私が撃った』と供述」（毎日新聞）

「長官銃撃に警官関与か　元オウム信徒供述」（朝日新聞）

「元オウム信者供述　警視庁の現職警官」（産経新聞）

などという極めてショッキングな内容の見出しが躍った。

25日早朝から、桜井と岩田は問題の対応に追われた。警視庁クラブ加盟社の記者たちとの会見では、事実関係を厳しく追及された。

「なぜ、今までこんな重大な話が一部の者の間だけで秘匿されてきたのか」

この詰問《きつもん》に対し、岩田は、

「まだ供述が曖昧《あいまい》で、充分な裏付け捜査が行える段階に至っていなかった」「隠蔽しようとしていたなどということは断じてない。供述は信用性に欠ける部分が多く、まだ鋭意捜査中であった」などの言い訳を並べ立てた。

しかし、居並ぶマスコミばかりか、事態を知らされていなかった特捜本部の捜査員までがある共通の疑念を胸中に抱いていた。

〈警視庁内部にオウム在家信者がいたにもかかわらず、これを適切に処理できず、あまつさえ、自分たちの組織のトップである長官の銃撃を許してしまった――。そうなれば、警視総監を含めた幹部たちの責任問題に発展するのは必定だ。首が吹き飛ぶほどの大不祥事である。自己保身のためにそれを隠し、供述を闇《やみ》に葬《ほおむ》ろうとしたのではないか……〉

それが大方の見方であった。

事が公《おおやけ》に露見したことで、K元巡査長の供述の裏付け捜査は本格化することになった。その後の経過を語る前に、ここで、K元巡査長の供述の概要を紹介しておこう。少し長くなるが、重要なのでお付き合いいただきたい。

《【95年3月25日　第1回下見】

三月二十五日の朝、オウム真理教の井上嘉浩から、ポケットベルで呼ばれた。午後九時すぎ、白山通りの春日《かすが》町交差点あたりで待ち合わせた。しばらく待つと、車が止まり、井上が助手席から顔を出した。

「敵の居場所が分かりました。調査に行くので手伝ってください」と言われた。マンションに到着した。エレベーターで何階か上に昇った。井上が「ここらしい」と立ち止まった。その部屋の玄関には「國松《くにまつ》孝次」とあった。

【3月27日　第2回下見】

二十七日、ポケベルが鳴って、また井上と一緒にマンションへ出かけた。

井上が、長官の住むマンションの隣のマンションを見ながら、「敵の部屋の中が見えるかどうか確認してください」と言った。

7階か8階のエレベーター付近で新聞配達員と目が合い、驚いた。階段のところで長官の部屋を双眼鏡でのぞいた。すると、背後から「何をやってるんですか」と声がした。また、新聞配達員だった。

「警察のものだ。張り込み中だから、あっちにいってくれ」と言ったら、すぐ階段を降りていった。マンションを出ると、労務者風の男の人が立っていたので、警察手帳を見せて「警察の者だが、この写真の男がここに住んでいるかどうか知っているか」と聴いた。

男は「警察庁長官の国松さんでしょ。あなたのところの親分じゃないですか」と言った。

井上を詰問した。「見かけた奴《やつ》に聞いたら、警察庁長官だと言っている。本当ですか」と。井上は「違うんです。オウムを陥《おとしい》れようとしている敵なんです」と主張した。

【3月28日　第3回下見】

翌日二十八日午前五時半ごろから、また現場につき合わされた。

井上が「拳銃《けんじゅう》を使って、ここから撃てば当たりますかね」と言いながら、植え込みの花壇のところに立っていた。私は「腕のいい人なら当たると思いますよ」と答えた。

井上が「本当は、私が撃ちたいところなんだが、ひょっとしたらあなたに頼むかもしれない」と言うので、「撃てるわけがないでしょう」と拒否した。

【3月29日　拳銃の試射】

二十九日夜、井上と一緒に、霞が関界隈《かいわい》から車で30分ほど走り、ある河川敷に行った。野球場が三面か四面、見えた。鉄橋と水門もあったように思う。

井上が唐突に、「拳銃があります。撃ってみたいんです」と拳銃を取り出し、私に見せた。見慣れないが、いい銃だった。回転式で、弾倉は右回り。銃身に三—四個の穴があり、銃把のあたりに熊《くま》かライオンのマークがあった。銃弾の方は、先端がくぼんでいて、緑色のコーティングがされていた。

井上は「あの看板に向けて撃ってみます。見ていて下さい」と両手で構えて、撃った。井上は「あなたも撃ってみて下さい」と銃を差し出してきた。

「照星と照門を合わせる。引き金はゆっくり」と解説しながら、撃って見せた。薬莢《やつきよう》は、帰り際《ぎわ》に草むらにまとめて捨てた。撃った看板を見ると『自動車のドアはロックしてください』と書いてあった。寮まで送ってもらった。井上は「救済の日まで預かってください」といって銃をこちらによこした。

【3月30日　狙撃】

井上から午前七時半ちょうどにポケットベルで呼び出された。

公衆電話で井上の携帯にかけると「これから救済に行きます」と言われた。

井上から「敵を撃ってください」としきりに懇願された。

「そんなことはできない。警察官が撃てるわけないでしょう」と断り続けたが、何度も言われているうちに、自分がやらなくては、という気持ちが芽生えてきた。

薄茶色のカバンに拳銃を入れて、八時前に弥生《やよい》町交差点の本郷郵便局前で車に乗った。預かっていた拳銃をカバンごと井上に返した。

車が止まると、マンションがよく見える駐車場についた。道路左側にはクリスマス・ツリーのような枝葉の木が等間隔で立ち並び、奥に倉庫のような大きな建物があった。駐車場がある道路右側には、民家があった。地面がコンクリートと砂利の駐車場と、立体式の駐車場もあった。車から降りると、駐車場には井上の後ろに、林泰男と早川紀代秀、運転手と平田信が立っていた。

早川から「かねがねアーナンダ（筆者註・井上のホーリーネーム）から噂は聞いている。頑張っているようだな」と褒められた。

「これは救済なんだ。できるのは君しかいない。尊師も期待しているんだ。オウムがどうなってもいいのか」とせき立てられるように懇請され、頭がぼーっとなった。井上が私の耳にイヤホンを差して、裸で銃を渡してきた。早川から「これで救済しろ。君ならできる。君しかできない。これが敵だぞ。分かっているな」と言って、国松長官の写真を目の前で見せられた。

少し先の道路に自転車が二台あった。井上は「無理を言って申し訳ありません。でも、これを飲めば大丈夫ですから。うまくいきますよ」と言って、白色の大きい楕円《だえん》形の薬と円盤型の桃色の錠剤を手渡してきた。その場でそれらをすぐに飲んだ。自転車はカゴのある婦人用自転車で、私が黒い方を指して「こっちでいいですか」と言うと、井上は「こっちの赤い方にして下さい」と言った。「現場に到着したら変装して下さい」と言って、帽子とマスクとカバンを渡された。

これらを銃と一緒にカバンに入れて、自転車にまたがった。頭の中が急に明るくなった。しばらくすると登り坂になって、体がだるくなり、いったん自転車から降りた。坂道で自転車を押していると、明るい感じが段々消えていった。すると、突然、麻原のマントラが聞こえてきた。マントラに自分が乗っかっているような幸せな気分だった。「頑張らなければ」と思った。

事前に決めておいた場所に自転車を置いて、帽子とマスクをつけて、自転車にカギをかけて、ズボンのポケットに入れた。カバンから、手袋を取りだしてから、拳銃はズボンのポケットに入れ替えた。吹き抜けの入口にいた女と目が合った。間もなく男も一緒になり、こっちを指さして何かヒソヒソ話をしていた。不審に思われないよう、屈伸運動とか柔軟運動をして、ごまかした。

すると平田信が近づいてきて、「自転車のカギはどうしたんですか。貸してください。私が乗ってきたのと取り替えるんです」と言った。平田は、その後、植え込みのところでバッジを置いていた。

吹き抜けのところで潜んでいると、格子窓《こうし》のような枠が二つあり、ちょうど長官のマンションの通用口が見えた。離れたところで井上がしゃがんでいて、こっちを向いていた。無線で「聴こえたら、合図してください」と言うので、手で合図を送った。

しばらくすると「間もなくです」と聞こえ、マンションの方を見ると男が出てきた。

左後ろに秘書のような者がいた。すぐに植え込みの所へ移動して、ポケットから銃を取り出したが、指が入らなかった。慌《あわ》てて銃を左手に持ち替え、右手袋を歯でかんで、足元に脱ぎ捨てて構えた。右脚を花壇に乗せて、おなかの当たりに狙《ねら》いを定めた。「敵だ。撃て」とイヤホンから井上の声がした。引き金を引いた。当たったと思うが、よく分からなかった。その後も「撃て、撃て」と三回聞こえて、それが頭の中で反響していた。気がつくと長官が倒れていて、上に秘書が覆《おお》いかぶさっていた。

狙う所を探したら、左の脇《わき》と腰、お尻《しり》が見えたので、そこを狙って二回撃った。「もういい、逃げろ」という声が聞こえた。秘書が長官を抱き起こして、引きずっていた。長官の顔が少しだけ見えた。敵だと思い、もう一発撃ったが、狙いが定まらず、外れた。

自転車に乗って、L字に敷地内を通り抜けた。マンションの敷地を出ると、逃走経路には順に、早川とK（現在の姓はU）、林が立って、こっちだ、と手招きして逃げる方向を誘導してくれた。自転車を乗り捨て、車に乗り込むと、疲れてぐったりした。後部座席に男が息を切らして飛び込んできた。「すごい救済でした」と、その男から言われた。「今まで見た中で一番凄《すご》い救済ですよ。よく当たりましたね。今度はぜひ私もやらせてもらおう」と言っていた。平田信だった。井上から「尊師のイニシエーションです。飲めば忘れます」と小瓶を渡された。透明な液体で、飲むと、味はなかった。

東大付属病院まで送ってもらい、入ってすぐ右側にある公衆電話から井上に電話した。「遅いから心配しましたよ。どうなっているか調べてください。何かあったら連絡してください」と言われた。とりあえず本富士署の公安係に連絡を入れた。「診察カルテなんですが」と上司に聞くと、「それどころじゃない。警察庁長官が撃たれたんだ。今、緊配中でみんな出払っている」と言われた。井上にまた電話をかけ、「今、警察庁長官が撃たれたらしいですよ」と伝えた。井上は「覚えてないんですか」と聞いてきた。「誰がやったんですか」と問い返すと、井上は「またあとで連絡下さい」と言って切った。病院の受付で警察手帳を見せると「上へ上がって、診察してもらってください」と言われた。

病院の廊下を歩いているうちに、長官を撃ったのは自分じゃないかという気がしてきて、頭の中が真っ白になってしまった。でも、「グルしかいない」と強く思った時、全身が光に包まれた気がした。

築地警察署に着くと、自分が撃ったことをしっかりと思い出した。ひょっとして銃を持っているのではと思い、洋式のトイレに入って、フタの上で鞄《かばん》を開けると、やっぱり銃が入っていた。弾倉にはまだ弾が二発残っていた。空薬莢は四個で、実弾だけ取り出してハンカチにくるみポケットに入れた。特捜本部のある講堂に戻ると、狙撃《そげき》事件のことばかりが話題になっていた。

ポケベルが鳴って、井上に連絡すると、午前十一時に神宮外苑《がいえん》のいちょう並木に来るように言われた。現場に行くと、車内で井上から拳銃の処分の依頼を受けた。

仕事が終わり午後九時過ぎに拳銃を捨てようと神田川に行った。「ランプ亭」を背にした橋の右側で、しゃがんで靴紐《ひも》を直すふりをした。右膝《ひざ》を立てて鞄を置き、左手で傘をさしながら、体を隠した。右手でカバンの中から銃を取り出した。欄干の下から押し投げるようにして捨てた。ポチャッと音がした。ラーメン屋の前で井上に連絡し、銃を処分したことを報告した。

寮に帰り、部屋に入って着替えると、ズボンの中に捨て忘れた弾があることに気づいた。翌日また神田川へ行き、投げ捨てた》

以上が、K供述の要旨である。

迷走する捜査

K元巡査長が拳銃を捨てたという、JR水道橋駅近くの神田川の捜索がようやく開始されたのは、10月27日午前9時すぎのことだった。

物証捜査を中心に、やっと本格的に動き始めたK元巡査長の供述をめぐる裏付け捜査。警察が、本来やるべき仕事をやっと始めたというわけだ。

これで供述の真贋《しんがん》がはっきりし、彼の容疑性について、シロクロがつく。そして、さほど時間をおかず、神田川からは拳銃が発見され、一連のオウム事件の中で唯一《ゆいいつ》、謎《なぞ》のまま残っていた長官狙撃事件も、ようやく解決の運びとなる。

誰しもがそう思ったことだろう。しかし、事はそう進まなかった。だからこそ、「呪《のろ》われた事件」なのである。

季節は晩秋にさしかかり、まもなく冬の足音が聞こえてきそうな中、神田川はどす黒く濁った口をあけて、捜査員たちを迎えた。その川幅は約20メートル、水深は約3メートル。拳銃探索には警視庁のダイバーや機動隊水難救助隊員など捜査員80人が投入された。

「JR水道橋駅東側にかかる橋の上から捨てた」という供述に基づき、捜索の場所は、橋の上流、下流のそれぞれ50メートルほどの範囲に設定された。

磁器探査を行うと同時に、川に入った機動隊水難救助隊員らが5人一列となり、川底を手探りでさらっていく。

南千の特捜本部では、一両日中には拳銃発見の報が寄せられると考えていた。だが、条件の悪さばかりが伝えられ、一日、二日と時間だけが経過する。そこで、11月5日からは方針を切り替え、まずは川底のヘドロや土砂を取り除く浚渫《しゅんせつ》作業を行うことになった。その範囲は、橋の上下流200メートルにも広げられ、約4000平方メートルが対象とされた。

川には浚渫船が登場。これが台船となって浮かべられ、その上にヘドロの山が積まれていった。そのヘドロを捜査員たちがスコップで崩していき、中に物が混ざっていないか探っていく。金属物を探り出すために、超強力大型磁石も活用され、ヘドロの中からあまたの金属品を引っ張り出した。必要に応じて、サーチライトも使われた。浚渫船の導入で取り除かれたヘドロの量は運搬船約15隻《せき》分で、重さにして実に約2300トン！　4階建てビル一杯分ほどの容量になっていた。

浚渫作業が終了したのは、12月13日。そこからさらに、くみあげたヘドロをかきわける悲惨《ひさん》極まりない作業と、ヘドロがなくなった川底を大型磁石で探る作業がいつ果てるともなく延々とつづけられた。

季節は真冬になり、野次馬も立ち止まらなくなった寒空のもと、捜査員たちは凍える体で拳銃を捜し求めつづける。焦燥感が募る中、無為に時間だけが過ぎていった。捜索日数54日。浚渫船、超強力大型磁石、サーチライト、数多の探索人員……。これだけの大捜索を展開しながら、コルト社製の拳銃や357マグナム弾はついぞ発見されることはなかった。そして12月20日、遂に捜索は打ち切られたのである。ドロドロになって行われた、警視庁公安部による汚染河川の清掃の代償に得られたものは、クレジットカード、運転免許証、定期券など225点。そのうち、投棄自転車の数は20台にも及んだ。神田川の捜索は不発に終わった。結局、供述を裏付ける物証は出ずじまいということである。適正な裏付け捜査の結果として、K元巡査長の供述はでたらめというしかなかった。

〈あの供述は一体、何だったんだ……〉

捜査員たちは皆一様にこの疑念と無念を共有していた。

この間、警察内では様々な動きが同時進行で進められていた。なかでも警察庁が、桜井公安部長に対して科した迅速な人事処分はきわめて厳しいものだった。K元巡査長問題の報告を警察庁に怠ったとして、これから本格的に裏付け捜査が始まろうとする矢先の10月28日には更迭《こうてつ》してしまったのだ。事件捜査の最中に指揮官がクビになるとは前代未聞《みもん》のことである。保身のため、Kの供述を隠蔽《いんぺい》し、裏付け捜査を意図的に回避して、問題を闇《やみ》に封印しようとしたことに対するペナルティであることは誰の目にも明らかだった。長官、総監候補のエリートコースに乗っていた桜井は、この一年半後、警察組織を自ら去った。

また、当事者のKは、オウム真理教に内部情報を流していたことを理由に懲戒処分とされた。この時点でKは警視庁での身分を失い、「元巡査長」となったわけだ。

警察庁が辞めさせたくても辞めさせることができず、その扱いに困り果てていたのが井上警視総監だ。

国松や関口次長など警察庁側は、「トップが責任をとって、出処進退を明確にしないと、世論はおさまらない」と陰に陽に、〝名誉ある撤退〟を促すシグナルを送り続けた。そして、自分に向かってくるサインの数が日増しに増えるのを感じた11月28日、ついに井上総監は辞意を表明。12月3日付けで退官するに至った。引責辞任に追い込まれたというのが正確で、事実上の更迭といってもいいだろう。

こうして、数ヶ月にわたったK元巡査長をめぐる騒動は、組織の屋台骨を揺るがすかのような大打撃を警視庁に与え、ついには警視総監と公安部長という二人の大幹部の首を飛ばすに至って、ひとまず幕を閉じたのである。ひとまずは……。

物証による裏付けが何も取れなかったのに、その後も警視庁はK元巡査長に対し、事実上の監禁状態をつづけた。とはいえ、長官狙撃事件の殺人未遂容疑での立件可否を判断できずにいたのは同じである。そこで警視庁は97（平成9）年1月10日、オウムに捜査情報を漏洩《ろうえい》したとして、Kを地方公務員法違反容疑（秘密漏洩）で書類送検した。これで判断は東京地検に委《ゆだ》ねられることになった。検察によるK元巡査長の事情聴取が始まったのである。

検察が判断を下すのは、97年6月17日のことである。K元巡査長から事情聴取をつづけてきた東京地検は、まず警視庁側から書類送検されていた地方公務員法違反については、情報漏洩の事実はあるが、さほどの損害は生じなかったとして、起訴猶予《ゆうよ》処分にした。そのうえで、検討を重ねてきた長官狙撃事件に関する供述の真偽と殺人未遂容疑での立件の可否については、「現段階では、狙撃犯であることには重大な疑問を抱かざるを得ない」（東京地検の松尾邦弘・次席検事）として、正式に立件不可能であることを表明した。刑事事件として立件できるような代物《しろもの》ではないということだ。K元巡査長への捜査を打ち切ったことも明かし、K問題に終止符を打つ捜査終結宣言でもあった。

記者会見ではおさえ気味のソフトな表現だったが、実際にはK供述に対する検察の評価は惨憺《さんたん》たるものだった。

「検事は、『実行犯でないのは明らかだ。供述には不自然な点や矛盾がたくさん見つかった。それでちょっと突っ込むと、供述をころころ変えてしまう。そして、〝自分の記憶違いだったと思います〟と自信をなくしてしまうんだ。こんなテキトーなもので起訴しても公判を維持できない。共犯とされた早川や井上たちはKの話を全否定して、長官事件への関与を否認している。こんな状況で無理やり起訴しても、法廷で彼らの弁護士から供述を細かく追及されたら、Kはまた内容を二転三転させてしまうだろう。その挙句に、〝私の勘違いでした〟なんて言われたら、アウトだ。それで立ち往生するのは俺たち検察なんだよ』と憤慨していました」と当時、取材にあたっていた検察担当の司法クラブ記者は明かす。そのでたらめぶりの一端を具体的に記そう。

まず、前記のように、K元巡査長に共犯として名指しされた信者たちは誰もがことごとく「あり得ない」「なんでそんなメチャクチャな話を信じているんですか」と完全に否認していた。

つづいて、事件当日、井上嘉浩などオウム信者らと落ち合ったとする集合場所についての供述。

「マンションがよく見える駐車場についた。道路左側にはクリスマス・ツリーのような枝葉の木が等間隔に植えてあり、その向こう側には、大きな倉庫のような建物があった。駐車場がある道路右側には民家があり、地面がコンクリートと砂利の駐車場と、立体式の駐車場もあった」

実際、警察が現場周辺を検証し、証言と一致するような場所を探索したところ、アクロシティ東側の南千住浄水場と隅田川に挟まれたところにその道路はあった。「クリスマス・ツリー」に見えるヒマラヤ杉が44本も並び、複数挙げた駐車場の位置も合致した。まず、これによって、K元巡査長の供述につき、「信憑性《しんぴょう》が高い。少なくとも現場には行っている」という評価が生まれたのである。

しかし、その後、当局が調べたところ、95年3月の事件当時は、並木通りの木は葉が落ち切っていて、クリスマス・ツリーとは似ても似つかない様相であったことが判明した。

同様の疑問は、拳銃《けんじゅう》の試射現場の供述についても起こった。

野球場が3面か4面見える河川敷で、「車のドアはロックしてください」と書かれた看板に試し撃ちをしたとしており、同様の場所は荒川の河川敷で発見された。証言通りの看板もあった。しかし、草むらに捨てたとされる薬莢《やっきょう》はどれだけ探しても、見つからない。

そのうちある事実が判明した。その看板は事件当時は存在せず、96年6月に設置されていたことが分かったのである。つまり、Kは事件前、実在しない看板に向かって、銃弾を撃ちつづけたということになるのである。

なぜ、供述について、このような奇妙な事が起こるのか。検察が警視庁公安部に確認したところ、取調べ官たちが96年6月、まだK元巡査長の供述があやふやで、証言も定まらない時点で、Kを現場周辺に連れ出し、引き回しをしていたことが発覚した。

実況見分と言えば、聞こえは良いが、本来、それは供述がすべて出切って、内容が確定したところで行うものだ。これは単に担当の捜査員が、供述が定まらないことに苛立《いらだ》ち、「現場に行けば、もっと何か思い出すんじゃないか。記憶を喚起させて、すべて喋《しゃべ》らせよう」と思いたち、安易に引き回してしまっただけのものではないか。

要するに、「クリスマス・ツリーのような木が並ぶ駐車場」も「試射現場」の記憶も、事件前ではなく、事件後の実況見分まがいの引き回しの際に、K元巡査長が目にした光景であり、その際、彼の脳裏に刻み込まれた記憶だったのである。

供述が固まらないうちに、現場を見せるとは通常の捜査では考えられず、これではどれが事件前の本当の記憶で、どれが後から人為的に植えつけられたものか判別がつかず、証言から「秘密の暴露」を抽出することは不可能である。当然、全証言の証拠能力にもかかわる。

東京地検は怒りを通り越して、呆《あき》れるばかりで、完全に頭を抱えてしまった。信用性のかけらもない供述、物証の欠如、共犯とされた信者の完全否認……これでは公判維持が見込めないという東京地検の判断は当然過ぎるものであり、捜査を終結するのは遅かったくらいだ。

いまだ眼が覚めていないものが捜査当局にもいるようなので、敢《あ》えて言おう。

K元巡査長の供述は虚飾に満ちた「妄想」である。

では、なぜ彼はこのような妄想を語り始めたのか。真相は定かではないが、当時、K元巡査長の心のうちは様々な感情の嵐《あらし》が吹き荒れるような状況だったのではないだろうか。

所属する警視庁が対決せんとしている教団に、自分が在家信者として入信していたことに対する後悔や、それが明るみに出ることへの重圧。しかも教団にはいまだ愛着も残っている。にもかかわらず捜査対象として、仕事をこなさなければならないという複雑なジレンマ。また井上嘉浩に警察の内部資料を流し、あまつさえ捜査情報まで漏らしてしまっていたことへの慚愧《ざんき》の思いと、それが発覚することへの恐怖。そして、実際にそれらのすべてが露見し、同僚から受けた激しい叱責《しっせき》と、聴取という名の厳しい追及。心を許した両方の組織を裏切ることになった背信行為への罪悪感と、自分の人生が終わったという落伍《らくご》感、喪失感……。自業自得《じごう》とはいえ、運命に翻弄《ほんろう》される中、しかもKには教団がほどこした薬物イニシエーションの後遺症が色濃く残り、軽微ながら捜査の過程でこうむったサリン中毒の被害にも苦しんでいた。

当時のK元巡査長の精神はパニックの果てのカオスの状態にあり、肉体は薬物や毒ガスの後遺症に悲鳴を上げ、心身ともにこなごなに壊れてしまっていたことは容易に想像できる。そんな最中に、職場の同僚ともいえる捜査官から、「お前、長官狙撃事件に関与してるんじゃないのか」「もしかしたら、お前が撃ったのか」と聴かれれば、夢かうつつか区別もつかなくなった朦朧《もうろう》とする頭で、彼が口にする答えは……。

いずれにせよ、K元巡査長の供述は完全に証拠能力を失い、その容疑性も完膚なきまでに全否定された。これでK元巡査長の妄想を支えとする捜査は終結されるはずだった。いや、終結されるべきであった。

しかし、公安畑の幹部たちが主流を占める警視庁の中には、依然、「Kは実行犯ではなかったが、何がしかの形で長官事件に関与しているはずだ」と信じて疑わない者たちがいたのである。

第二章　悪夢、再び

実行犯は誰か？

中国政府がかまびすしく非難する中、小泉純一郎総理による靖国《やすくに》神社の元旦《がんたん》参拝からその年は幕を開けた。政界では、福田康夫・内閣官房長官や菅直人・民主党代表など与野党を問わず、閣僚や国会議員らに年金保険料未納問題が相次いで発覚し、辞任劇が続発。政治の本質とは無縁な虚《むな》しいばかりのドタバタ政局が展開されていた。

そんな最中のことである、霧消したはずのあの妄想が甦《よみがえ》るのは。7年の時を超え、手を替え品を替えて、その悪夢はふたたび繰り返された。

第一章でも述べたとおり、2004（平成16）年7月7日、突如、警視庁公安部が主導する南千《ナミセン》の特捜本部は、警察庁長官狙撃《そげき》事件の殺人未遂容疑で、3人のオウム信者を逮捕したのである。その中の一人が、あの悪夢を演出した、K元巡査長だった。

逮捕されたのは、Kにくわえ、元教団防衛庁長官のU（旧姓はK）と、教団建設省と防衛庁に所属したS。それと、別件の爆発物取締罰則違反の容疑で、元大幹部のIも身柄を拘束された。

K元巡査長とUは、事件当日、現場にいて狙撃犯の実行や逃亡を支援したというもの。Sは、事件後、テレビ朝日など複数の報道機関に「オウムへの捜査をやめないと、次は井上（幸彦）警視総監か、大森（義夫）内閣情報調査室長が狙《ねら》われますからね」と電話をかけていた（架電は事件から約1時間10分後）として、これらの3人は警察トップを狙った殺人未遂容疑の共謀共同正犯に問われたのである。

Iは、難関の灘《なだ》高校を卒業後、東大医学部在学中にオウムに出家した超秀才としてメディアに取り上げられた元教団大幹部だ。教団では、法皇官房の事実上のトップで、他の省庁とは違って教祖・麻原彰晃直属となる側近中の側近だった。

逮捕容疑は、95年3月に、オウムに理解があった宗教学者宅へ爆発物をしかけたという爆発物取締罰則違反だったが、公安部はこのIが狙撃事件の計画を立案し、事件直後に配布するビラの制作者だったとみており、別件容疑で逮捕したのだ。

と、ここまで見て、賢明なる読者諸兄にはおかしいと思われた点があるだろう。そう、8年前には、「自分が長官を撃った」と供述し、実行犯の疑いが強いとされていたK元巡査長の役回りが、「実行犯の支援役」にすり替わっているのだ。しかも、逮捕者の中に、事件の指示役や現場の指揮役はおろか、狙撃の実行犯までが存在しないのである。

警視庁では、03（平成15）年8月、伊藤茂男が公安部長に就き、特捜本部の指揮をとっていた。

そのもとで、現場の直接の捜査指揮にあたるのは、永井力・公安一課長である。

「狙撃の実行役は氏名不詳の被疑者――」

警視庁9階の会見室で行われた、特捜本部の記者会見。本来なら得意満面、意気揚々と容疑者の逮捕が発表されるべきなのに、なぜか被疑事実を読み上げる永井公安一課長の顔は暗く、厳しかった。

「実行犯は誰なのか」

「逮捕した3人は実行犯ではないのか」

会見場で警視庁クラブの記者から矢つぎばやに飛んだ質問に、永井はこう答えるのみだった。

「まだ明らかではない。3人を含め捜査し、今後の捜査で明らかにしていく」

支援役だけ逮捕し、狙撃役を特定しないで、強制捜査に踏み切ったというのである。

永井の苦渋の表情の意味が推し量られた。

それにしても、肝心要《かなめ》の指示役や実行役を解明しないで、逮捕に着手するなんてことがあり得るのだろうか。インパクトだけは大きな逮捕劇ではあったが、通常であれば許されるはずのない、怪しげな空気が漂う捜査だった。とはいえ、実際には、公安部主導の特捜本部は、現場指揮役や実行役の目星をつけてはいた。彼らが描いた事件の構図は次のようなものだ。

《麻原彰晃は警察庁長官の暗殺を目論《もくろ》み、サリン事件当時、ロシアにいて、95年3月22日に帰国した、元建設省大臣、早川紀代秀とその配下の元教団幹部、端本悟に、この要人テロを実行させようと企図。Iや早川などと謀議を行い、早川が現場の総指揮役となった。早川は端本を狙撃役に任命。UやS ら配下の信者とK元巡査長を支援役として使い、事件を遂行した。事件に使われた拳銃と、現場に置かれていた北朝鮮バッジは、早川がロシアで入手したものである。

事件直後、Uは自転車で南千住警察署前を二度にわたって疾走し、目撃者らに自分の姿を印象付け、捜査を攪乱《かくらん》するとともに、実行犯・端本の逃亡を手助けした。

事件完遂の連絡を受けたSは、テレビなどの報道機関に、さらなる要人テロの実行を示唆《しさ》して、オウムへの捜査をやめるよう、牽制《けんせい》の電話をかけた——》

シナリオの概要は以上のようなものである。では、支援役に〝変身〟し、新たに命を吹き込まれたK元巡査長の役割は具体的にどのようなものだったのか。ここで、2004年の強制捜査時のK元巡査長の新たな供述の要旨を記しておこう。

《事件前、井上嘉浩から渡されていたポケットベルが鳴り、電話をかけると、女性の幹部信者に電話をするよう指示された。電話をかけると、「教団を陥《おとし》れようとしている勢力を調べている。協力してほしい。警察手帳をもってきてもらいたい」と頼まれた。

女性幹部の指示に従って、都内の地下鉄の駅に向かうと、そこに端本悟に似た男ともう一人、肩まで長髪の、知らない男が待っていた。そこから皆で出向いた先が東京・南千住のアクロシティ。長官の自宅の下見だった。

事件前日の3月29日午後、またポケットベルが鳴り、表示された番号にかけると、知らない男が電話に出た。東京・本郷の警視庁独身寮近くで待ち合わせると、端本に似た男が現れた。「車を手配してほしい」と言うので、一緒に都内にある自分の義兄宅を訪ね、ワゴン車を借りた。その車を端本に似た男に貸したところ、その日のうちに返してもらった。

　翌日、事件当日の早朝7時30分頃、ポケットベルで呼び出され、「コートを準備して、待ち合わせ場所に来るように」と指示された。指定場所に行くと、教団が用意した車が駐車していて、中にまた端本悟に似た男が乗っていた。その車に乗り込み、アクロシティに向かった。警察手帳も持参するよう言われており、警官に職務質問を受けるなど、不測の事態が起こったら、自分がそれを提示して、信者たちを逃がすことになっていた。

　車はアクロシティから西に400メートルほど離れた住宅街に停まった。そこには、別の車で来ていた早川紀代秀とU、名前も知らない若い男がいたように思う。そこで、端本悟に似た男から「コートを貸してくれ」と言われ、用意した濃いグレーのトレンチコートを渡した。「何かあったら、警察手帳を見せろ」とも言われた。その男は、自分に「車の助手席で待っているように」と指示して、どこかに行ってしまった。車内で待機して、うとうとしていると、バタバタと大きな音がして、男が後部座席に乗り込んできた。後ろをふり返ると、端本に似た男から、「ふり向かないで」と怒鳴られた。

車でその場を離れ、東京・本郷の東大付属病院近くで降ろされた。端本に似た男から、コートを返され、「〝救済〟に使ったので、クリーニングに出して」と言われた（筆者註・教団がいう〝救済〟とは、魂を解脱《げだつ》に導くことであり、殺人をさす意味にも使われた）。言われたとおりに、その日のうちにクリーニングに出した》

新たに事件の下見役、支援役に生まれ変わったK元巡査長の供述は、96年に比べ、これだけ変容していた。現場の指揮役とされた井上の存在は消滅し、現場で逃走を支援したとされた林泰男も平田信も消えていた。新たに加わったのが、「端本悟に似た男」や「肩まで長髪の男」、「名前も知らない若い男」だった。

ただ、かつて公安部は、K元巡査長が長官狙撃事件の起こった当日、東京・本郷の警視庁独身寮近くでコートをクリーニングに出していた事実を摑《つか》んでいた。これを承知していることはK元巡査長には告げてはおらず、誘導もしていないのに、彼が自らクリーニングの話をしたので、「今回の供述は、信憑性《しんぴょう》が高い」と過大に評価した。

また、事件前日に当たる、3月29日、K元巡査長が都内の義兄の家を訪ねており、ワゴン車のトヨタ・エスティマを借りていることも、義兄への聴取から事実と確認され、裏付けがとれた。

「Kは、96〜97年当時は、まだオウムのマインドコントロールから脱しておらず、精神状態は不安定だったが、２００３年に入った頃から、精神的にも落ち着き、何度確認しても、この証言は変わらず、ブレなくなっていた。それで、〝いける〟ということになったんだ」と、特捜本部にいた公安警察官の一人は言う。

そして、この無謀とも思える捜査を下支えする、物証らしきものも出ていた。

その一つ、公安部をして「明確な物証となる〝隠し玉〟だ」といわしめ、マスコミに情報が漏れないよう、徹底した保秘をはかり、大事に大事に温めていたのが、K元巡査長のコートに付着していた金属成分、「射撃残渣《ざんさ》」（通称、「火薬残渣」とも呼ばれる）である。

クリーニングに出したというK元巡査長のコートを精査したところ、すそのあたりに、拳銃を発射した際に飛び散った火花などでできる「溶解穴」という超微細な跡が発見された。その穴を鑑定したところ、そこに何がしかの微物成分が付着していることが分かった。

特捜本部は、このコートを２００３年春頃、兵庫県三日月町にある大型放射光施設「スプリング８」で最新の鑑定にかけた。これは、直径５００メートル、円周１・４キロという世界最大の大型加速器に電子ビームを照射し、光速近くまで加速させて、波長の強い「放射光」をつくり、試料に当てて分析。物質の種類や細かい成分、立体構造を解明するという鑑定法だ。

98（平成10）年に和歌山市で起こった和歌山ヒ素カレー事件において、凶器となったヒ素（亜ヒ酸）と被疑者、林真須美《ますみ》宅にあったヒ素の成分が同一のものであると証明し、林容疑者を逮捕に追い込む物証をもたらしたものとして、脚光を浴びた施設である。

この「スプリング8」での精緻《せいち》な鑑定の結果、K元巡査長のコートから検出されたのは、銃弾の火薬の成分である極めて微量な金属成分で、発砲の際に出る残渣物、「射撃残渣」であることが分かった。この「射撃残渣」とは、雷管中の火薬などの成分が、拳銃の発砲による熱で解け、混合した状態で周囲に飛び散り、空気中で冷やされ凝固。鉛、バリウム、アンチモンの三元素が一体となって、球状の粒子となったものである。

そして、この「金属成分」と、事件現場で発見された遺留弾丸の火薬成分、またアクロシティFポートの壁や周辺に飛び散り、採取されていた「射撃残渣」の成分とが「一致しているものとして、矛盾しない」との結論が出たのである。

すなわち、犯行時、このコートを着ていた者こそが実行犯ということになる。これに、特捜本部は色めきたった。やっと念願の物証を得られたというわけである。

ただ、問題は、K元巡査長が実行犯であるとする捜査は、97年に東京地検に完全否定されており、同じ筋書きでは立件は望めないことだった。K元巡査長自身も、今回の供述では、「自分は実行犯ではなく、支援役だった」としている。

そこで、さらにK元巡査長を追及したところ、出てきた答えが、「端本悟に酷似した男に、自分のコートを貸した」であった。

この物証（らしきもの）が強い後押しとなって、自信を深めた特捜本部は、2004年、七夕の日のあの逮捕劇に踏み出してしまったわけである。

しかし、早川を現場指揮役とする証拠は依然、何もなかった。当初、特捜本部は、麻原を指示役、早川を指揮役、端本を狙撃の実行役として、全員を同時に逮捕しようと目論んでいた。

しかし、さすがに検察サイドから「明確な根拠もなく、現段階では、それは無理。この3被告については、公判の進行との絡《から》みもあるので、裁判に悪影響が出ないよう、無茶はしないでほしい」と諭され、諦《あきら》めた経緯があった。

そこで、とりあえず、他の支援役3人を逮捕して、この強制捜査の中で、指揮役や実行役など、他の共犯も解明していくという方針がとられた。

任意捜査では信者も免疫ができており、限界がある。本当のことは言わず、逃げ切ってしまうだろう。そう思った特捜本部は、〝強制捜査で逮捕〟という強いインパクトを信者たちに与え、「こっちはすべてお見通しだぞ。なにしろ、逮捕するくらいなんだから。早く認めて、すべて話してしまえ」と圧力をかければ、首謀者や他の共犯の名前を供述するだろうと踏んだのである。

この極めてあやうい捜査を断行し、火中の栗《くり》を拾ったのは、捜査指揮にあたる伊藤公安部長だ。しかし、そもそもこのシナリオに基づく戦略を組み立て、その後の捜査の流れを作り、伊藤部長に引き継いだのは、前任の公安部長だった。「K騒動」勃発《ぼっぱつ》時には警察庁外事課長の重責にあり、この問題では一切、傷をうけずに済んだ男。「公安のエース」と呼ばれ、「洛東江《らくとうこう》事件」など、北朝鮮による拉致《らち》事案を最も知り尽くす人間と評されたエリート官僚だ。第一章でも述べた通り、その後、警視総監にまで昇りつめることになる、米村敏朗、その人である。

トップ交渉

97（平成9）年6月の検察によるK元巡査長捜査打ち切り表明の後も、特捜本部を主導する警視庁公安部は、K元巡査長にこだわり、「実行犯ではなくても、関与しているのは間違いない」として捜査を継続していた。

担当者とK元巡査長が気を許しあうようになる中の98年春、Kはこう言い出した。

「自分は長官を撃ってはいないが、現場にいたと思う」

これをもとに、今度はK元巡査長を「実行犯ではない共犯」とする任意の捜査が内々にスタートし、特捜本部は新たにベテランの捜査員を担当につけ、水面下でK元巡査長への接触を繰り返させていた。

K元巡査長は「自分は実行犯の逃亡を支援した」と話した。しかし、そこには秘密の暴露は何もなく、ベテラン捜査員にはまだK元巡査長の精神状態は不安定で、その証言はあやういものに映った。結果、翌年の秋には、ほそぼそとつづいていたK元巡査長への任意捜査はあらためて打ち切られたのである。

ところが、事態は再び動き始める。K元巡査長をめぐる隠密捜査が水面下で蠢動《しゅんどう》しはじめるのは、２００１（平成13）年に入ってからのことだった。特捜本部の閉塞《へいそく》状況を強引に打開しようとしたのが、米村だ。いよいよ、偏執狂的に「長官事件＝オウムの犯行」説を唱える公安部ご一党のオピニオン・リーダーの登場である。

警察庁外事課長を務めた後の98年7月、小渕《おぶち》恵三総理の内閣総理大臣秘書官に就任した米村。きらびやかに箔《はく》をつけた後、警察庁警備企画課長として、官邸から警察組織に凱旋《がいせん》した彼が、警視庁の公安部長の要職に就いたのは２００１年9月のことだった。

「Kを狙撃《そげき》の実行犯として、事件を立てようとしたからダメだったんだ。やつの供述の中には、事実で、きちんと裏の取れているものもある。少なくとも事前にアクロシティの事件現場周辺に行っていることは間違いない」

公安部長に就任する前から、米村は、周辺にこう語っていたという。

ただ、地下鉄サリン事件などのオウム事件が次々と解決しているのに、オウムばかりを見据えた長官狙撃事件の捜査だけが未解明のまま、行き詰まる。他の事件では、共犯のうちの誰かが口を割り、そこから芋づる式に共犯が判明して、皆が供述していくのが、事件の全容解明のパターンだった。

しかし、この事件だけは、あらゆる幹部信者を追及し、一般信者にまで対象を広げて尋問しても、「自分は関係していない」「分からない」「まったく知らない」という答えが返ってくるのみ。誰も落ちず、捜査が進展しないのである。

普通に考えれば、オウムの犯行と見立てた捜査方針は過《あやま》ちだったかもしれないと不安にかられるところだろう。しかし、米村の考え方は違った。

〈今まで地下鉄サリン事件や松本サリン事件等の凶悪事件を起こした連中ばかりを疑って、追及してきたから、失敗した。この狙撃事件は、K元巡査長が絡んだ、オウムによる犯行であることは間違いない。ただ、これまでの事件とは指揮系統が違うラインで行われたのだ。よく考えれば、井上嘉浩や林泰男など地下鉄サリン事件に関わった連中は、逃げるのに必死で、3月30日に長官事件を起こす余裕なんてなかった筈《はず》だ。この警察要人テロは、サリン事件後の3月22日にロシアから日本に帰国し、余力のあった早川紀代秀が、配下の建設省グループの信者などを率いて、実行した事件だ〉

それが米村の新たな見立てだったという。

年が明け、2002年に入ると、米村は特捜本部の体制を本格的に立て直し、もう一度、K元巡査長のもとに捜査員を派遣。粘り強く任意の事情聴取を重ねるよう、再捜査を指揮した。

そして、東京・小菅《こすげ》の東京拘置所にいる早川や、オウムを脱会してシャバに暮らすU、また麻原の側近中の側近で、長官狙撃事件のビラの原案を作成し、計画立案の段階から事件に関わったと疑っている、法皇官房のIなどのもとにも捜査員を送った。こうして、水面下で極秘裏に大がかりな狙撃事件捜査を展開させていたのである。

警視庁14階の公安部長室にこもる米村。彼の机の上には、長官狙撃事件の構図を読み解くチャート図や、K元巡査長や早川、Iなどから聞き取りを行った捜査員たちの捜査報告書、また95年当時から最新のものまでを含めた、これら信者の供述調書の山がうずたかく積まれていた。米村はそのすべてに精力的に目を通していたのだ。

捜査の中心に据えたK元巡査長は、狙《ねら》い通り、「自分は撃ったのではなく、下見役、支援役として事件に関わった」と、米村の意に沿うような供述を行い、任意での供述調書の作成と署名押印《おういん》にも応じた。しかし、指揮役と睨《にら》んだ早川は、東京拘置所における任意の捜査で頑としてそれを認めず、否定をつづけた。

麻原の側近だったIもしかり。事件のことはまったく知らないとして、疑惑をはねつけたのだ。

しびれを切らした米村はじっとしていられなくなった。自ら捜査員を引きつれ、東京拘置所に出向いたのである。拘置所内で、公安部長という自らの存在を誇示して、早川と対峙《たいじ》する米村。自分のキャリアの重みを使って、早川に圧力をかけ、その取り調べにあたったのだ。

「部長が自ら重要参考人の取り調べにあたるなんて、通常では全く考えられないことです。よく言えば、フットワークが軽く、機動的ですが、悪く言えば、どっしり構えていられず、軽い存在と受け止められます」と、遠慮気味にいう公安部の部下がいる一方、中には嫌悪《けんお》感を露《あらわ》にして、論難する者もいた。

「ホシの調べなんて、巡査部長か警部補がするもので、警視監の階級の人間が出張っていくなんて、考えられません。事件解明のカギを握るのが早川だと思い、〝今まで早川を白状させられなかったのは、取調べのやり方が悪かったからだ。奴《やつ》の口さえ割らせれば、突破口が開ける。よし、それなら俺が落としてやろう〟という気持ちだったのでしょう。でも、あんなことをされたら、現場は困りますよ。だって、部長が捜査の現場に乗り出し、〝なぁ、やっぱり、俺の言うとおりだっただろう。早川が指揮役だ〟なんて言い出せば、部下は捜査の筋読みが間違っていると思っても、誰も逆らえず、異論を唱えられません。しかも、部長が早川を調べた後は、その内容に沿わないような供述調書は一切、作れない。それなのに、〝さすがは部長。部長の仰《おつしや》るとおりでしたね。早川は動揺していましたよ〟とヨイショし、おもねる人間が必ずいるんです。それに気をよくして、米村さんは、公安一課長など現場の指揮役をないがしろにして、主観に満ちた陣頭指揮を繰り返すようになりました。

それに、捜査は、そもそも肩書きや階級でやるものではありません。米村さんは、とんでもない勘違いをしている。公安部長の自分がわざわざ出張って、胸の階級章でも見せ付ければ、その階級の重みに敬服、萎縮《いしゆく》した早川が落ちると思ったんでしょう。〝公安部長の俺がここまで出てきてるんだぞ。すべてお見通しなんだ、早く全部喋《しやべ》って、楽になれ〟というわけです。でも、捜査はそんな甘いもんじゃない」（特捜本部にいた公安捜査員）

むろん、結果は同じで、早川はそれまでと同様、「まったく身に覚えがない」と、関与を全否定。米村の小菅訪問は無駄足に終わった。

しかし、米村の捜査に、ある僥倖《ぎょうこう》が舞い降りてきた。先述した「スプリング8」である。K元巡査長のコートについていた微粒物を精査できないか、警視庁の科学捜査研究所や警察庁の科学警察研究所などに相談していた米村は、「スプリング8」なら、細かな成分の内容を判別できると知らされ、ここにコートの鑑定を依頼。2003（平成15）年4月に、ようやく、例の「射撃残渣《ざんさ》」なる物証を得られたのである。

これを受けて、米村は立件の可否はクリアされ、公判維持も充分可能と判断する。彼の指示で、特捜本部の現場を仕切る公安一課は、強制捜査に向けて、検察側における事件の受け手、東京地検公安部と協議を重ねた。信者らに強制捜査を行うための逮捕状の請求について、検察側の承諾を求めたのである。

しかし、証拠の柱は、依然、K元巡査長の供述であることに変わりはなかった。96年から97年にかけ、あれだけ周囲を振り回した輩《やから》で、その上で検察として、「供述には重大な疑問がある」と、立件を見送った相手である。供述の内容が変わり、実行犯から支援役になったとはいえ、そんな奴の話を今度は信用しろというのか、というのが検察の反応だった。

検察がゴーサインを出すことを拒絶しつづける中、米村は2003年7月、自ら東京地検に足を運び、難色を示す検事の説得にあたった。「射撃残渣」の証拠能力の高さをアピールしつつ、「長官狙撃事件は、オウム真理教の教祖、麻原彰晃の指示のもと、早川紀代秀が現場の指揮役、端本悟が狙撃の実行役、K元巡査長などが逃走の支援役になって、行われた」という持論を展開して、熱く事件を解説。検事に捜査への理解を求めたのだ。

これも、通常なら、現場を統括する公安一課長の仕事である。自らトップ交渉に臨み、状況を打開しようとした米村。捜査というものを熟知している数少ないキャリア官僚を自負し、直截《ちょくせつ》に現場を牽引《けんいん》することを旨《むね》とする、彼らしいやり方だった。

それだけ、米村は必死になり、かつ焦《あせ》っていた。彼に残された時間は少なくなっていたのだ。1ヶ月後の8月には、公安部長の職を離れ、警察庁官房審議官に異動することが内定していたのである。あと1ヶ月のリミットの間に何とか強制捜査に着手したい。それがダメなら、せめて後任の公安部長のために、検察から強制捜査への内諾だけでも取り付け、引き継ぎを行いたい。

米村の偽らざる心境だった。

公安部長に直接、頭を下げられた検察官は対応に苦慮した。しかし、即、判断をだすわけにもいかず、協議を継続することになった。

K元巡査長の新供述。共犯と疑った信者らの供述調書。そして、「射撃残渣」の鑑定書。自分の公安部長の任期中に強制捜査を打つことができず、忸怩《じくじ》たる思いでいた米村は、これらの資料を並べて、後任の伊藤に引き継ぎを行った。真贋《しんがん》は定かではないが、捜査当局内では、その際、米村がこう述べたと伝えられている。

「自分の時代に、この重大事件のケリをつけるつもりでいたが、それを果たせず、残念だ。重い責任を君に残していくようで心苦しく、申し訳ない。後は君に託したい。特捜本部のモチベーションをこれ以上、維持するのは困難だと思う。すべての捜査をやり尽くし、これ以上、任意でやれることは何もないんだ。あとは強制捜査で全面展開するしかない。今が、全面解決で、特捜本部を解散する最後のチャンスなんだ」

特捜本部の解散……。伊藤は、捜査強行を促す米村の真意を理解したはずである。

しかし、「捜査をやり尽くし、これ以上、任意でやれることは何もない」という米村の弁には、ある前提条件がついていることを明記しておかねばなるまい。それは、『オウム真理教をターゲットに据えた捜査』に限れば」ということである。

そもそも特捜本部を率いる公安部は、教団を対象に絞った捜査ばかりに腐心し、米村が公安部長として、指揮官を務めた時代はますますその度合いを深め、もはやオウム以外を対象としては見ていなかったのだから。近視眼的にオウムだけを凝視し、それ以外を口にするものは、「人にあらず」という空気が特捜本部に充満していた。

２００３年8月、公安部長に就任した伊藤は、長官狙撃事件の強制捜査を心に誓いながら、捜査指揮をとっていた。

伊藤もまた、米村のひそみに倣《なら》い、熱心に検察庁に足を運んだ。

「任意捜査をこれ以上、進めても、共犯とされた信者らは誰も喋らず、新しい証拠は得られません。信者を強制的に逮捕して、なんとかこの閉塞した事態を打開したい」

そう言って、東京地検公安部長など地検幹部の説得にあたったとされる。

これを受け、地検は、自らも任意でK元巡査長の事情聴取を行いたいという意向を示し、公安部に段取りさせた。Kの精神状態は安定しているのか、その供述は本当にブレないのか、事前に見極めるためだった。こうして、２００４（平成16）年3月から、東京地検の検事によるK元巡査長への事情聴取が始まった。

確かに、検事がKを短期間ながら調べた限りでは、彼の精神状況は落ち着いているように見え、供述もブレることはなかった。

「起訴できるかどうかは事前には約束できず、その後の捜査次第ですが、お話のあった3人に関しては、強制捜査を認めますので、逮捕状を請求してください」

東京地検が警視庁公安部に了解を与えたのは、同年6月のことだった。

米村や伊藤にはもう一つの目論見《もくろみ》があったとされる。

逮捕を強行し、それをマスコミが大々的に報道すれば、世論は形成できる。たとえ、起訴されなくても、〝やはり、事件はオウムの犯行だったんだ〟との印象だけは世間に与えられる。

これにより、結果はどうあれ、捜査本部を大幅に縮小し、形だけ残して、事実上の解散にもっていくとの、重要な目的は達成できると踏んだというのである。

しかし、果たして、その結果はどうなったか――。

逮捕されたUやS、Iらは取調べで、容疑を完全否認。共犯と名指しされた、早川や端本も、東京拘置所での任意の事情聴取に対し、疑惑を全否定した。早川は取調官にこう訴えて、憤激したという。

「坂本事件などすべての犯罪事実を認め、死刑判決を受けている私がどうして、今さら殺人未遂事件で嘘《うそ》をつきつづけなければいけないんですか。まったく身に覚えのないことです。いろんな大罪を犯したから、私は疑われても仕方がない。何を言われてもしょうがないとは思いますが、これが普通の人ならとんでもない人権侵害ですよ。

私は絶対、長官狙撃事件には関与していません。というか、あれはオウムの犯行ではないでしょう。〝今なら、オウムに罪をなすりつけられる〟と思った、別の人間の仕業ですよ」

この早川の反論は、後に大きな意味を持ってくるので、記憶に留めておいてほしい。

さて、逮捕されたK元巡査長はどうか。強制捜査で何も新証拠が得られず、進展が見られない中、彼は、東京地検の調べに破綻《はたん》をきたし、またもや、「やはり、長官を撃ったのは自分だと思います」と供述を変遷《へんせん》させた。そもそもKの〝関与証言〟が唯一《ゆいいつ》の支えだったのに、その屋台骨がもろくも崩れ去ったのである。

射撃残渣も過去に判例の実績がなく、どこまで証拠能力があるのか判然としないことから、決定的な物証になり得るとは認められなかった。

同年7月28日、東京地検は、逮捕した4人を処分保留で釈放。そして9月17日、全員を嫌疑不十分で不起訴処分としたのだ。捜査はこれ以上ないほどの無残な惨敗《ざんぱい》となった。特捜本部を解散させ、事件に幕をひくという米村と伊藤の野望は潰《つい》えた。こうして、警視庁公安部は過去にない屈辱の大失態を捜査史に刻み込んだのである。

にもかかわらず、２００８（平成20）年以降、また警視庁公安部は、長官狙撃事件をオウム真理教による犯行として、強制捜査を虎視眈々《こしたんたん》と狙ってきたことは前述のとおりである。第一章で触れたとおり、同年8月、今度は組織のトップ、警視総監として、警視庁に帰ってきた米村敏朗がK元巡査長という禁断の果実にまたもや手をのばしてしまったのだ。その無謀な捜査強行については、後に詳述するが、それは警察が警察でないことを露呈する、信じがたい暴挙であった。

しかし時を同じくして、警視庁内部に新たな動きが起こっていたことも事実である。現金輸送車襲撃で逮捕され、服役中のある男に対する刑事部の捜査が、暗闇《くらやみ》の閉塞《へいそく》状況にある「長官狙撃《そげき》事件」の捜査に一筋の光を投げかけていたのである。

あらためて言う。その男の名前は、中村泰《ひろし》。本書の冒頭で紹介した、大阪拘置所に在監中の、あの老人である。

そして、時効が間近に迫った今現在に至るまで、南千の特捜本部には、公安部が主導する「オウム・K捜査班」と、刑事部が応援に入った「中村捜査班」が同居し、並行して捜査が進められるという、一種異様な状態がつづいてきたのである。

本書の最も重大な目的の一つは、この中村の極めて高い〝容疑性〟〝犯人性〟を説き明かすことだ。まずは、彼が刑事部において、どうして長官狙撃事件の捜査線上に浮上することになったのか、その説明をせねばなるまい。

第三章　捜査線上に急浮上した男

銀行襲撃

「管内にて、現送車襲撃事件が発生。現場はＵＦＪ銀行押切支店。現金が強奪されたが、現場近くで犯人は取り押さえられたとの情報もあり。マル被（被疑者）は一人の模様。近くを警邏《けいら》中の車両は至急、現場へ臨場されたし」

愛知県西警察署の警官たちに緊急出動が発せられたのは、２００２（平成14）年11月22日のことだった。

犯人はガンベルトを腰に装着。左のホールスター（拳銃《けんじゅう》サック）には自動装塡《そうてん》式拳銃（オートマティック。以下、自動式拳銃と表記）、右には回転弾倉式の拳銃（レボルバー。以下、回転式拳銃と表記）をおさめ、名古屋市内にあるＵＦＪ銀行押切支店の駐車場に潜んで、現金輸送車の到着を待ち伏せしていた。

銀行の駐車場の壁にある配電盤の上に、同じ色を塗った小箱におさめた小型のCCD高性能カメラを設置。少し離れた場所に身を隠し、やはり壁面と同色に塗装した接続コードでつないだ液晶モニターをにらみ、現金輸送車の動きをウォッチしていた。

カメラで現送車が駐車場に入ってきたのを確認すると、自動式拳銃を抜いて、接近。警備員に近づき、無言で引き鉄《がね》を引いた。左足膝《ひざ》付近を狙《ねら》って発射された弾は、この警備員のズボンの布地部分を貫通したが、あまりの衝撃に警備員はその場に倒れこんだ。

これを見たもう一人の警備員は仰天し、走って逃げだした。犯人はその背後、約7・2メートルの距離からこの警備員の右足下腿《かたい》部を狙い、射撃。銃弾はふくらはぎに命中し、さらに同部を貫通して左下腿部にも銃創をつくった。すぐさま犯人は、最初の射撃で地面にうずくまっている警備員に銃口を向けて、威圧しながら、車に乗り込み、現金5000万円の入ったバッグを強奪。小型カメラを回収し、駐車場から逃走すると、近くに停めてあった盗難車のダイハツ・ミラの助手席にバッグを置き、運転席に乗り込もうとした。

ここまでは完璧《かんぺき》だった。計算外だったのは、銃口に怯《おび》え、うずくまっていたはずの警備員が命の危険をかえりみず、追跡してきたことだ。

誤算だった。恐れを知らぬ、20代の警備員に後ろからはがいじめにされた犯人は、慌《あわ》ててベルトから回転式拳銃を抜くと、それを相手の顔に突きつけようとした。しかし、その刹那《せつな》、警備員はこの拳銃を手でおさえ、犯人をその場に組み伏せたのである。

警備員は犯人の顔を見て、驚いた。

「とりおさえてみると、犯人が老人なので、ビックリしました。拳銃を使ってあれだけの犯罪を行なえる犯人がこんな年寄りだったなんて……、まさかと思いました」

警備員が警察に話した心情である。

犯人はカツラをかぶり、マスクをして変装していた。靴にはシークレット・ブーツの中敷を入れ、160センチしかない身長を170センチ近くに見せかけていた。その靴底にはボンドを塗り、現場の足跡を採取できないような細工もなされていた。

強盗殺人未遂の現行犯で逮捕されたこの犯人こそ、当時齢《よわい》72を迎えていた中村泰だった。そして、警察にすれば、この現金輸送車襲撃の強盗殺人未遂事件検挙が、中村という人間を追い続ける大捜査の始まりだったのである。

空白の30年

名古屋の銀行襲撃事件（以下、名古屋事件と呼ぶ）で中村を逮捕した愛知県警の取り調べは苦難の連続だった。なにしろ、事件についてまったく喋《しゃべ》らないばかりか、本名や生年月日さえ明かさない。この男が何者であるのか、まったく分からないのである。しかし、前科・前歴があったため、指紋を照合したところ、ヒットする資料があった。これで、本名と生年月日が判明。そして、彼に過去、重大な犯歴があることを知る。

1956（昭和31）年、東京・吉祥寺で、警察官から職務質問を受け、その際、この警官を拳銃で射殺していたのである。相手の胸部を銃撃した後、なお、蘇生《そせい》しないよう、仰向けに倒れた警官の頭にとどめの銃弾を撃ち込むという、残虐《ざんぎゃく》な犯行態様だった。

中村は名古屋事件の取り調べの際、犯行についてはほとんど供述しなかったが、「8年前に、15メートル離れたところから、ペットボトルや空き缶、木片を標的として600発の実弾を撃った」

「銃器類については、自分は科学捜査研究所の専門官よりずっと詳しい」

などと豪語し、自分の射撃能力の高さを誇示、銃器への異様な執着を見せた。逮捕された際、拳銃2丁と70発以上の実弾を所持していたこともあり、愛知県警の刑事たちは、「銃器が使用された、他の重大未解決事件にも関与している可能性がある」と疑い、徹底的な周辺捜査を行おうとした。

しかし、捜査はすぐに行き詰まり、彼らは頭を抱えることになる。どんな人間なのか、この男の属性が皆目、掴《つか》めない。無期懲役の刑を受け、約20年近い獄中生活を送り、1976（昭和51）年に仮出獄。以来、30年近い年月、どこで、どういう人生を辿《たど》ってきたのか、その足跡がまったく追えないのである。

本籍が兵庫県神戸市、住民票は99年まで東京の池袋にあり、その後、神戸市に移されていることが分かった。しかし、それらはいずれも電話代行業者の住所地で、実体のないものだった。中村はそこに住民登録するとともに、私書箱を借りて、自分宛《あ》ての郵便物や宅急便などを受け取っていた。そうして、実際の居住場所を誰にも知られぬ生活を送っていたのである。

ただし、池袋の前の住所は立川市の公営住宅であり、やがて実弟が都内にいることが分かった。

そんな中、警察庁を通じて、ある依頼が舞い込む。警視庁から、中村の関連資料一式を閲覧させてもらいたいとの申し出があったのである。

警視庁でも、管内で凶悪な未解決事件をいくつか抱えている。このうち、92（平成4）年、交番の警察官が刺殺され、拳銃を奪われた「東村山警察署旭が丘派出所警察官殺害事件」の担当捜査官が、中村の情報に着目したのだ。

① 多摩地区に土地鑑がある

② 警察官に対し、過去に殺人など凶暴な犯罪を犯している
③ 拳銃に執着している

などの要素が同事件の容疑者性とことごとく合致したためである。

中村が東京に近親者やアシ（足取りや行動を指す警察用語）を有することから、これを受けた愛知県警も、警視庁に捜査嘱託を行うことにした。

警視庁管内では、他に、拳銃が使用された事件として、95（平成7）年7月に発生した「八王子スーパー3人射殺事件」が未解決のままとなっていた。八王子市内にあったスーパー・ナンペイ大和田店に拳銃を持った男が侵入し、アルバイト店員の女子高生と女性店員の計3人を射殺した残忍な事件である。

捜査指揮にあたっていた有働俊明・刑事部捜査一課長は、東村山の担当捜査官からの報告で、中村の存在に注目することになる。そして、当初はこの八王子事件との関連性も疑われたことから、中村への内偵捜査は、八王子警察署にある特捜本部が受け持つことになった（東村山署の事件では、発生時、中村にアリバイがあったため、すぐにシロと断定。後者の八王子の事件についても、その後、DNA鑑定などの結果から無関係であることが判明している）。

その頃、この中村に重大な関心を寄せていた警察が他にもあった。大阪府警である。

大阪では、97（平成9）年から2001（平成13）年にかけ、4件の現金輸送車襲撃事件と信用金庫襲撃事件が発生していた。内容を簡単にまとめておこう。

① 97年8月4日 大阪厚生信用金庫深江支店事件。

犯人は、フィリピン製スカイヤーズビンガム、もしくはアームスコー回転式拳銃を使って、3発の銃弾を発射し、現金327万7000円を強奪した。

② 99年3月5日 三和銀行玉出支店事件。

犯人は、支店の西側駐車場で、現金の積み下ろしを行っていた警備員に、自動式9ミリ口径拳銃を1発発射。右手甲貫通の銃創を負わせたが、この警備員が現金輸送車後部の扉を閉ざしたため、金員強取の目的を遂げず、銀行員に対し、1発発砲して、逃走した。慌てた犯人は現場に回転式拳銃コルト・エージェント1丁や手製の潜望鏡を落としていった。このため、犯人が自動式と回転式の2丁の拳銃を携え、犯行に及んでいたことが判明した。

③ 99年7月23日 東海銀行今里支店事件。

犯人は、支店駐車場内において、現金輸送中の警備員に対し、フィリピン製スカイヤーズビンガムと思われる回転式拳銃を使って、6発ほどの弾丸を発射。現金450

0万円が入ったジュラルミンケース1個を強奪した。

④　2001年10月5日　三井住友銀行都島支店事件。

犯人は、支店駐車場内にて、現金輸送中の警備員に対し、自動式拳銃（9ミリ・ルガー口径）で1発、弾丸を発射し、左下腿部貫通銃創の傷害を負わせ、現金500万円在中のジュラルミンケース1個を強取した。

このように、総額で5000万円以上の現金が奪われながら、市民を震撼《しんかん》させた銀行襲撃事件は、いずれも解決のメドがたっていなかった。すべて白昼、拳銃が使用された大胆かつ凶悪な犯行で、うち3件の現送車襲撃の手口は、名古屋で現行犯逮捕された中村のそれと酷似していたのである。大阪府警が中村に重大な関心を寄せ、愛知県警に情報を求めたのは、自然の流れであった。

後に触れるが、実際、このうち、④の三井住友銀行都島支店事件（以下、大阪都島事件と呼ぶ）につき、後日、中村は大阪府警に逮捕され、すでに最高裁で強盗殺人未遂による無期懲役刑が確定している（07年3月12日、一審、大阪地裁で無期懲役の判決。同年12月26日の大阪高裁判決も控訴棄却で同判決。最高裁の上告棄却判決は、08年6月2日に言い渡された。なお、中村本人はこの件は自分に関係なく、冤罪《えんざい》であると主張している）。

この大阪都島事件では、犯人は自動式拳銃を使い、約17・5メートル離れた先で、右から左へ歩行中の警備員の左足の脛《すね》を一発必中で撃ち抜き、現金を奪い去るという離れ技を演じていた。

異様な銃マニアとも思われる一人の男に対し、愛知県警・大阪府警・警視庁という三つの捜査機関が連携し、情報収集と協議を重ねることになった。しかし、中村への周辺捜査は困難を極めた。とにかく実弟でさえ、兄と数十年の間、ほとんど音信不通に近い状態で、中村の消息をまるで知らなかったのである。

が、そんな中、捜査当局に思いがけない福音がもたらされた。端緒は、この実弟と、名古屋事件（03年9月、名古屋地裁は、強盗殺人未遂罪で懲役15年の有罪判決を宣告。翌年3月の名古屋高裁は、殺意〈未必の故意〉を否認した中村の主張を認め、強盗致傷罪に罪名を変更したが、刑は同じく懲役15年。この二審判決が同年10月、最高裁で確定している）で、中村の弁護を引き受けた弁護士だった。

捜査当局はすでに中村の資産を調べるために、全国の金融機関に照会をかけて、中村泰名義で開設されたすべての口座をおさえていた。中村は拘置所で囚《とら》われの身であるにもかかわらず、それらの口座からどんどん金が引き出されていくのである。調べると、金をおろしているのは、実弟だった。では、その兄のキャッシュカードはどうやって手に入れたのか。

追及すると、名古屋で中村の刑事弁護を務める弁護人が送ってきたのだという。この弁護士に確認したところ、2003（平成15）年5月までに数回にわたって、中村の荷物が事務所に届いていたのである。中身は衣類や筆記用具、そして中村が使っていた銀行のキャッシュカードや通帳などであった。弁護士も「誰が送ってくるのか、分からない。接見の際に中村さんから依頼されたとおりに、キャッシュカードなどを東京の弟宅に送った」というのみだ。

荷札の番号などから、荷物は大阪の天王寺界隈《かいわい》などから発送されたものであることが分かった。

一体、誰が送りだしたのか——。警察はこの一点にかけ、本当の送り主を追った。そして、ついにこの人物を突き止めたのだ。

その男とは、斎藤雅夫（仮名）。大阪市内で経営コンサルタント事務所を主宰する男。中村より八つ年下のこの人物も、かつて山口県警管内で殺人事件を起こし、殺人、銃刀法違反容疑で刑事訴追を受けていた。63（昭和38）年のことである。

無期懲役の刑を受け、受刑囚になった斎藤。中村とは、千葉刑務所に服役していた、67（昭和42）年に獄中で出会い、76（昭和51）年までの8年8ヶ月をともに過ごし、親しくなった。いわゆるムショ仲間というわけだ。この人間こそ、唯一《ゆいいつ》、中村のことを熟知し、謎《なぞ》に包まれた出所後の空白の数十年を埋めてくれる人物になるはずだった。本人に気取《けど》られないよう、銀行や役所へ、口座や固定資産税の照会をかける。金融や不動産などの資産を調べあげ、聞き込みなどで生活の実態を探っていく。相手にアプローチをかけるのは、それからだ。

突然、目の前に現れ、来訪の意図を告げる刑事を見て、斎藤は顔面蒼白《そうはく》になった。そして、この斎藤への追及を足がかりに、ようやく警察は、中村の本当の生活の拠点だったアジトを割り出すのである。

すでに季節はめぐり、初夏を迎えていた。そこは、山河や渓谷に周囲を囲まれ、さまざまな鳥のさえずりが心をなごませる、自然豊かな土地だった。

三重県の西部に位置する名張市。人口約8万3000人。大阪市内へ電車で1時間ほどの通勤圏内にあるため、今ではそのベッドタウンと化しているこの町も、かつては旧町名を隠町《なばりまち》といい、伊賀流忍者が根ざした里だった。

近鉄の駅がある中心街からさらに南西に進むと、山野と渓流が入り混じる景観が目の前に広がる。奈良《なら》との県境に接し、近くには温泉街や、名勝として名高い赤目四十八滝《あかめしじゅうはったき》がある、いかにも長閑《のどか》な住宅地に、その隠れ家はあった。

名張市安部田《あべた》という名の山間《やまあい》の田舎町に多くの警察官が姿を現し、狙《ねら》いの家に踏み込んだのは、2003(平成15)年7月のことだった。

愛知・大阪・警視庁から40名近い警察官が動員され、大阪にある斎藤雅夫宅と、斎藤名義で契約された、UFJ銀行玉造支店の貸金庫、そして、中村が実際に居住していた、この名張のアジトへの家宅捜索が行われることになったのである。中村の逮捕から、実に8ヶ月が経過していた。

しかし、捜索初日、思いもよらぬ緊急事態が発生し、またもや警察に衝撃が走った。名張の家の捜索に立ち会うため、警察車両に同乗していた斎藤が、大阪から三重に向かう車中で突如、苦しみ始めたのである。

「どうした、斎藤。大丈夫か」

胸を押さえて、苦悶《くもん》の表情を浮かべる斎藤。

「斎藤、斎藤、どうしたんや。大丈夫なんか」

一体、何が起こったのか。訳が分からず、捜査員たちは大声で斎藤に呼びかける。

しかし、まともな受け答えができないまま、斎藤はそのまま動かなくなってしまった。

あっという間の出来事だった。警察にとって極めて重要な証人となるはずだったキーマン・斎藤は、その別宅の目と鼻の先で突然死を遂げたのである。普段は静かな山間の町に、サイレンを流しながら、救急車が到着すると、あたりは一時、騒然となった。茫然《ぼうぜん》自失とする捜査員たち。

〈自殺か……〉

あまりに不可解な展開に警察は青酸カリの服毒などによる自決を怪しんだ。

「そもそも斎藤の大阪の家に、わしらが踏み込んだ際、奴《やつ》はパニック状態やった。ガサ入れ（筆者註・家宅捜索）している最中に、『三重の名張にも別宅を持ってますね。そこにも一緒に行ってもらわんとあかんな』と言うた途端、血相変えて、何か手にして、口に入れようとしたんや。慌《あわ》てて止めたら、青酸カリやった。〝こいつは、何か重大なことを隠しとる。こいつ自身も何か事件に関わってるんとちゃうか〟と、当然、疑いますわな。そやから、車の中で青酸カリを隠し持ってて、捜査員に気づかれんように飲んだんかと思うたんや」（捜査に関わった大阪府警の刑事）

すぐさま三重大学医学部に遺体が搬送され、司法解剖が行われた。しかし、結果は自殺ではなく、急性心筋梗塞《こうそく》に基づく虚血性心不全であることが判明した。

それだけ斎藤にとっては、この名張で捜索が行われ、ある実態が暴《あば》かれることに強いプレッシャーがあったのだろう。それほどの心的インパクトとは一体いかなるものなのか。

中村を唯一知るキーパーソンを失った警察の落胆は大きかった。捜査に暗雲が垂れこめる。しかし、落ち込んでもいられない。捜査員たちは気を取り直して、名張のアジトに臨場した。

２３４平米の土地に建つ、延べ床面積85平米の民家。軽量鉄骨造スレート葺《ぶき》の平屋建てで、築30年近くが経《た》つ。斎藤雅夫名義で、96（平成８）年11月に購入された中古住宅だった。そこは高い石垣の上にあり、周囲からは中の様子をうかがい知ることはできない。10段ほどの石の階段をあがると、門扉《もんぴ》があり、中にはこぢんまりとした庭もある。一見、何の変哲もない民家だった。

閉ざされた門扉を開け、その混沌《こんとん》とした空間に足を踏み入れる捜査員たち。その捜索は、彼らがいまだ体験した事のない、未知なるものとの遭遇。ドアに鍵《かぎ》をさし、扉を引きあける。それが、得体の知れない何かが秘められた〝パンドラの箱〟を開けてしまうことになろうとは露《つゆ》ほども知らずに……。

正体

中村は3人兄弟の長男として、1930（昭和5）年4月、東京市・淀橋区《よどばし》（現・新宿区）淀橋で出生した。父親が南満州鉄道（満鉄）に勤めていた関係で、幼少期を中国の大連や吉林《きつりん》、奉天（現・瀋陽《しんよう》）などで過ごした。抗日運動の激化もあり、治安が悪く、自らの身を守るために、寝る時も、近くに拳銃《けんじゅう》を用意しているような生活だったという。

日中戦争が起こり、戦火が拡大した1940（昭和15）年、日本に帰国。翌年、太平洋戦争が勃発《ぼっぱつ》し、母方の実家がある水戸に疎開《そかい》した。まさに激動の時代だった。旧制・水戸高校に進学した後、49（昭和24）年に、東京大学の教養学部理科二類に合格。現在、東京で暮らす実弟の一人は、次のように兄のことを語っている。

「兄は子供のころから変わっていました。いつも家にいて、本ばかり読んでいた。一言で言えば、天才ということ。勉強をしているのを見たこともないのに、学校で一番だった。語学も得意で、英語、中国語、スペイン語が堪能《たんのう》。ドイツ語やフランス語も少しできる。人とは理解力が違うんです。

秘密主義者で、親にも知らせず、東大を受験していました。そして、フラッと家出してしまい、その後、自宅に合格通知が来て、皆、東大受験を知ったんです。東大時代に共産党に入党し、機関紙の活動に関わったり、学生運動で警察と衝突したような話を本人から聞いたことがあります」

確かに、東大時代は学生運動に身を投じ、共産党の機関紙「細胞」に関係したこともあったようだ。地下活動へと潜っていく中村の思想、信条は過激で、「一般市民を苦しめる為政者と、その手先となる官憲は敵」との考えに凝り固まり、武器を手にした暴力革命を志向していた。当時、仲の良かった学友たちには、「市街戦を研究するため、スペイン語を勉強した」とも語っていたほどだ。

名古屋事件の初公判で、検察が明かした冒頭陳述によれば、やがて、中村は、《戦後の混迷する日本から脱出して南米に渡り新天地に活路を見出《みいだ》そうと考え、その資金を獲得》しようと考える。

そこで、ペニシリンなどの薬品や高級外車の窃盗を重ねるのである。

初めて犯罪に手を染めたのは、51（昭和26）年４月のこと。神田鍛冶《かじ》町の薬局に盗みに入り、現金６０００円と、ペニシリンやダイアジンなど約27万円相当分の薬品を盗んだのだ。これを質屋に入れ、万世橋警察署に逮捕された。同年７月、東京簡易裁判所で懲役１年執行猶予《ゆうよ》３年の判決を受けている。

さらにそのわずか１ヶ月後の同年８月、高級外車シボレーの窃盗にも関わったとされる。窃盗罪での逮捕を受け、中村の親と大学当局が話し合いの場をもった。その結果、中村は同年12月、東大を自主退学することになった。

「当時、母が大学の教授に会いに行き、〝ノーベル賞を貰《もら》えるような稀有《けう》な頭脳の持ち主だったのに。道を間違ってしまったな〟と惜しまれたそうです」と、実弟はその当時の様子について語っている。ちなみに、この時、大学当局は、母親に、「単なる自動車ドロボウではなく、思想的な背景があるようだ」と説明している。

　しかし、それにも懲《こ》りず、中村は翌52年１月10日、今度は三重県内で人家に忍び込み、自動車を盗んだとして、四日市南警察署に逮捕される。同年３月、四日市簡易裁判所で、まったく反省がないとされ、懲役２年の実刑判決を受ける。三重刑務所に服役し、仮出獄で郷里、水戸の両親のもとに帰るのは、同年12月のことだった。

　その後、中村は、世界平和の実現のためには、国を戦争に導く政権首脳を暗殺することが近道という、歪《ゆが》んだ反国家思想を持つに至る。国内におけるテロ活動を模索し、反ファッショ闘争の革命を目指して、再び資金獲得と武器調達を企てたとされる。

「平和条約成立後の日本は独裁政治に移る」と思い込み、これに対する反対闘争の準備として、拳銃やカービン銃などを集めることを計画して再び上京。まず手始めに、55（昭和30）年１月、立川市内で韓国人の兵器バイヤーからコルト型45口径自動式拳銃２丁と、実包１２００発を約14万円で入手した。

こうした武器調達をつづけるためには、多額の資金が必要になる。ケチな窃盗を重ねても、たいした金にはならず、どうすれば手っ取り早く莫大《ばくだい》な資金が得られるか、中村は熟考した。そこで、彼は金融機関の金に目をつけ、金庫破りの手口を研究しようと思いたつのである。アメリカから鍵やダイヤルに関する文献を取り寄せ、熱心に読み耽《ふけ》った。その様からは暗い情熱が伝わってくる。

本で知識を仕入れた中村は、そのうえで実際、埼玉県の川口市役所や千葉県の松戸市役所、朝霞《あさか》町役場に忍び込み、公金を収めた金庫のダイヤルを壊して、研究の材料に使っている。また、金庫破りに使うため、「電流抵抗測定器」という機械まで、自身の手で開発するに及んだ。そして同年春頃から、いよいよ作戦を実行に移すべく、50ヶ所もの金融機関の支店をロケハンしたという。

最初のターゲットは、茨城県・常盤村の片田舎にある下大野農業協同組合。同年11月、彼はこの農協に侵入し、事務所の金庫を破って、現金約33万4000円をまんまと盗み出すことに成功した。

これに味をしめ、翌56年8月、今度は浅草・雷門にある台東地区電話局浅草分局に忍び込む。金庫から現金約2万円、電話債券195万1000円分を盗み出し、これを日本橋の証券会社で売っていた。ちなみに、この時、中村は金庫のダイヤルを変更して閉じており、職員がなかなか開けられなかったため、犯行の発覚が遅れたという。

これらの金をもとに、彼はこの頃、使っていた「早川友次郎」の偽名で、日本橋浜町の木野印刷所から小型自動車のダットサンを約15万円で購入している。そして、埼玉県北足立郡蕨《わらび》町のアパート「ローズマンション」を根城に、さらに金融機関の物色を進めた。

次に事件を起こしたのは同年11月のことだった。東京都世田谷区北沢にある永楽信用金庫北沢支店に侵入。ここでも現金約40万円を盗み出すことに成功した。

農協や信金などの金庫破りを繰り返し、それまでのところで、３００万円近くを荒稼ぎしていた中村。これは現在の感覚では、いくらくらいになるのか。当時は国電（現ＪＲ）の初乗り運賃が10円の頃なので、現在の貨幣価値では10倍以上となる。彼が盗んだ金がいかに多額だったかご理解いただけるであろう。ここまでくれば、歴《れっ》とした プロの金庫破りである。

これらの金でさらにピストル２丁と実包１３００発を買い増す。自らにさらなる武装化を課し、機関銃やカービン銃、バズーカ砲などの火器まで購入しようともくろみ、この時点で１０００万円の資金調達を目指す決意を固めるのだった。

永楽信金事件から約２週間後、彼の次の標的となったのは、三鷹《みたか》駅前にある都民銀行三鷹支店だった。

〈今度も難なく、成功するだろう〉

別にタカを括《くく》っていたわけではないにしろ、犯行に慣れ、心に緩みが出ていたのだろうか。あるいは一人、非合法の活動に身を投じる中、自分でも気付かないうちに、疲れがたまり、心身は悲鳴を上げていたのかもしれない。

1956（昭和31）年11月23日未明、中村は、犯行現場に赴く前に、吉祥寺の井の頭公園近くに車を停め、車内でウイスキーを飲みながら、時間待ちをしていた。そうしたところ、不意の睡魔に襲われ、うっかり寝込んでしまう。慌てて、現場に向かうも、すでに警備は厳重になっていた。侵入する機会を失い、結局、ここでの金庫破りは断念したのである。初めて味わう挫折《ざせつ》だった。

自宅の「ローズマンション」に戻る途中、中村は、立川市の武器購入先である兵器バイヤーのもとに立ち寄ろうと思った。しかし、まだ時間は早い。そのため、吉祥寺の市営競技場近くの道路脇《わき》に車を停め、仮眠することにした。

気持ち良く眠っていたところ、何者かに車の窓をこつこつと叩《たた》かれ、突然、まどろみから揺り起こされたのは、それからすぐのことだった。見ると、車の脇に警察官が立っている。時計の針は、午前6時10分を指していた。

「すいません。ここで何をしているんですか。免許証を見せて下さい」

職務質問を行うのは、山川治男巡査（当時22）だった。

しかし、相手は無言のまま、これに応じる気配がない。

「無免許なら、交番まで来てもらわなければならない。これから、どこへ行くつもりなんだ」

挙動不審の男にこと細かく質問する山川巡査。任意同行まで求められ、中村は苛立《いらだ》った。元来、警官嫌いである。それに交番まで行けば、右腰に携えた拳銃の所持が露見するのは必定だ。しかも車内にある所持品から、金庫破りを画策していたことも発覚する恐れがある。

〈殺すしかない〉

「お前も、砂川闘争（筆者註・1956年秋、アメリカ軍立川航空基地の滑走路延長計画に伴い、これに反対した地元住民によるデモ隊と警察が衝突し、多数の負傷者、逮捕者を出した事件。これが翌年の第二次砂川事件につながる）で棍棒《こんぼう》を振った一味だろう。ならば、武器を使ってみろ」

そう言うと、やおら中村は車外に出た。驚いた山川巡査が腰の銃に手を伸ばそうとした瞬間、中村はこの警察官の胸部に向け、銃弾を2発、発射。倒れたところをなお蘇生《そせい》しないよう、こめかみ近くに拳銃をつきつけて、頭部にとどめの1発を撃ち込んだのである。残虐《ざんぎゃく》かつ冷酷な犯行というしかなかった。

山川巡査は、右胸部および頭部に貫通銃創、左胸部に盲管銃創を受け、死亡した。目撃証言などから、犯人の車が判明。ここから「早川友次郎」が捜査線上に浮上したことを知った中村は、その後、関西方面に逃走する。車をばらばらに解体して、エンジンなどを売り払った。凶器の拳銃は油紙にくるんで、茶筒などの容器に入れ、奈良の生駒《いこま》の山中に埋めて隠した。そして、しばらくは大阪市東成区のアパートで潜伏生活を送っていたのである。

こうして、証拠隠滅を図ったつもりだったが、「早川友次郎」＝中村であることが発覚するにはさほど時間はかからなかった。しかも、その頃、行動を共にしていた人物が警察に出頭。

「警官殺しは中村の犯行」と自供したことから、犯行の全容が明るみに出てしまう。「冤罪《えんざい》を晴らすためにやって来た」として、中村も自ら、警視庁に出頭するが、最後は自供に至り、逮捕されたのである。

当時の中村の事件を伝える雑誌記事の中に興味深い記述があるので紹介したい。

〈起訴された中村は四月八日（筆者註・１９５７年）東京拘置所八王子支所に身柄を

移された。その朝、彼は「行く前に一度山川巡査におわびしたい」といい、武蔵野署中庭の同巡査の胸像（筆者註・山川巡査は殉職に伴い、二階級特進して警部補となり、所属の武蔵野署に追悼の胸像が設置された）の前にぬかずき、一片の紙片を供えて係官に引かれて行った。

その紙片には次のようなバイロンの言葉が英語で記されてあった。

Whom the gods love dies young――

「神に愛せられる者は若くして死す」」（週刊読売1957年6月5日臨時増刊号）

その後、裁判では無期懲役が確定。彼は約20年の年月を灰色の壁で囲まれた千葉刑務所で暮らすことになった。

敵の首領、倒れたり

三重県名張市の薄暗い居室。眼が慣れるのを待って、愛知・大阪・警視庁の捜査員たちは周囲を見渡した。まず目についたのは、居室にあったワープロとフロッピー・ディスクだった。

天井裏からは9ミリ・ショート口径のコルト・マスタング自動式拳銃1丁と142発の実包が発見された。室内から、シークレット・ブーツが数足、見つかる。

裏の物置から出てきたものに、捜査員は目を瞠《みは》った。パスポートが数通隠されていたのだが、添付された顔写真は中村であるものの、名義は別人のものだった。

また、アメリカのカリフォルニア州やアリゾナ州で発行された運転免許証もあった。これも、添付された顔写真はいずれも中村のものだが、やはり名前は別人になっていた。

背乗《はいの》り（実在する他人の戸籍や住民票などを入手して、その人間になりすますこと）や架空の人物を作りあげて、不正に入手した旅券に、米国発行の免許……。捜索を進めていくと、精巧に偽造された、日本の運転免許証も発見された。そして、何より捜査員たちを驚かせたのは、精緻《せいち》に造られた、「変造指紋」だった。

ここ数年、他人の指紋を指に貼《は》り付けたり、移植手術で指紋を変えるなどして、「バイオメトリクス（生体情報）認証システム」をくぐり抜け、日本に不法入国した韓国人ホステスや中国人女性が摘発され、話題となった。中村も犯罪捜査の撹乱《かくらん》用か、他人になりすますためのものなのか、自らの手で「指紋」を造り上げ、多量に用意していたのである。

刑事たちは、部屋の主《あるじ》に得体の知れない恐怖を感じた。

居室には数冊のスクラップブックがあった。新聞記事の切り抜きが多数貼られており、79（昭和54）年に中米、ニカラグアで起こったサンディニスタ革命を伝えるものだった。

もっとも、捜査員が注目したのは、別の資料である。それは部屋に置かれていた、いくつかの段ボール箱の中に収められていた。フタを開けると、中には膨大な数の新聞や、雑誌記事のコピーが詰め込まれている。見ると、それらはいずれも、長官狙撃《そげき》事件について報じる記事だったのである。中村が長官狙撃事件に強い関心を持っていることは明白だった。

押収《おうしゅう》されたフロッピーの数は14枚。内容を解析した結果、そのうちの8枚には、膨大な数の自作の詩が記録されており、各々に千葉刑務所服役中の1960（昭和35）年から名古屋事件で逮捕される2002（平成14）年11月までの日付（作成年月）が記されていた。その一部には、

・警察に対する積年の怨念《おんねん》や復讐《ふくしゅう》の誓い
・拳銃《けんじゅう》への異常な執着
・自己の射撃能力への陶酔と誇示

などがみとめられた。プロローグの冒頭で紹介した「Whom Called X」の作品もここに収められていたものである。

そしてそこには、あたかも自分が長官を銃撃したかのように、狙撃前後の心情や行動まで綴《つづ》った詩篇があったのだ。その一つが次の内容である。

《March 30, 1995

金のためでなく
名を売るためでもなく
恨みもなく
だれにも強いられず
ただ　この世のことは
今生で片を付けよ　と
内なる声に迫られて
戦いの場に赴いた
無名の老鎗客

墨田の河畔　春浅く

そぼ降る雨に濡れし朝
静けさ常に変らねど
獲物を狙ふ影一つ

（中間部分は未完）

満を持したる時ぞ今
轟然火を吐く銃口に
抗争久し積年の
敵《かたき》の首領倒れたり

1995/4》

（筆者註・「鎗客《そうかく》」とは中国語で、銃器を遣う手練《てだ》れのこと。日本語には適訳がない）

長短あわせて全部で900ほどある詩篇のうち、約30ほどが長官狙撃事件にまつわる内容のものだった。

〈もしかすると、この男は長官狙撃事件について、なにがしか関与しているんじゃな

いか〉

警視庁捜査一課の刑事たちに重大な疑念の萌芽《ほうが》が生じた瞬間だった。

UFJ銀行の貸金庫からは、9ミリ・ルガー口径のグロック19型（オーストリア製）やスター（スペイン製）の自動式拳銃、スミス&ウェッソン（S&W、米国製）の回転式拳銃など、新たに3丁の拳銃が発見された。

また、大阪の斎藤の自宅からは、新たな関係先が浮上していた。東京・新宿の安田総合企画株式会社が管理する貸金庫のカギが2個と契約書が見つかったのである。同社に確認すると、二つの金庫は「浅野健夫」という名義で契約されており、これは中村の偽名であることが判明した。

〈この新宿の貸金庫にも、銃器類が隠匿《いんとく》されているのは間違いない。それに、もっと重大なものが隠されているかもしれない。あるいは、長官狙撃事件に使われた拳銃も……〉

刑事たちは、内面の昂《たか》ぶりを抑えるのがやっとだった。

警視庁が満を持して、この貸金庫の捜索を行うのは、2003年8月21日のことである。

新宿の安田生命ビル（当時）、地下2階。貸金庫室のケースが並ぶ棚の中から、お目当ての二つのケースを引き抜く。すると、予想通り、中には大量の銃器類が納められているのがすぐに分かった。

「ここではまずい。危険物があると、大変なことになります。他のお客さんの出入りもあるから、本部へ運んで、そこで中身をあらため、じっくり捜索をやりましょう」

現場の責任者の意見に、上司の刑事部捜査一課長、有働俊明も同意した。

警視庁本庁6階の会議室。有働捜査一課長と、一課の№2である佐久間正法《まさのり》・理事官、中村捜査の現場を仕切る、横内昭光・管理官らが顔を並べる。ノンキャリ幹部ばかりか、そこには、8月26日付けで京都府警本部長に栄転することが決まっている米田壮《つよし》（東大法卒・76年警察庁入庁）刑事部長も姿を見せていた。しかも、科学捜査研究所の銃器専門官たちも動員されている。一体、何事が始まるというのか。事情を知らない者が見たら、怪訝《けげん》に思うような布陣だ。

彼らがじっと見つめているのは、机上に置かれた、金属製の二つのケース。高さ13センチ、幅30センチ、奥行き50センチほどの貸金庫の引き出しである。

刑事部幹部らが居並ぶ、物々しい雰囲気の中、そのケースは開けられた。中をのぞいた瞬間、その場にいた者たちは皆、腰を抜かすほど驚いたという。

そこに隠匿されていたのは、コルト・ダイアモンド・バック、チャーター・アームズ・ブルドッグ、スミス&ウェッソン49型などの38スペシャル口径の回転式拳銃や、グロック、ワルサーP88、SIG P226、ベレッタM92などの9mm Para口径の自動式拳銃、上下二連式のアメリカン・デリンジャー双銃身拳銃（45口径）、掌《てのひら》に収まるほどの超小型でありながら、22口径マグナム・ホローポイント弾を撃てるミニ・リボルバーなどの拳銃10丁と実弾1016発！　さらには、KG―9短機関銃（サブマシンガン）とULA短銃身小銃（ライフル）などの特殊な火器まで秘められていたのである。

とりわけ、このULA短銃身小銃は折りたたみ式の銃床をとりつけ、コートの中に隠し持てるほどコンパクトなサイズでありながら、100メートル先のピンポン玉を撃ち抜ける高精度なもの。米国などでも一般の銃砲店では手に入らない特注品だ。フレデリック・フォーサイスの『ジャッカルの日』で、フランスのド・ゴール大統領暗殺を狙うプロの殺し屋が使用した、組み立て式の特殊ライフルを髣髴《ほうふつ》とさせる代物だった。

ミニ・リボルバーといい、この高性能ライフルといい、要人暗殺などの特殊工作に用いられる凶器としか考えられない。

さらには、貸金庫のケースからは、致死量1000人分を超える壜《びん》入りのシアン化合物（青酸カリ）や、ダイナマイトの起爆導火線なども飛び出したのである。

捜査員たちは皆、一様に戦慄《せんりつ》を覚えた。

〈この男は、一人で戦争でもおっぱじめるつもりだったのか……〉

そこに居合わせたある刑事はそう思ったが、その感想を抱いたのは彼一人ではなかったはずだ。

これまでに中村の関係先で発見、押収された主要なものをざっとまとめておくと、以下のとおりとなる。

・回転式、自動式の拳銃16丁（うち1丁は部品のみ）
・短機関銃（サブマシンガン）1丁
・小銃（ライフル）1丁
・実弾千数百発
・赤外線暗視装置
・青酸カリ
・起爆用導火線
・手榴弾《しゅりゅうだん》
・防毒マスク
・防弾チョッキ
・ターゲット・レインジャーという屋内用射撃訓練装置の容器

・射撃訓練ビデオ
・米国海兵隊戦闘用マニュアル
・他人名義のパスポート
・アメリカの複数の州で発行された、偽名のドライバー・ライセンス
・精巧に造られた、日本の偽造運転免許証
・人造の「指紋」

中村はこの旅券を使い、アメリカやカナダ、香港《ホンコン》、中米諸国などに渡航していることも判明した。

刑事たちは、新宿の貸金庫に、長官狙撃事件で使用されたとみられる、３５７マグナム弾を撃てる口径のコルト社製の長銃身銃（38〈スペシャル〉口径では３５７マグナム弾は撃てない）や、ナイロンコーティングされたホローポイント系の銃弾が隠匿されているのではないかと秘《ひそ》かに期待していた。しかし、弾薬の中には普通のホローポイント弾はいくつもあったが、お目当ての拳銃とナイクラッドの弾丸は見つからなかった。が、それでもなお、発見された、物言わぬはずの品々が雄弁に物語るその主題は、彼らの疑念をさらに拡大、増幅させるに充分だった。

名張のアジトで見つかった、長官狙撃事件に関する膨大な記事や、それを題材にした自作の詩篇。

新宿の貸金庫で発見、押収された、要人暗殺用と思料される特殊工作用銃器類。

これらのものが融合して化学反応を起こした、混沌《こんとん》の渦から導き出される答えは……、「警察庁長官狙撃事件」。

〈この男は長官狙撃に関与している可能性がある。少なくとも何か事情を知っているはずだ〉

いくら鈍感なものでも、そう思うのが当然ではないか。その場にいた刑事たちがこうした強い疑念を胸に抱いたのは、自然の流れだった。

百歩譲って、長官狙撃事件はひとまずおくとしても、もはやこの男が何かとんでもない謀略工作と、武器使用によるテロを敢行すべく、入念な準備を行っていたことだけは疑いようのない事実だった。

当時、警視庁において、中村の内偵捜査を行っていた、八王子警察署特別捜査本部がまとめた、2003年8月作成の捜査状況報告書には、次のように記されている。

《1 捜査対象者

本籍　兵庫県神戸市湊《みなと》町4丁目○番
住居　不定（名古屋拘置所在監中）
中村泰《ひろし》　昭和5年○月○日（73歳）
前科・前歴
①　昭和26年4月21日　万世橋（筆者註・署は省略している）　窃盗（同居人盗）　懲役1年執行猶予《ゆうよ》付き
②　昭和27年1月10日　四日市南　窃盗（忍込み、自転車盗（筆者註・正しくは、自動車盗））　懲役2年
③　昭和32年3月4日　武蔵野《むさしの》　殺人　無期懲役
④　平成14年11月22日　愛知県西　強盗殺人未遂　公判中（H14・12・14起訴）
（H15・7・15　公判終了　求刑20年）
（H15・9・2　結審の予定）
2　対象者を捜査するに至った経緯
（1）　対象者は、平成14年11月22日（金）午前10時26分ころ、愛知県名古屋市西区押切1—1—2UFJ銀行押切支店内駐車場において、現金輸送中の警備員2名に対し、所携の自動装塡《そうてん》式けん銃でそれぞれ1発ずつ発射し、警備員の1名に加療4週間

を要する両下腿《か たい》挫滅《ざ めつ》創（銃創）の傷害を負わせ、輸送中の現金5000万円入りのバッグ1個を強取したが、その場で取り押さえられ現行犯逮捕されたもの（以下「名古屋事件」という。）である。対象者は、逮捕時に回転弾倉式けん銃（38口径S＆W）1丁も所持していた。

（2） 対象者は、名古屋事件で逮捕された際の取調べにおいて、

○異常な銃マニアであること（現在まで計6丁を押収《おうしゆう》済み）

○犯行に使用した車両内に38口径のS＆W以外の実包44発を所持していたこと

○前居住地が、

・立川市××町×―×東京都住宅供給公社×××町住宅1××

・東京都豊島区池袋3丁目×番×号×××

であること

○実弟 中村×が江東区×××丁目×―×―×に居住していること等が判明したことから、前居住地及び親族（実弟）等について、愛知県警察から捜査嘱託を受け、当庁において捜査を行うこととなった。

中村泰の捜査を進めるうちに、以下の重要未解決の凶悪事件との関連性を追及する必要性が生じたものである。

3「東村山署旭が丘派出所警察官殺害事件」との関連性
（筆者註・前記のとおり、すでにアリバイ等で、警察のシロ判断が確定しているので、省略）

4「大和田町スーパー事務所内けん銃使用強盗殺人事件」（筆者註・八王子スーパー3人射殺事件のこと）との関連性
（筆者註・前記のとおり、すでにＤＮＡ鑑定等の捜査結果で、容疑性がなく、犯人ではないことが証明されているので、省略）

5「警察庁長官狙撃事件」との関連性
（1）略
（2）対象者は、
○射撃の際に両手を前に突き出してけん銃を把持する
○いきなり無言で警備員に対して発砲する
○取調官（筆者註・愛知県警の刑事）に対し、科学捜査研究所の専門家より（銃器類に関する知識が）詳しいと豪語する
○約8年前に、けん銃の口径は違うけれど、15メートルくらい離れたところからペットボトル、空き缶、木片を目標として600発くらいの実弾を実射したといった特

癖・供述等があり、長官狙撃事件との強い関連性が認められる。
（3）名張市の居宅から長官事件に関する新聞が多数保管されていたとともに、厖《ぼう》大《だい》な数の雑誌記事がコピーされており、対象者は、長官事件に非常に高い関心を有していることが認められた。
（4）対象者は、複数人名義の偽造パスポートを使用して、相当回の渡航歴を有しており、けん銃や韓国コイン等の入手も可能であったと思料される。
（5）略
（6）略
6　今後の捜査方針
以上のとおり、対象者は、当庁管内で発生した複数の重要未解決事件との関連性を有していることから、引き続き、愛知県警察及び大阪府警察と協力し、捜査を推進したい》

こうして、中村は、警視庁刑事部の捜査により、長官狙撃事件の重要参考人として急浮上したのである。

刑事部は、南千の長官狙撃事件特捜本部に情報提供を行った。捜査を主導する公安部の捜査員が、刑事部の部屋にやってきて、資料に目を通すことになる。しかし、姿を現した公安部の捜査員の反応はにべもないものだった。

「あぁ、これは違いますすね。目撃情報と年や背丈が合わない。関連性はまったく認められません」

即座にこう言うと、そそくさと部屋を出ていってしまったのだ。

すでに述べたように、ちょうどこの時期は、米村敏朗が、長官狙撃事件で、K元巡査長をはじめとするオウム信者を逮捕したいと、東京地検にのるかそるかの直談判《じかだんぱん》を行っていた頃だ。忙しく詰めの交渉をしていた公安部が、刑事部の話をまったくとりあわなかったのは、そういう背景があったからでもある。

刑事部捜査一課の刑事たちは、「それなら銃刀法違反の捜査を端緒に、本当に関連がないかどうか、自分たちが見極めてやる」という決意をもった。そして、展開次第によっては、自分たちが長官狙撃事件でホシを挙げようという意気込みを抱いていた。

ここから、捜査一課と中村との長きにわたる暗闘の日々が始まるのである。

第四章　謎《なぞ》に包まれた老スナイパー

「否定も肯定もしない」

そもそも私が、中村の存在を初めて知ったのは、２００３（平成15）年夏頃のことである。捜査当局者への取材から、「警視庁刑事部捜査一課の捜査で、中村という男が長官狙撃《そげき》事件の重要参考人として急浮上。捜査一課が水面下で壮絶な捜査を展開している」との情報に接したからである。

当時、私は、『週刊新潮』で、その件を記事にすべく、取材に奔走するチームの一員だった。前章で、中村の実弟の証言を紹介したが、これもそのスタッフの一人が取材で得たものである。

その際、実弟はこうも語っていた。

「兄はいつも一人で本ばかり読んでいましたね。子どもの頃、水戸で空襲の危険に晒《さら》され、一人、爆撃機から逃げ惑った経験があったらしいです。機銃掃射で狙《ねら》われて……。死を思ったそうで、そういうものも人間を作るのに、何か影響しているのかもしれませんね。あの頃、兄は口癖のように、『日本はAボムで負ける』と言っていました。私は〃Aボム〃って何だろう？〃と分からずにいましたけど、アトミック・ボム、原爆のことですね。まだ原爆の存在が一般の間で噂《うわさ》になる前から、兄はどこか知識を仕入れていたようで、『Aボム』という言葉を繰り返していました。

頭でっかちで、運動はできないと思いますよ。ただ本当に頭脳明晰《めいせき》だから、両親、特に母親は将来を期待していたと思います。それがあんなことになってしまって……。

そういえば、高校の頃、自動車部に入っていましたね。そういうクラブがある学校なんて、あの時分では珍しいと思います。だから、自動車いじりとかは好きなんですよ。機械類には強いですよ。何の研究をしているんだか、分かりませんが、いろんな機械や工具を集めていて、外国から文献をとりよせ、熱心にメカいじりをやっていました。実家の兄の部屋は、工作機械や分解された機械類、工具が足の踏み場もないほど散乱し、また印刷機なんかも置いてあって、まるで海底の潜水艦の中にいるような塩梅《あんばい》でした。

他に趣味は何でしょうね。酒も飲まないし、贅沢《ぜいたく》は一切しません。多少、健康も考えて、ワインを少したしなむ程度ですね。質素で、それこそ1万円あれば、何ヶ月も暮らせそうな人間です。食事はカロリー計算をきちんとやって、必要な分の栄養だけ摂《と》り、ムダに食べないようにしていました。それと、本人が昔、言ってましたけど、よく嚙《か》むんですよ。そうすると、栄養がちゃんと吸収できますからね。刑事さんに聞いたところでは、今でも拘置所の中でちゃんとカロリー計算をしているそうです。何においても緻密《ちみつ》な人間なんですよ。

数十年前に千葉刑務所を出所してきてから、山形や秋田など東北地方の温泉に連れていったことがありますが、立派な高速道路が出来て、日本が様変わりしている様子を目にし、浦島太郎のような雰囲気で驚いていましたね。

女性関係はまったくないですよ。女には全然、興味がないんじゃないですかね。もちろん、結婚は一度もしていませんし、家庭や家族を持とうなんて、思ったことすらないはずです。

そういえば、うちは母親が、ある総理大臣経験者の夫人と縁戚《えんせき》関係にあるんです。母親の家系を辿《たど》っていくと、姪《めい》が大臣経験者に嫁いでいたり、また遠戚ですが、皇后陛下の美智子さまの正田家にもつらなるそうで、結構、〝華麗なる血脈〟なんだということを昔、説明されたことがあります。

兄と最後に会ったのは、93年の父親の七回忌の時で、文京区内のお寺で顔を合わせました。なにしろ地下に潜っていますから、どこにいるのかも分からない。電話代行業者に伝言をしておくと、たまに連絡がくるときもあるという程度で、ほとんど音信不通の状態でしたね」

また、私自身も、幼少の頃、養子に出たという、末弟に会った。この人物は、中村と同じ東大の理工系に入学した秀才で、ある分野で著名な学者として活躍している。中村はすぐ下の弟にはさほど自分からコンタクトをとっていないが、なぜかこの末弟には数年に一回くらいは連絡を寄こしたという。

「兄に最後に会ったのは、数年前です。何かの用事で東京に来た時に、ついでに連絡を寄こすというような感じでした。喫茶店などで待ち合わせて、話をしました。話といっても、本当に雑談、世間話のようなものです。別に何をお願いされるでもありません。ですから、兄がなぜ私に会おうとするのか、私自身、分かりませんでした。

とにかく、兄は居場所を知らせないので、どういう生活をしているのかも皆目、見当がつきません。だいたい、スーツにネクタイ姿のことが多かったですね。『どうやって、生計を立てているんですか』と尋ねると、『砂糖とか商品先物取引をやっている』と言っていました。

兄が名古屋の銀行強盗事件を起こし、捕まった時のショックは表現しようもありません。数十年前に警察官を射殺し、周りが大騒ぎになって、あれだけ父や母たち家族が苦しんだのに……、またか、という思いでした。あの当時、私たち家族は本当に大変な目にあったんです。

私は、兄と会っている時は、いつも妙に不安なものを覚えていました。別れ際《ぎわ》に、兄に、『あれだけ親を苦しませたんだから、もう真面目《まじめ》に生きてくださいね。悪いことには手を出さず、真っ当に生活してくださいね』と言ったものです。兄は少し考える風にして、『ずっと裏街道を歩いてきたから……。真っ当な生活はできないよ』と小さな声で答えて、どこかに去っていく姿が印象に残っています」

この時の取材チームの調査は広範にわたった。二人の実弟の他に、池袋や神戸の電話代行業者はもちろん、中村の父親が入所していた特養老人ホームの担当者や、その墓がある文京区の寺も記者が取材に回った。

名古屋事件の弁護士や、中村が先物取引を行っていた福井県の会社の担当者にもあたり、かつて警官殺しを起こした際、逃亡して潜伏した大阪のアパート跡地や車を解体した、兵庫県下の倉庫跡なども訪ね、関係者に話を聞いた。むろん、三重県名張市のアジトにも記者が足を運んだ。

結果、『週刊新潮』では、「『国松長官・狙撃犯』のアジトで発見された『犯行日記』」（03年10月30日号）などのタイトルの記事を、２週にわたり、掲載した。長官狙撃事件と中村との関連性について初めて報じる記事だった。

その後、私は、代理となる弁護士ではなく、直接、中村と会って、話をしたいと考えるようになった。そこで03年11月、名古屋拘置所に赴き、中村本人との面会を申し入れたのである。緊張しながら、面会室で待つと、その小柄な老人は現れた。これが中村との一番最初の出会いだった。

この時、彼は、『週刊新潮』の記事が、当初、一時的に関連を疑われていた八王子のスーパーの事件にも触れていたので、厳しい表情で、「八王子の件はまったく根拠がない。それなのに、私の実名と顔写真を出し、あれだけのことを書いたのは、言葉による暴行ですよ」と苛烈《かれつ》な言葉を口にした。私に対して怒りを抑えきれない風であった。

しかし、話が記事中の長官狙撃事件に移ると、冷静な表情になり、確かにこう言ったのだ。

「私のことを長官狙撃事件と結びつけて書いたのは、『週刊新潮』が初めてで、一誌だけですから、それについては、スクープとして認めてあげます」

ならば、事件を告白するのか、と迫ろうとすると、中村の横にいる刑務官が、

「取材はしないように。取材はやめてください」とうるさく割り込んでくる。

それに構わず、中村が語った。

「長官狙撃事件の特捜本部には、プロというか、分析できる者がいない。だから、重大な点を見落としてしまうんですよ」

「特捜本部は見落としていますか」

「見落としだらけです。たくさん、見落としています。警察だけではなく、マスコミもですがね。当事者の立場に立って分析しないと、この事件は理解できません。私にはそれができる」

「中村さんは、この事件についてはよく知っているということですか」

「そうです。誰よりもよく知っています」

はやる気持ちを抑えながら、私は次の質問を繰り出そうとした。

「では、長官狙撃事件について、ご自身の口から……」

「ですから」

と、中村が私の質問を遮った。

「私は長官狙撃事件については、否定も肯定もしない。だからこそ、客観的な分析ができるんです」

否定も肯定もしない……。暗に認めているようにも思えるが、その実、何も言ってないに等しい空虚な響き。この言葉をどう受け止めればよいのだろうか。私はしばし呆然《ぼうぜん》としていたと思う。

「時間です。終了してください」

面会時間の十数分はあっという間に経《た》ち、刑務官は二人に面会の終了を促すと、中村を椅子《いす》から立たせようとした。腰か片脚の具合が悪いのか、中村は苦悶《くもん》の表情を浮かべながら、席を立ち、面会室の出口に向かった。

はっと我に返り、私はその後姿に声を投げかけた。

「私は、中村さんは歴史に名前が残る人だと思っています」

中村の体がピタッと止まった。そして踵《きびす》を返すと、再度、ガラス板の方に戻ってくるではないか。彼はガラスに顔を近づけるべく、苦痛に耐えて身をかがめた。

「時間です。もう終わって」

刑務官の言葉は意に介さず、私は言葉をつづけた。

「良かれ悪《あ》しかれ、中村さんは、歴史に名前が残ることになると思います」

いずれ、長官狙撃事件で彼は立件されるであろうとの予測が私にこの発言をさせた。

中村は感情を押し殺した、曰《いわ》く言いがたい表情でこう語った。

「私は歴史に名前を残したくなかった。表の世界には出たくなかった。それが、報道によって押し出されてしまったんです」

「時間です。もう終わりです。早く外に出て！」

小さな面会室に響く怒声。とうとう、刑務官が怒り出してしまった。それでも、なお私は、中村に「また、会いに来てもいいですか」と確認した。

「いいですよ。でも、午前中に来たほうがいいですよ。面会は一日一回となっていて、先客があったら、無駄足になりますから」

そう言うと、中村は扉の向こうへ消えていった。


できる範囲で、関係者や関係先を取材し、中村本人にも会えた。しかし、当然、それでもなお、中村という男の実像は、充分には見えてこない。それは、私たちがあくまで、兄弟など表の世界に生きる人たちを取材先とするしかなかったからである。中村の〝本籍地〟は裏の世界である。いつもは地下深くで活動し、ごくたまに地上にあがってくる。兄弟たちの視角に中村が入ってくるのは、その時、ほんの一瞬だけなのだ。

私は思った。死んだ斎藤などのように、地下の裏社会でともに交わった人物に話が聞けないかぎり、中村の真の人品骨柄を知ることはできない、と。

刑事vs.老スナイパー

中村泰をめぐり、警視庁、愛知県警、大阪府警の三都府県警察本部による、合同捜査本部が立ち上げられたのは、新宿の貸金庫が捜索された日の、2003（平成15）年8月21日のことだった。捜査一課から新たに20人が増員されて、警視庁側の投入人員は50～60人にもなる。総勢は約100人という大規模な体制だった。捜査本部は、東京都文京区内の庁舎に秘匿《ひとく》に設置され、本部長には警視庁の米田刑事部長が就任した。

警視庁の刑事部捜査一課が銃刀法違反と火薬類取締法違反の捜査で、中村を逮捕するのは翌2004年2月12日のことだった。この時点で、捜査一課の狙《ねら》いは、東村山の警官殺しではなく、八王子のスーパー3人射殺でもない。彼らが心に期していたのは、ただ一点、警察庁長官狙撃事件と中村との関連性の解明である。

ひそかに、未解決の長官狙撃事件の立件を目指していた捜査一課。その勝負の時だった。

名古屋拘置所から警視庁本庁の留置場に移された中村。名古屋事件では警察の取り調べにほとんど応じず、初めて自己の主張を展開したのは、起訴された後の裁判の場だった。

「多摩の山中などでこれまで２０００発くらい使って実射訓練をしている」などと射撃訓練を繰り返していたことや、その射撃能力・技能の高さを自慢して、強盗殺人未遂の殺意を否定。法廷ではまさに自分の話したいことだけを言う、独演会の態《てい》だった。

この一筋縄ではいかない男と対決すべく、警視庁で取調官に選ばれたのは、愛知県警に最初に情報提供を求めた刑事である。謎多い老人と、捜査一課の刑事。取調室で向き合った二人の姿は、まるで将棋盤をはさんで数十手先を読み合う棋士のようでもあった。二人は互いの心を探り合いながら、静かで、しかし激しい、闘いをつづけた。

貸金庫などにあった銃器はすべて自分のものと認め、銃刀法違反の捜査には応じる中村。捜査当局は、新宿の貸金庫にあった、銃器を中村がいつどこで入手したか、裏付けをとる作業も怠らなかった。これは、来たる公判に備え、東京地方検察庁と協議したうえで進めていた。

先述したように、中村の名張のアジトからは他人名義のパスポートと、アメリカで作った偽名のドライバー・ライセンスがそれぞれ数種類見つかっていた。このパスポートを使って、米国を含む外国に渡航を繰り返していることも分かっている。貸金庫にあった銃器類の多くをアメリカで調達していることは容易に想像できた。

そこで、捜査当局は、アメリカの公的機関に証拠固めのための捜査協力を求めたのである。「ATF（米司法省アルコール・タバコ・火器及び爆発物取締局）」への照会だ。

「アメリカでは、正規に銃器を購入した場合、ATFに保有記録が登録されます。まず警察庁からインターポール（筆者註・ICPO＝国際刑事警察機構）を通じ、新宿の貸金庫などで押収された拳銃などの型式やシリアル・ナンバー（銃器番号）をもとにATFに所有者を照会するところから始まりました」（捜査関係者）

結果、中村が偽名パスポートの名義の一つであり、米国カリフォルニア州発行の運転免許証も作っていた「Teruo Kobayashi（小林照夫）」という名義で、これらの銃のうちのいくつかを購入していたことが判明した。

さらに、名張の捜査からは、中村が名古屋事件で逮捕されるまで、米国ロサンゼルスでセルフ方式の貸し倉庫を借りていたことも分かっていた。やはり、偽名パスポートの名義の一つで、米国アリゾナ州で運転免許証も作っていた「Morio Amano（天野守男）」名義で契約されているものだった。

〈きっと、そこにも拳銃《けんじゅう》や機関銃、弾薬がたくさん保管されているはずだ〉

そう考えた捜査当局は、2003（平成15）年夏頃には、FBIを通じ、地元当局に、中村が借りた倉庫に残っている荷物の中身について、貸し倉庫業者への捜査依頼を行っていた。というのも、事前に確認したところ、中村が名古屋事件で逮捕されて以降、賃貸料が未納となり、これがある程度、滞納されたため、すでに契約は解除され、荷物は処分されたという。したがって荷物がその後、どうなったか、地元当局に調べてもらうしかなかったからだ。だが、この捜査依頼はまったくの不発に終わる。翌年夏、1年も人を待たせておきながら、返ってきた回答は、「滞納から一定期間が過ぎたため、契約に基づき、荷物は、倉庫のオーナーが競売にかけ、落札された。落札者やその後の収納品の所在は分からず、どうなっているのか全く分からない」という内容だった。

しかし、この後、結成される「中村泰・特命捜査班」は、アメリカの当局と貸し倉庫会社の対応に憤激し、この状況をひっくり返すのであるが、それは後に詳述することとする。

ATFからの回答に基づき、銃刀法違反の捜査は順調に進んだ。淡々と確認作業がこなされていき、中村も、さすがにこれを否認することはなかった。

ところが、刑事が別件の長官狙撃事件に話題を移そうとすると、「これは銃刀法違反事件の調べでしょう」などと抵抗する。状況を見ながら、探りを入れようとしても、すぐに口ばかりか、心も閉ざしてしまう。

「まだ、落ちないか」「中村は何と言ってるんだ」「ちょっとでも喋《しゃべ》ったら、長官事件で、やつの逮捕状をとるぞ」

前のめりになる有働一課長。課長は現場に対し、矢のような催促で取り調べ状況の報告を逐一、行うよう求めた。しかし、現場は難渋していた。長官狙《そ》撃《げき》事件について追及しても、中村は落ちるどころか、感触さえ摑《つか》ませまいとして、黙りこくってしまうのである。

拘置延長を繰り返しても、何も得られないまま、新宿の貸金庫にあった銃器類をめぐる銃刀法違反での起訴の日が迫ってくる。時間が刻一刻となくなっていき、捜査員たちの間に焦《あせ》りの色が広がっていく。取調官は、オブラートに包んだような婉曲《えんきょく》的な表現や、時には直接的な文言も駆使しながら、あの手この手のコンビネーション・ブローをくりだし、長官事件について、感触を得ようと試みた。

「いやー、本当に見事な腕前でしたよ。あんな狙撃は誰にもできないでしょう。どういう心情から、長官を撃ったんですか」

そう言って、中村の目を凝視する取調官。しかし、相手は口ごもったまま、目をそらすだけだ。そして最後に、決まって返ってくるのは、次の言葉——。

「その件については、自分は否定も肯定もしない」

明確に否定はしないが、認めることもなく、その調べにはまったく応じようとしない。認めているようなものだと受け止めてもいいのかもしれないが、警察にすれば、そういうわけにはいかない。シロクロつけられないまま、捜査員らは立ち往生した。

捜査当局は中村を攻める、いくつかの材料をそろえていた。実は、その一つは新宿の貸金庫から得られていたものだ。貸金庫の捜索では決定的なものは出なかったが、そこである状況証拠を摑んでいたのである。

それは、貸金庫の開扉《かいひ》記録だった。本書末尾の参考資料ページに、捜査当局が金融機関から取り寄せた契約記録に基づき作成した、貸金庫の開扉状況一覧表を示すので、ご参照いただきたい。

中村関連で契約された貸金庫は全部で四つあったが、ほとんど使用していないものもあり、ここで注目していただきたいのは、６０５１という金庫番号と、６０８０の金庫番号の二つの貸金庫である。

金庫番号６０５１が契約されたのは、平成４（92）年４月21日。６０８０は平成６年１月26日。これを見ると、通常は月に１～２回程度しか開扉しておらず、全く金庫を訪れていない月もある。長官狙撃事件が起こる前年（平成６年）の最後の開扉（11月29日）までの31ヶ月と８日間の使用歴をトータルで平均すると、０・８７回となり、開扉は月に一度を割っているくらいだ。それも午後の開扉が圧倒的に多いのである。

しかし、それに対し、平成7（95）年1月から、事件が発生するまでの3ヶ月間では、中村は8回も金庫に立ち寄っている（うち1回は金庫を開かず、使用料支払の領収書の受領のみ）。それも午前中、早い時間の開扉が目立つ。しかも、3月だけが5回と突出していた。これは、彼が名古屋事件で逮捕されるまでの約10年の契約期間を通じて最多の記録である。さらに付言すれば、そのうちの実に4回が、23日以降に集中しているのである。

こうした事実に関し、捜査一課は以下のような分析、考察を行った。

〈95年3月、地下鉄サリン事件が発生し、警察とオウム真理教の全面対決が最終局面に入った。オウム騒乱の今なら、警察庁長官を射殺しても、誰もが教団の犯行と思い、オウムに罪をなすりつけることができる。

3月22日に警察の教団に対する一斉捜索の結果を知った中村は、早急に行動を起こそうと決意し、そのための銃器弾薬類を新宿の貸金庫から取り出した。その後の数日間に、国松長官の動静を探りながら、準備を整えた中村は、28日に、現場の最終の下見を行った（あるいは、この日を暗殺の決行日と定めていたのかもしれない）。

下見を終えた後、貸金庫に行き、武器の最終準備、チェックを行った（もし決行日であった場合は、何がしか予想外の事態が起こって、計画どおり事が進まず、武器を変更するなどの目的で貸金庫に戻ったことが推察される〉。

貸金庫の6051か6080のどちらかのケースに、実際に事件に使用したコルト社製の長銃身の回転式拳銃が収められていた。

中村はこの拳銃を携え、3月30日に事件を決行。長官を銃撃した後、自転車で逃走する。どこか近くの鉄道の駅など適切な交通機関を利用して、新宿まで行き、貸金庫に拳銃を戻した〉

貸金庫の開扉記録を見た捜査当局は、95年3月30日の使用もあることから、〈こんな偶然はあり得ないだろう〉と確信し、以上のような筋読みを行ったのである。

捜査員は可能な限りの逃走ルートを想定して、事件発生の時間帯に、現場から新宿の貸金庫までの移動について実地検分を幾度も行ったところ、丁度その3月30日の開扉の時間（午前9時26分）に間に合い、到着できることが確認された。

ちなみに、捜査一課が同時に分析を進めていた、フロッピーの詩の中には、「緊急配備」と題された一篇があった。他のものと比べ、際立《きわだ》って写実的なその詩は次のような内容だった。

《 緊急配備

一時間半後　郊外のいつもの下車駅
Platformにも　連絡跨線《こせん》橋にも
制服の武装警官
改札口の外に立っているのは
その帽子から見て
動員された機動隊員か
南口は　なおさらだろう
交番があるのだから
だが　fake《偽造》 IDを示すまでもなく
昇降客に埋もれて通り過ぎる
しょぼくれた初老の男に
注目する者はいない
事件の主役は　既にして　Invisibleman《透明人間》
存在しながら存在しない

Busに乗り継いでの帰途
窓から眺めれば
信号もない交差点の角に
Police car　佇立する警官
こんな所にまで―か
背景に浮かぶのは
動転する警視庁幹部《おえらがた》の影
冷ややかに一瞥くれて
胸中のmonologue《つぶやき》
「もう　俺は　お前の死神じゃない
吹き過ぎる一陣の風さ
　　　　　2001／1／27》

調べたところ、この内容は、事件当日のJR中央線武蔵小金井《むさしこがねい》駅の非常警戒の状況を正確に描写しており、事実と合致していた。捜査当局は、中村が、新宿の貸金庫に武器をしまった後、JR新宿駅から中央線に乗車。当時、住んでいた小平市回田町《めぐりたちょう》のアジトに向かう道筋に当たる、ＪＲ中央線武蔵小金井駅で下車したところで、警察の警備陣を目にし、その緊急配備の規模に少し驚いたことを描いたものだろうと推察した。

捜査員はこの貸金庫の開扉記録を示して、中村を追及した。その時、中村の目に浮かんだ一瞬の動揺を見逃さなかった。中村とて、まさか10年も前のそんな記録が保存されているとは思いもしなかったのである。

しかし、中村は落ちなかった。

共犯者の〝影〟

捜査当局は、もう一つの材料で中村を揺さぶった。それは共犯者の〝影〟である。もとより捜査当局は、長官狙撃事件ほどの大事件が、一個人で完遂できるものとは思っていなかった。なにしろあれだけの事件である。計画立案から準備、実行、逃走、証拠隠滅までを考えると、支援役など共犯者がいるのではないかと疑っていたのである。

〈絶対、仲間がいるはずだ〉

そう睨《にら》んだ捜査一課の刑事たちは、中村の周辺を徹底的に洗い、交友関係を調べ上げ、仲間の存在の炙《あぶ》り出しに力を注いだ。たとえ中村が否認をつづけても、この仲間に辿《たど》り着き、口を割らせることができれば、全容解明を果たせるかもしれないのだから。それは、中村という男の辿った人生の軌跡を追い、その全ドラマを再現するような、壮大な試みでもあった。

そうしたところ、ついに中村の周辺に、ある〝影〟を捉《とら》えたのである。〝影〟といっても、生身としての実体の裏打ちがなければ生じない〝影〟だ。

当局は、中村が「名古屋事件」を起こす前、名古屋市内に出撃地点を確保すべく、ガレージを借りていたことを掴んだ。そのオーナーに接触したところ、事件の数ヶ月から1年ほど前に、「島田アート」という美術商を騙《かた》った中村が「島田満」の偽名を使って契約していたことが分かった。

その契約に訪れた際、中村は単独ではなく、もう一人、別の男がいたというのである。

刑事たちは、死亡した斎藤の顔写真もオーナーに見せたが、この男ではなかったとの証言を得た。

オーナーは中村が現金輸送車襲撃事件で捕まったことを知らず、まだ契約中だと思いこんでいた。警察とともに、そのガレージに赴くと、中は荷物がきれいに整理され、もぬけの殻《から》になっていた。

現行犯逮捕された中村が処分できるはずもない。その〝影〟の男が、中村が捕まった直後、急いでガレージに駆けつけ、内部にあった品を回収、処分したにちがいなかった。

愛知県警はこのガレージの存在と〝共犯の影〟を摑めず、名古屋地検もそれに全く気づかないまま、名古屋事件を単独犯として起訴し、処理する過《あやま》ちを犯してしまったのだ。本当のところは、一緒に出撃ポイントを確保した共犯、あるいは共犯とまでは言わなくとも、幇助罪《ほうじょ》くらいには問える仲間がいたわけである。

また三重の名張のアジトでも、近所で唯《ただ》一人だけ、この〝影〟を目撃し、会話を交わした住人がいた。

しかも、大阪の斎藤の電話の記録を調べていたところ、名古屋事件当日の2002（平成14）年11月22日夜、彼に電話をかけてきた人物がいることが判明した。その直後、彼は誰かに呼び出されるようにして、名張の別宅に出かけていったのだという。

中村が捕まった後、慌《あわ》てて〝影〟が斎藤にそれを伝え、名張に彼を呼んだのだ。ともに荷物の整理を行い、自分の存在につながるような、まずい品物を回収したものと思われた。また中村は最寄り駅近くに偽名で駐車場を借りていたが、〝影〟はその契約解除の手続きも斎藤に行わせたのである。

ちなみに斎藤はその後、拳銃《けんじゅう》だけはどうにかした方がよいと考えたようで、名張にあった4丁のうち、1丁だけを天井裏に隠し、その他は大阪の貸金庫に移した。ただ、斎藤も〝影〟も、名張の家は表向き、斎藤の別宅ということになっており、当局に中村との関連は掴まれないだろうとタカを括《くく》ったらしく、その屋内にあった中村の全荷物や、家そのものを処分しようとまでは考えなかったようだ。

捜査員はこの共犯の〝影〟にも言及し、中村に迫った。

中村は最初、その〝影〟についてはまったく反応を示さず、雑談にも応じなかった。だが、やがて、志を同じくし、行動を共にした同志がいたことは認めるようになる。彼はその人間を、仮の名前と断り、「ハヤシ」と呼んだ。しかし、その「ハヤシ」の人定につながるようなことは一切喋《しゃべ》らず、身元特定に躍起となる当局の質問を頑《かたく》なに拒みつづけたのである。

中村は落ちなかった。テロ願望があり、しかも本当の犯人であるなら、自供してもよさそうなものだが、なぜかこの時点の中村は、頑として、供述を拒絶しつづけたのだ。

2004（平成16）年3月下旬となり、捜査一課は、名張にあった拳銃による余罪で中村を追送致。ひとまずは銃刀法関連の捜査を終えるしかなかった。なにしろ、中村の身柄は、未解決の銀行襲撃事件を抱える大阪府警も早く欲しがっている。ここはひとまず、中村を東京・小菅の東京拘置所に移し、大阪府警が逮捕状を請求するまでの短期間、起訴後勾留《こうりゅう》の相手を任意で細々と調べるしかない。

大阪府警が「大阪都島事件」で中村を逮捕したのは、6月11日のことである。その身柄は車両に乗せられ、東京から遠く大阪に運ばれていった。

捜査一課の中に広がる挫折《ざせつ》感。しかし、これは刑事たちと中村との闘いの第一幕、ほんの序章にすぎなかった。本当の死闘は、その後に待っていたのである。

中村が移管された大阪の地では、ある奇妙な光景が関係者を驚かせていた。

大阪市中央区大手前。大阪城が間近に見える中心街に大阪府警察本部庁舎は建つ。中村はそこで、新たな事件、三井住友銀行都島支店での現金輸送車襲撃事件に関し、被疑者として取り調べを受けていた。連日つづく調べの合間のひと時は、その内部にある留置場で過ごす。ある時、そこに、思いがけない〝客〟が姿を現した。大阪府警のトップ、米村敏朗・本部長である。

彼はこの2004年6月、警察庁官房審議官からこの大阪府警の地位に異動していた。01〜03年の公安部長時代、自らの手でK元巡査長やオウム信者らへの強制捜査を行えなかったのは無念だったろうが、後任の伊藤茂男公安部長にすべてを引き継ぎ、後を託した身だ。米村は知っていた。自分が敷いたレールに乗って、まもなく長官狙《そ》撃《げき》事件が動き出し、K元巡査長らの逮捕が近づいていることを。

しかし、それでもなお米村は気になっていたのだ。警視庁刑事部捜査一課が、「長官狙撃事件に関連している可能性がある」と提報してきた、中村なる人間がどういう男なのか。

府警本部のトップである本部長が、留置施設のあるフロアにおりたって、留置場を覗《のぞ》きにくるなんて、前代未聞《みもん》のことである。この異例の事態に、留置係官たちは互いに顔を見合わせ、驚くしかなかった。

留置場に近づき、中村の顔を見やる米村。目と目が合う二人。米村は小柄な老人の容姿を見て、内心ホッとしたはずだ。捜査で浮かんだ犯人像は、30歳～40歳で、身長は170センチ以上だからである。

〈年や背格好も犯人像とはかけ離れている。こんな銀行強盗に長官が撃てるわけがない〉

米村はこう思って、胸を撫《な》で下ろしたにちがいない。

そして、彼の描いた絵図どおり、K元巡査長らオウム信者らの逮捕の愚が犯されるのは、この数週間後のことだった。

「私が長官を撃ちました」


２００４年7月7日、七夕の日に強行されたK元巡査長の逮捕劇は、「中村犯人説」を信じてやまない刑事部の有働捜査一課長には、信じがたい暴挙にしか映らなかった。

「嘘《うそ》だろう。あのKで、また勝負をかけるなんて。俺は長官事件のホシは、中村で間違いないと思っている。中村の反応が見たい。悪いが、君、大阪にすぐ行ってくれんか」

有働一課長の指示で、中村を取り調べた刑事が、大阪府警本部の留置場にいる中村のもとに赴いたのは、実にその日の夜のうちだった。

中村は、K元巡査長らを逮捕する警視庁公安部の長官狙撃事件捜査について、その日の朝刊で唯一《ゆいいつ》、他紙を抜いて、報じていた産経新聞の朝刊は読んでいたが、それが実際に着手されたことまでは知らなかった。

「産経がとばしてしまいましたね」

刑事の前に現れた中村はそう言って、今まで見たことのないような柔和な表情を浮かべた。まるで友人と数ヶ月ぶりの再会を果たし、喜んでいるかのようだった。

「とばしじゃないですよ。産経が書いたことは事実です。公安部は、南千《ナミセン》の特捜本部は、本当にK元巡査長たちを捕まえたんです」

刑事は後追い報道を行った、その日の夕刊を並べ、状況を説明した。

中村の顔色が変わった。一瞬にして、顔面蒼白《そうはく》になる。あってはならないことが起こったかのような面持ちで絶句する様から、全身ですさまじい衝撃を受け止めていることが窺《うかが》えた。

「とんでもないことを……、これは完全に誤認逮捕ですよ」

驚愕《きょうがく》し、怒りが混じった声色で、思わず本音を漏らす中村。

「今後、公安部はどうする気でしょうか。到底、起訴できず、結着がつけられないですよ」

刑事にとっては、不思議な反応でもあった。

〈ならば、本当のことを話してくれよ。うちが捜査した時には、あんたは認めなかったじゃないか〉

刑事はそう思いながらも、恨み節は抑えて、こう言った。

「縄田（修）刑事部長（京大法卒・75年警察庁入庁）、有働一課長以下、私たちはそれでも、あなたを長官事件のホシと思っています。そろそろ、本当のことをすべて話してくれませんか」

逆に、中村に真相を語らせるチャンスだと思った。彼の心境に変化の色が芽生えはじめていることは明らかだったからだ。

「では、せっかく大阪まで来てくれたのだから、刑事部長たちが安心できるように、少し手土産に話しておきましょう」

中村はこう切り出すと、10年近く前のあの日のことを話し始めた。

「風の強い日でした。95年の3月28日早朝、長官事件が発生する二日前に、私は現場のアクロシティに行っています。

その日、国松長官の公用車が替わっています。調べてごらんなさい。アクロシティに迎えにきたのが、黒い日産プレジデントであることには変わりはありませんが、ナンバーがそれまで目にしていた車両とは違うものになっていたのです。いずれも品川の3ナンバーですが、替わる前のナンバーのひらがな部分は『り』でした。

それと、この日の朝、長官宅を二人の男が訪ねてきています。コートを着て私服でしたが、おそらく警察の人間でしょう。私は、長官への警備体制が変わり、より厳重なものにシフトされたものと受け取りました。

ちなみに、長官宅のアクロシティEポートの1階、共有スペースにある集合ポストには、『國松』としか書かれていません。しかし、マンションの中に入り、6階まで行くと、自室の扉には、『國松孝次』と横書きのフルネームの表札が出ています。

これらは、私自身が実際に見た事実ですから確実に裏付けが取れます。これで刑事部の幹部たちは安心して眠れるでしょう」

暗闇《くらやみ》から漏れてきた仄《ほの》かな光。ようやく重い岩戸がわずかながら開くのを感じつつ、刑事は中村の話に全神経を集中させていた。

その他、中村は事件当日、95年3月30日朝の国松の秘書官の立ち位置や、南千住署から派遣されている警備の私服警官たちの配置などを詳細に話した。

表札の表記については、長官狙撃事件に関心を持った者が後日、現場を訪ねれば、知ることができる。事件当日の警備の配置などもしかりで、洪水のようにあふれた事件報道をすべてチェックしていれば、事件には無関係でも、ある程度は話を作れるかもしれない。

しかし、事件二日前の3月28日の話は違った。このような報道はそれまで一切なされていない。これが事実であれば、少なくとも中村が事件前に現場に足を運んでいたこと、すなわち下見を行っていたことは間違いないものと断定できる。犯人しか知りえない〝秘密の暴露〟になる可能性があったのである。

〈やっぱり、ホシはこいつで間違いない〉

揺らぎなく、確固たる口調で語る中村の様子に、刑事はあらためて自信と確信を深めるのだった。

担当刑事はこの話を持ち帰り、有働一課長に報告した。有働は、やはり自分の見立ては間違っていなかったと、満足の色を浮かべるとともに、3月28日の話が事実かどうか、調べるよう指示した。そしてこの刑事に、大阪に通って、中村の調べを続けるよう言い渡したのである。

捜査一課は、事件二日前の長官車両の変更などについて、南千住署に照会した。しかし、南千からは、いつまで経《た》っても明確な回答は返ってこない。煮え切らない態度であやふやな対応しかされず、そのうち、まったく長官車両とは関係のない、でためな車の報告書が寄せられる始末だった。不思議な話だが、刑事部が何か勝手なことをしていると警戒し、一切の協力を拒もうとしているのが明々白々だった。

一方で、刑事は足しげく大阪に通った。中村につづきの話をさせて、全容を語らせるためである。

しかし、事はそううまくは運ばなかった。7月7日には、公安部の暴挙を受けて、心を開いたかに見えた中村だったが、その後はまた貝のように殻に閉じこもり、一切、長官事件について語らなくなってしまったのだ。中村はこう繰り返すのみだった。

「この事件については、自分は否定も肯定もしません」

取調べは1ヶ月以上続けられたが、めぼしい話は得られなかった。

有働は諦《あきら》めきれずにいたが、この状況は如何《いかん》ともしがたかった。2004（平成16）年8月末、有働は泣く泣く中村捜査の打ち切りを指示し、捜査一課の中村捜査班は解散となった。後ろ髪をひかれる思いで、有働は捜査一課長の職を離れていった。

その後、公安部が指揮する南千特捜本部のオウム捜査が不起訴で大惨敗《ざんぱい》を喫したのを受け、捜査一課の中村捜査班の残党は、秘《ひそ》かに中村の取調べを再開していた。しかし、相変わらず中村は口を開かず、一貫して「否定も肯定もしない」という態度に終始し、この捜査も不発に終わった。2005（平成17）年2月一杯をもって、一課の中村の取調べも打ち切られ、捜査班も完全に解散となったのである。

それから2年余り、刑事部で中村の名前が出ることはなかった。その名を囁《ささや》く者さえいない。中村捜査は完全に封印され、関わりを持った刑事たちも、自分たちが受け持つ、本来の殺しの捜査に忙殺され、ほとんどその存在を忘れてしまっているような状態だった。

忘却の彼方《かなた》に消えていた中村の名前が、ふたたび刑事部の間で甦《よみがえ》るのは、2007年に入った春のことだった。

この3月、有働一課長時代の理事官だった佐久間正法が捜査一課長に就任。かつて中村捜査に関わった刑事たちを集め、こう言ったのだ。

「この中村という男には俺も思い入れがあるんだ。公安部がやっている長官狙撃事件捜査は、オウムだけに凝り固まってしまったせいで、いまだ未解明のままだ。あらためて、中村の資料を精査したが、やっぱり俺はこいつがホンボシだと思う。このまま中村捜査を封印してしまうのは、もったいない。これをもう一度、皆で一緒にやらないか」

刑事たちに異存のあろうはずもなかった。皆が同じ思いを新たにしたのだ。

前年に刑事部長に就いていた金高雅仁《かねたかまさひと》（東大経卒・78年警察庁入庁）も、「資料を見る限り、私もこの男の容疑性は極めて高いと思う」と、この方針を諒《りょう》とし、捜査陣を後押しした。

かくして、佐久間一課長のもと、長官事件解決を目指す「中村専従捜査班」が設置された。捜査一課の刑事たちの「中村捜査」は再び水面下で大きく動きはじめたのである。すでに中村は、大阪都島事件で公判中であり、その身は大阪拘置所にあった。担当刑事の〝大阪詣《もう》で〟が再開された。

大阪拘置所に便宜を図ってもらい、2ヶ月に1回くらいのペースで取り調べにあたる捜査員たち。この頃、中村の心境にも変化が生じているのを捜査員たちは見逃さなかった。

「長官を迎えに来た公用車をウォッチしていたのは、このあたりだった」

「4発目は失敗して狙《ねら》いを外したのではなく、警備の者を威嚇《いかく》するための射撃だった」

「自転車に乗った後、こう動き、そこの場所を通って、敷地外に出た」

主語はぼかして、誰だか明言しないものの、犯行の模様を少しずつ語り始め、その様子を自身の手でメモ書きするなどし始めたのである。

〈真相を明かしたいと思い始めているのではないか〉

そう感じた捜査員は忍耐強く、大阪拘置所に通い続けた。相手を尊重し、お互いに心を通い合わせることを旨《むね》としながら、捜査員は彼に語りかけ、粘り強く問いかけを行う。厳しく詰問《きつもん》したかと思うと、なだめすかし、説得を試み、そして時には突き放したような態度を織り交ぜたり、諦念《ていねん》の態《てい》をさりげなく示すなどして、相手の心中を探るのだった。

「話すのが嫌だったら、自分で書いてみたら、どうですか」

この提案に、中村は鉛筆を手に、事件の様子を書きはじめた。

そして、2007年秋、ついに中村は、呪《のろ》われたあの事件について、喋《しゃべ》り始めたのである。

「私が長官を撃ちました」と。

犯行に使用した拳銃は、コルト社製の回転式拳銃《けんじゆう》、パイソン（ニシキヘビの意）と断言し、それを購入したアメリカの銃砲店も自ら明かした。それは、捜査当局がガサ入れで押収《おうしゆう》した資料から、「ここではないか」とあたりをつけていた店だった。名張のアジトからその店の買い物袋が出ていたのである。

「パイソンは、ウェザビーという会社のロス近郊にある支店で購入しました」

捜査員は心の中で快哉《かいさい》を叫んだ。初めて、中村と向かい合い、取り調べを始めて、3年半以上。まるで禅問答のようなやりとりを重ねながら、長官狙撃《そげき》事件の具体的な内容については、口を閉ざしつづけていた中村。その男がようやく犯行を認め、供述を始めたのである。

捜査員は抑えきれず、次の質問を浴びせた。

「銃は、その銃は犯行後、どうした。今、どこにあるんだ」

供述した先から拳銃が出れば、こっちの勝ちだ。完全無欠で、これ以上の物証はない。

「銃の発見は不可能です」

「不可能とはどういうことだ」

「銃は、海の底に眠っています。船の上から海中に捨てたのです」

「…………」

「海底のサルベージなんて無理でしょう。パイソンの回収は100パーセント、不可能です」

海に捨てた……。捜査員はこの言葉に打ちのめされそうになった。

〈本当だろうか。昔の警官殺しの時だって、拳銃は捨て切れずに、奈良の山中に埋めて、隠していた。名張のアジトでも犯罪に使ったいろんなものが捨てられずに、そのまま置いてあったじゃないか。物を捨て切れずにとっておくのは、この男の習性だ。拳銃はあの犯罪を成功させた証《あかし》となる、いわば勲章だ。それが簡単に廃棄できるわけがない。こいつは思想犯だ。将来、犯行声明などを出すことも想定して、絶対分からないような場所に保管しているんじゃないか。今回もどこかに隠しているはずだ。きっと、どこかに……〉

捜査員の頭の中を様々な思いが駆け巡った。拳銃のありかの追及については、今後の捜査に委《ゆだ》ねるしかないが、いずれにせよ、犯行を認めさせ、拳銃の入手先も本人の口から語らせたことは大きな前進だった。

しかし、それでもなお、厄介ごとの壁が立ちふさがった。中村は、話はしたが、それを供述調書にまとめて、署名することに同意しなかったのである。なぜなのか尋ねても、とにかくダメだと拒絶をつづける。

「どうしても調書を巻かせません（筆者註・調書を巻く＝供述調書を作成し、署名押印させること）」

報告を受けた佐久間一課長は、地団太を踏んだ。

「なぜなんだ。うたったくせに、まだ調書にするには心の整理がつかないのか」

「分かりません」

捜査員はそう答えるしかなかった。

その後も中村の調べはつづけられたが、状況は変わらない。喋れども、調書にはさせず、という日々がつづいたのである。

そして2007年も暮れが近づいた。刑事部では、事態の打開をはかるべく、幹部らが協議を重ねていた。

刑事部長は、この夏、金高から舟本馨《かおる》（東大法卒・79年入庁）に替わっていた。金高は、中村の容疑性について、「こいつが長官事件のホシだろう」と評価していたが、舟本もそれに輪をかけて、中村犯行説に傾いている一人だった。捜査員たちを前に、「こいつがホシにちがいない」とまで心証をストレートに語っていたほどだという。

しかし、本人が拳銃を海中に投棄したと言いつづけている以上、当面はそれを前提とした立件を目指さなければならない。そう考えた舟本は、高石和夫・警視庁副総監（東大法卒・77年入庁）に捜査内容を報告し、今後の方針について相談した。

中村の捜査報告書を見た高石は言った。

「こんないい線があったのか。これはぜひ南千にも知らせたい」

高石は、この8月、副総監に就任するまでは警視庁の公安部長を務め、1年半余りにわたって、南千の長官狙撃事件特捜本部の捜査指揮をとっていた。現場を直接、指揮する公安一課が、オウムにだけ拘泥《こうでい》している姿を見て、危うさを感じていた。それもこれも、歴代公安部長が、それでよしとしてきたからだ。

「ここまで捜査に邁進《まいしん》しながら、この事件を検挙できないのは、どこかで見落としや間違いがあったからだと思います。先入観を捨て、オウム真理教だけを対象として考えず、あらためてオウムを含めたあらゆる可能性を視野に入れながら、新たな決意で捜査に臨んでもらいたい」

公安部長当時、特捜本部での訓示でこう捜査員を鼓舞したという高石。現場を不憫《ふびん》に思い、あからさまな不満は込めなかった。しかし、特捜本部の本部長である歴代公安部長の中で、初めてオウムだけに固執する捜査方針に警鐘を鳴らしたのである。

オウムだけを追い続けた捜査指導に誤りがあった可能性への懸念《けねん》を公《おおやけ》に表明し、軌道修正を迫った、初めての公安部長。その高石が指揮官を退いた後も、副総監として組織に残っている間が、長官狙撃事件の全容解明を果たすチャンスの時でもあった。

だが、高石は翌2008年の春、食道がんを患《わずら》い、大手術の後の8月、退官。その年の暮れ、還《かえ》らぬ人となった。享年《きょうねん》55。この若すぎる死が、その後の警視庁内における中村捜査の扱いにも暗い影を落としたものと思われてならない。

ともあれ、この2007年末、中村捜査の報告を受けた高石は、その容疑性は相当高いとして、時の警視庁トップ、矢代隆義《たかよし》・警視総監（東大法卒・73年入庁）にも報告を上げていた。矢代総監もその評価に同意し、

「立件に充分な証拠が集まれば、私が直接、植松君（筆者註・当時の植松信一・公安部長＝東大法卒・77年入庁）に言って、決断させましょう。刑事部の現場にこのまま捜査を進めるよう、指示してください」

と、自らが最終判断することを表明したのだ。

これを受け、高石は舟本にその旨を指示した。そして矢代総監の意向を踏まえ、高石と舟本は細かく協議を行った。そのうえで、刑事部捜査一課の人間を、彼らが積み上げた捜査資料とともに南千の特捜本部に入れ、その中に刑事部・公安部合同による

新たな「特命捜査班（以下、中村捜査班）」も作るという案を固めた。

舟本は佐久間一課長にこうした上層部の判断を伝えた。そのうえで、佐久間が指揮する捜査一課内の「中村専従捜査班」を解散させるよう指示した。

佐久間には不満もあった。なにしろ、自分たちが苦労して積み上げた捜査資料である。易々《やすやす》と人に譲りたくはない。

それに、この構想だと、たとえ中村が犯人であることが明らかになり、検挙することになった場合も、あくまでその逮捕状を請求し、立件の栄誉を得る主体は南千の特捜本部ということになる。つまり、自分たちは陰に回って、公安部に花を持たせるということに他ならない。

佐久間には、できれば自分が指揮する刑事部捜査一課で、未解決の長官狙撃事件を急転直下、解決してみせ、サプライズを演じたいという野心もあったのだ。また、多大な労苦を強いた部下たちに栄誉を与えてやりたいという気持ちも大きかった。

その思いは抑えて、佐久間はこう言ったという。

「しかし、部長、公安部がそれを聞き入れるでしょうか。私には、その案を飲むとは思えません。とにかく、あの連中はオウムしか頭にないんですから。南千では、オウム以外の可能性を口にする人間は、人にあらず、という雰囲気で、誰もそれを言えないと聞きます」

「大丈夫だ。今度は、高石さんが直接、南千に働きかけてくれるし、矢代総監も了承している件なんだ」と舟本。

よくよく考えれば、この措置は、高石特有の人への思いやりでもある。未解決事件の真相糾明を最優先にしながらも、闘いを続けてきた公安部とその傘下《さんか》の南千特捜本部の人間たちの自尊心を傷つけないよう慮《おもんぱか》る配慮だったのである。

それは佐久間にもよく分かっていた。

「分かりました。では、我々が作った中村捜査の資料を全部、南千に譲り渡します。段ボール箱に入れて渡しますから、公安部の連中には、〝これでも犯人の可能性がないというのか、よく精査しろ〟と、高石さんから命じていただくよう、お願いしてください」

こうして、2007年暮れ、佐久間は自分が作った専従捜査班を解散。刑事部が作った資料は段ボール箱に収められ、高石副総監の仲立ちのもと、公安部長を通じて、南千の特捜本部に引き継がれた。

刑事部から公安部に移動する段ボール箱。それに伴い、特捜本部内に、刑事部捜査一課の人間と、南千の公安一課の捜査員で構成される、「中村捜査」の混成チームが結成された。

これも高石が公安部長以下、公安幹部を説諭して、了解させたものだ。以降、南千の特捜本部では、旧来の「オウム捜査」と「中村捜査」を担《にな》う二つのチームが呉越同舟、同居することとなるのである。

「中村捜査」の封印を解き、忘却の彼方《かなた》から甦《よみがえ》らせる功績を作った佐久間は、翌2008年3月、後ろ髪をひかれる思いで、捜査一課長の職を離れた。本来なら、あの寺尾正大・元捜査一課長同様、ノンキャリが就ける警察署長ポストとしては、最高クラスの新宿警察署長にもなれるはずだった。しかし、佐久間はその輝かしいポストをあえて断ったという。刑事部刑事総務課長として、本部に残ったのである。

最後まで捜査に関わりたいという強い思いが、佐久間に、花より実を選ばせたのだろう。その捜査の対象事案とは、世田谷一家惨殺《ざんさつ》事件や八王子スーパー3人射殺事件などの重大未解決事件もさることながら、なによりこの中村の件が念頭にあったとされる。

「中村捜査」に執念を燃やす佐久間は、この捜査の帰趨《きすう》を最後まで見届けるべく、2009年3月には、ノンキャリの最高位の一つである、刑事部のNo.2ポスト、刑事部参事官に上り詰めるのだった。

第五章　取調室の攻防

合同捜査班の立ち上げ

戦果の片鱗《へんりん》をとどめる一葉の写真。そこには、豪壮なフォルムを誇る、黒塗りの大型車が写っていた。「品川3ナンバー」の日産プレジデント。男は、手にしたその写真をもう一度、眼に焼き付けると、赤い炎が燃え盛る焼却炉の中へと投げ捨てた――。

「事前の視察活動で、国松氏を送迎する長官公用車のナンバーは『品川33り』であることが分かっていました。それが事件2日前の3月28日に、突如として別のナンバーのものに替わったのです。むろん、私とハヤシの間で『これはどうしたことなのか』と話題になりました。この変更前のナンバーについては、当時はメモに取り、さらに車の写真も撮影していたのですが、今となってはもう数字の部分は思い出せません。いずれにせよ、証拠隠滅のため、写真はメモとともに廃棄処分したのです」

中村は、私との面会や手紙のやりとりの中でも、長官公用車の変更についてこう語っていた。

２００７年末に新たに立ち上げられた、事《ジ》と公混《ハム》合の「中村捜査班」。最初は、刑事たちに疑心暗鬼の態《てい》だった公安捜査員たちも、「中村捜査資料」を見ると、態度が変わった。

〈これだけ容疑性が高いなんて……こんなこと、まるで知らなかった〉

そのあまりの証拠能力の高さに、この班に派遣された公安部捜査員たちも、〈こいつがホシにちがいない〉という思いを共有することになった。〝ジ・ハム同床〟のチームが一つにまとまるのに、ほとんど時間はかからなかった。

さらにこの「中村捜査班」を結束させる、ある確信がもたらされた。

「95（平成7）年3月28日の長官公用車両の変更」「同日の、コート姿の二人の男によるアクロシティ来訪」——。南千《ナミセン》などからなかなか照会に応じてもらえなかった、この二つの事柄について、いずれも事実であることが判明したのである。

「長官車両の車種は同じ黒のプレジデントですが、確かにこの日から、別の車に変更されていたのです。変更前の公用車のナンバーは『品川33り９７××』で、新たに用意された車両は『品川34も44××』でした。まさに中村の供述通りです。またコート姿の二人の男も、供述通りの場所に確かに居ました。いずれも警察官で、一人は所《しょ》轄《かっ》の南千住署の警備課長、もう一人は、第六方面本部（筆者註・警視庁管内で荒川区、台東区、足立区を統括、担当する本部）の警備担当管理官でした。二人はこの3月28日、南千住警察署長とともに、長官に、家族の警護についいて申し入れをするため、アクロシティを訪問し、長官と会っていたのです」（警察庁関係者）

こうした情報が、南千特捜本部からようやくもたらされ、中村供述の信憑《しんぴょう》性が一気に増したのである。

「この裏付けが取れたことは本当に大きいぞ。こんな事実は、警察内部の人間でさえ、ほとんど誰も知らない。中村が少なくとも95年3月28日に、アクロシティの現場にいて、長官の動向を監視していたことは間違いない！」

「中村捜査班」が色めき立ったのは言うまでもない。

刑事部捜査一課の刑事と公安部員から成るこのチームは中村の立件に向けて、いくつもの重要捜査項目を掲げた。その中でも、特に、

・中村関連資料や物品の差し押さえ

・アメリカにおける銃器、弾薬の入手ルートの解明捜査

の二つは、至急実行に移す必要があった。

まず一つ目の、資料押収については若干説明が必要だろう。

それまで、中村の資料、物品については、愛知県警が名古屋事件の捜査で差し押さえたものの他に、警視庁が銃刀法違反の捜査で差し押さえた銃器、弾薬類や、大阪府警が大阪都島事件捜査で差し押さえたものが数千点もある。あまりに量が多くて、令状請求に基づく捜索差し押さえ、いわゆるガサでの強制的な押収《おうしゅう》だけではやり切れず、捜査当局は途中からその大半を、中村に任意提出させていたという。

名古屋事件の裁判はすでに最高裁で刑が確定していた。

新宿の貸金庫への銃器類隠匿《いんとく》にかかわる銃刀法違反事件と大阪の現金輸送車襲撃事件は併合され、大阪の裁判所で裁判が粛々と進められていた。すでに大阪地裁、大阪高裁の一審、二審とも、強盗殺人未遂罪が認定され、中村は無期懲役の刑を宣告されていたのだ。

これが早ければ、２００８年の６月頃には最高裁で確定する見込みだった（実際、同年６月２日に確定）。確定すれば、現在、裁判所に行き、検察が保管しているこれらの証拠品はすべて廃棄されてしまう。そうなると、たとえ将来、中村が長官狙撃《そげき》事

件を全面自供し、刑事訴追できる段になっても、資料が何も残っておらず、断念せざるを得ないような状況に陥ってしまうのである。

中村が自分の品の還付請求を行えば、その限りではないだろうが、彼が真相を闇《やみ》に葬《ほうむ》る道を選択すれば、この手続きは期待できない。そもそも、それでは中村任せになり、捜査の主導権が握れない。捜査当局として、証拠消滅を防ぐためには、自ら強制的に差し押さえるしかないのだ。

といっても、まもなく裁判が終結する銃刀法違反容疑ではあらためて全部を押さえることはできない。令状請求したところで、「今やっている裁判の証拠資料を、どうして令状を出してまで、改めて強制的に押さえなくてはいけないのか」と咎《とが》められるだけで、どだい裁判所が認めまい。これだけの多量の証拠品である。これらをすべて差し押さえるべく令状を請求するためには、何か新しい、もっと大きな容疑が必要だった。

答えは一つしかなかった。

「長官狙撃事件による殺人未遂容疑」

これで捜索差押許可状を請求し、証拠品を保全するのである。

しかし、そのためには、根拠となる強い証拠が必要だった。

「中村から、狙撃を認めさせる供述調書をとるしかない。調書が巻けなければ、アウト。ここが勝負だ」

捜査チームの意向を聞いた舟本刑事部長は、矢代総監、高石副総監にこの方針を打診し、是非を問うた。

「長官狙撃事件による殺人未遂容疑で捜索差押許可状をとり、中村の資料一式を押さえたいと思います。といっても、今、大阪の公判で使われている資料一式を押さえ直し、保全することが目的です。よろしいでしょうか」

最高幹部たちにとって、この容疑で許可状をとることは極めて重い事実であることは分かっていた。しかし、矢代は、是非もないとして、捜索差押許可状をとるために、中村から調書をとるよう下命した。この捜査方針に許可を与えたのである。

その後、「中村捜査班」のテーマの俎上《そじょう》にのぼり、重要な任務の一つになったのが、共犯者「ハヤシ」の捜査である。しかし、ハヤシの追跡については極めて困難な状況だった。とはいえ、これも引き続き、中村を説得、追及するとともに、彼の交友関係を丹念に追い、その立ち寄り先、関係先を何一つ漏らさず洗い出して、不審者を炙《あぶ》り出していくしかない。

また、アメリカでの捜査は、その「ハヤシ」の追跡もあるが、メインは拳銃《けんじゅう》、銃弾の入手状況の裏付け捜査である。すでに述べたが、新宿の貸金庫や名張のアジトなど、中村の関連先からは大量の銃器が押収されたが、捜査一課が期待していた、長官狙撃事件に使用されたとみられるコルト・パイソンなど同社製の長銃身の回転式拳銃は出ていなかった。また、貸金庫にはホローポイント系の弾丸はたくさんあったが、やはり長官事件で使われた特殊なホローポイント系の357マグナム・ナイクラッド弾は発見されていなかったのである。

もはや、日本では捜索すべき場所はない。

あとは、中村が80年代半ばから90年代前半にかけ、他人名義のパスポートで出入国を繰り返していたアメリカに賭《か》けるしかないのである。

アメリカの関連先に、もしかすると、コルト・パイソンが秘匿《ひとく》されているかもしれない。

ナイクラッド弾については、中村は、ロスのセルフ方式のA-American Self Storage（A－アメリカン・セルフ式貸し倉庫）の貸し倉庫に保管していたとまでは証言していた（供述調書にはさせていなかったが）。

しかし、FBIを通じて行った同倉庫会社への捜査からは、すでに荷物を競売処分した由《よし》の連絡が来ていたことは前述したとおりだ。

「これだけ時間を使っておいて、何もなかったでは了承できない。やはり自分たち自身で行って、確かめないと、納得がいかない」

「それに、アメリカで調べれば、A-アメリカンはダメでも、他に中村の銃器類の隠し場所が見つかり、ナイクラッド弾が出てくるかもしれない」

「中村捜査班」のメンバーは皆、口々に同じ意見を述べた。

これから米国で行おうとしている捜査は極めて重要なものだった。そもそも中村が、ハヤシという男と出会った場所も、そのアメリカかもしれないのだ。

捜査員たちはこの捜査にかける意気込みを互いに口にした。その熱い目線の先に、遠いアメリカの地を思い浮かべながら。

供述調書をめぐる攻防

年が明けた2008年の春。捜査当局と中村の対決は新たな局面を迎えていた。

大阪拘置所が用意した取調室。新たな組織体制のもと、明確な目的意識をもって、中村に臨む取調官。中村にも、捜査員たちが今までとは少し違う雰囲気を漂わせていることが感じ取れた。

物言わぬ中村に、取調官が口を切る。それは、極力、感情が排除された語り口だった。捜査員は淡々と事実をありのままに説明した。

「我々は未解決の長官事件の真相を闇に葬ることなく、全容解明を果たしたいと思っています。そうして、あの事件が何であったのか、世の中に知らしめ、歴史の記録にとどめたい。そのために、これまであなたに繰り返し会いにきました。しかし、あなたは事件について犯行を事実上認めながらも、未《いま》だに調書の作成には一切応じてくれていない。

このままでは、時間切れになる。たとえ将来、あなたが話す気になる時がやってきても、まもなく大阪の事件の判決が確定し、関連資料や身の回りにあった物品はすべて没収、廃棄されてしまいます。そうなると、もはや立証不可能で、検察も裁判所も、誰も相手にしてくれなくなるでしょう」

取調官は概《おおむ》ねそのような内容のことを中村に告げた。中村は目線を少し落として、じっと相手の話を聞いていた。その内容を頭の中で反芻《はんすう》しているらしく、軽く頷《うなず》きながら、熟考しているようだった。

「真実が闇に埋もれないようにするには、近い将来の立証に備えて、今、任意で提出してくださっている資料も含めて、そのすべてを保全しないといけません。その許可状をとるためには、あなたの供述調書がどうしても必要なんです」

真実が闇に埋もれる……。滔々《とうとう》とした口調で語られる、この当然の帰結が、逆に中村には曰《いわ》く言いがたい力をもって迫ってきた。

実は、長官事件をめぐり、中村の心中はその前年より揺れ動いていた。

このまま真相を明かさぬまま、人知れず歴史の闇に消えていく。それこそが、地下活動に専念する有能な秘密工作員のあり方だ、と中村は考えていた。しかし、元来が思想犯である。心の片隅のどこかで常に、あれだけの事件を完遂させた自分たちの軌跡を誇示したいという潜在的な願望があったのも事実だろう。

誰にも割り出されるはずがないと過信していた名張の拠点を突き止められたことによって、捜査当局に長官狙撃事件との関連性を摑《つか》まれてしまった中村。しかも、それが『週刊新潮』に報じられ、世に知らしめられることになったのは前述のとおりだ。

〈もはや、自分は警察とメディアによって、歴史の表に押し出されてしまったではないか〉

名古屋拘置所での面会の言葉を思い出すと、中村がこう思ったことは容易に想像がつく。はからずもそうなった今、それならむしろ、南千を主導する公安部によって捏《ねっ》造《ぞう》された虚偽の歴史を正すため、自らが真相を明るみに出して、事実を正しく是正するべきだとの考えに至ったとしても不思議ではない。

彼の心のうちに芽生えた思い。それは決して一どきにではなく、徐々に徐々に、まるでガーゼにしたたり落ちた血の一滴が回りに滲《にじ》んで浸透していくように、静かに、ゆっくり広がっていったのであろう。

もう気持ちは一方に傾いている。ほとんど決心は固まっていたのだ。あとは、何か一つきっかけがあればよかった。

〈自分とともにあった品々が消えてなくなる。それを阻止しなければ〉

「どうですか、中村さん。中村さん？」

取調官の呼びかけに現実に引き戻される中村。

「どうなんですか。調書をとらせてもらえますか。本当にこのまま資料を廃棄されてもいいんですか」

決意をもって取り調べに臨んでいたのは、捜査当局の側だけではなかった。中村もまた、ある重大な決意を固めて、この取調室に老いた体を運び、捜査員と対峙《たいじ》していたのだった。

「分かりました。調書の作成に応じましょう」

その語調は決然としたものだった。長い闇夜がようやく明け、淡い陽光がさしてくる。捜査員たちはそう感じ、中村の言葉をかみしめた。思想犯である中村と、それを摘発する警察の、奇妙な共同作業が始まった瞬間でもあった。

一旦《いったん》、話し始めると、中村は雄弁に事件の詳細を語った。ただし、意を尽くさない安易な文面には納得せず、取調官が急ぎ先に進むことを許さない。徹頭徹尾、供述調書の文章にこだわった。

《私が警察庁長官を撃ちました。暗殺目的で狙撃したのです》

こう自供された供述調書を証拠として、「中村捜査班」は、捜索差押許可状を裁判所に請求。これが認められて許可状が出され、中村の証拠資料一式は歴史の闇に消失することなく、無事、保全された。すでに大阪の事件の判決は2008年6月に確定したが、関連資料は捜査当局のもとで守られ、今現在も、(訪れるかどうか分からない)次の出番を待っているところだ。

自供

一度、調書の作成に応じると、中村は進んで捜査当局に協力するようになった。その後すぐに、より詳細な供述調書の作成にも応じた。こうして、事件の全貌《ぜんぼう》を伝える供述調書や裏付け資料は高く積み上げられていったのである。

その供述内容はいかなるものだったのか。以下に、彼が、私との面会や書簡のやりとりなどで明かした犯行の全容に関し、その主要部分をお伝えすることとする。

《かつて私は、ある同志とともに、「特別義勇隊」という少数精鋭の秘密の武装組織の結成を目指しました（筆者註・この組織については、後に改めて詳述する）。この非公然の「特別義勇隊」がある謀略の意図のもと、その最初にして最後の実戦行動として、決行を企図したのが、国松孝次・警察庁長官の暗殺でした。

決行に使った拳銃、コルト・パイソンは、8インチ銃身という長銃身のもの。357マグナム口径の回転式拳銃で、87年にアメリカで購入したものです。サウス・ゲート市というロス南郊の町にあるウェザビーという銃砲店の支店で、テルオ・コバヤシ名義の運転免許証をIDとして示し、600ドル台後半で買いました。ホローポイントタイプの357マグナム・ナイクラッド弾は、米国のガン・ショーと呼ばれる、ガン・マニアたちが集まる銃器類の見本市で手に入れたものでした。

いずれも、「特別義勇隊」用の武器として、新宿の貸金庫に隠匿していました。

ところで、94年に松本サリン事件が発生し、95年の元旦の読売新聞の報道で、オウムがサリンを製造していることが分かりました。私は、警察が教団に対し、水面下で懸命の捜査を推進しているものと思い、その実態をさぐるため、2月から3月初旬にかけ、当時、霞が関の中央合同庁舎二号館ビルにあった警察庁に潜入課報《ちょうほう》活動を繰り返しました。オウムに対する警視庁や山梨県警などからの報告書を入手し、強制捜査は準備されているのか、されているとすれば、いつ頃、着手の予定なのか、捜査状況を探ることが最大の目的でした。

当時はまだ警備も厳重ではなく、受付で埼玉県警のOBを騙《かた》って、中に簡単に入ることができました。1〜2階には自治省（筆者註・当時）も入っている雑居ビルだったので、チェックは緩いものにならざるを得なかったのでしょう。ちなみに出るときなどはノーチェックの状態でした。昼間、庁内のトイレにこもり、夜まで待って、始動。警備局長室や刑事局長室はカギがかかっていましたが、差込式の鍵《かぎ》穴があるレバー・タンブラー錠という旧式のタイプであり、用意したカギとピッキング道具でたやすく忍び込むことができました（筆者註・名張のアジトから、多数の合鍵やピッキング道具が発見、押収《おうしゅう》されている）。

警察庁に潜入した結果、分かったのは、警察ではほとんどオウムへの対策は講じられていないようで、ぬるま湯状態であることでした。この事実に私は驚き、愕然《がくぜん》としました。この諜報活動の副産物として、警備局長室で見つけたのが、警察庁幹部たちの住所や電話番号が記された、緊急連絡表でした。国松長官の住所は荒川区南千住となっていて、次長の関口氏は、確か目黒区となっていました。私はこれを、当時、市販されていた簡易複写機「写楽」で記録しました。

　私は、ドヤ街などがあり、場末のイメージが強い下町の南千住などに高級官僚向けの警察官舎があるのだろうかと訝《いぶか》しく思って、3月初旬にその住所地に出かけてみました。すると、そこは官舎ではなく、大きくて立派なマンション群が建っており、まるでロサンゼルスにでもいるかのような錯覚にとらわれました。通用口の扉に仕掛けを行い、そこから中に入って部屋も確認しました。これで国松氏が官舎ではなく、自宅マンションに住んでいることを知ったのです。

　そんな中、3月20日に地下鉄サリン事件が発生しました。その時点で、私と同志である「ハヤシ」は、先に述べた、ある謀略を思い立ち、すぐさま国松氏を暗殺すべく準備にとりかかったのです。ほぼ連日のようにアクロシティの下見を重ね、3月28日を決行日と決めました。逃走に使う自転車は、事前にハヤシの側が放置自転車を拾って用意したもので、27日までには、アクロシティAポートの地下駐輪場に置き、目印にカラーテープを貼《は》っておきました。

　その日は、視察を始めてから最も風の強い日でした。私たちは、私が狙撃の実行役、同志が後方支援役として、決行に臨んだのです。

すでにそれまでの偵察活動で、長官公用車は午前8時過ぎにアクロシティに到着すると、まずBポート東側のマンション敷地外周路で待機することが分かっていました。そして午前8時20分頃になると、国松長官が住むEポートの北側の周回路に移動するのです。そこで助手席に乗っていた秘書官が降車し、Eポートの植え込み周辺やエントランス内の集合ポストなどに何か異常はないか点検した後、Eポートの玄関付近で長官の出勤を待ちます。また、この公用車が到着する少し前に、警戒要員である二人の私服警官が乗った乗用車が現れ、Fポート寄りの北側周回路に停車して、警備にあたることも分かっていたのです。視察の結果、長官がエントランスから出てきて、公用車の左側後部ドアから乗車し、出発していくのはいつも午前8時30分頃であることが確認できていました（筆者註・マンション群の配置状況は、本書末尾の参考資料ページにある「アクロシティ　銃撃現場見取り図」を参照）。

しかし、長官公用車がアクロシティに到着するのを待っていた私は、不測の事態に直面しました。長官車両が、同じ黒色のプレジデントではあるのですが、ナンバーが変わっており、別のものに取り替えられていることが分かったのです。当時は新旧のナンバーを記憶し、記録もしていたのですが、現在、憶《おぼ》えているのは、替わる前のものが「品川33り××××」だったことだけです。

長官公用車が動き出したのを見て、そのまま私も狙撃地点としていたFポート東南角に移動し、Eポートの方を凝視していました。するとさらに想定外の異変が起こりました。二人のコートを着た中年男性が国松氏宅を訪れ、エントランスに出てきた国松氏らしき人物は彼らを見ると、そのまま一緒にマンションの中に戻っていってしまったのです。二人の男は雰囲気から、おそらく警察関係者であろうと思われました。

長官公用車の変更に加え、警察官と思しき人間の突然の来訪。これらの異変から、私は警備体制が厳重なものに強化されたと受け止め、その日の決行を中止したのです。あらためて、武装強化するため、貸金庫に出向き、KG—9短機関銃も取り出し、用意しました。これは厳戒体制の警備員たちと銃撃戦など不測の事態が起こることも想定し、それに対応するため、準備したものでした。これらの武器は決行の時まで、当時、JR神田駅界隈《かいわい》に事務所を借りていたハヤシの方で保管してもらいました。

新しい決行日を3月30日とし、再びアクロシティに赴くことになりました。

その日は朝から小雨が降っていました。私は朝6時台に、当時、アジトにしていた小平市内のコーポ（筆者註・「服部知高」という偽名で、81年5月頃から96年11月頃まで居住）を出発。バスでJR国分寺駅に行き、東京行きの中央線特別快速に乗車しました。新宿駅で山手線外回りに乗り換え、JR西日暮里《にしにっぽり》駅で下車。駅の北側路地で、軽自動車で来ていたハヤシと合流し、車で道灌《どうかん》山通り、明治通り、千住間道を通って、現場に向かいました。すぐ近くの都立荒川工業高校西側の、神社付近の路地で、銃器類の入ったショルダーバッグを持って、私は降車。アクロシティに到着したのは、朝8時すぎでした。小雨が降る中、まず、Bポート北東角に潜み、長官公用車を待ちました。私が下車すると、ハヤシは軽自動車で、千住間道沿いのNTT荒川支店に移動。その駐車場内で待機状態に入りました。

ちなみに、この日の私の出《い》で立ちは、メガネをかけ、白マスクをし、ふちのある灰緑色の柔らかい生地の登山帽を被《かぶ》っていました。手には、薄手の綿糸を肌色に染めた特殊な手袋をつけていたので、遠目には素手に見えたでしょう。靴はビジネス靴のような黒いウォーキング・シューズを履いていました。服装は、艶《つや》消しの黒いスーツにネクタイを着用。その上に濃紺色のコートをはおって、狙撃に臨んだのです。

なおショルダーバッグの中にはフェデラル社製のホローポイント系357マグナム・ナイクラッド弾を装塡《そうてん》したコルト・パイソンと6発の予備弾を入れたクイック・ローダー、サブマシンガンであるKG―9短機関銃を収めていました。

さらにスーツの下に装着したホールスターの左腰ベルトには、不測の事態に備えるバックアップガンとして、スミス&ウェッソンの自動式拳銃《けんじゅう》を入れ、携行していたのです。

これらにくわえて、もう一つこの義挙用に用意したものがありました。パイソン用に自分で製作した「着脱式の銃床」です。これはより安定した射撃を行うため、射撃時の衝撃を肩で受け止められるようにしようと考えて作ったもので、小型の松葉杖《づえ》のような形状をしています。パイソンの銃把の左右両盤の上端をカットして、3つのボルトを埋め込み、そこに銃床の先端が着脱できるようにしました。素材はアルミ合金ですが、色は濃い灰色に塗装していました。長さは40センチくらいで、これをパイソンに装着すると、長銃身の銃がさらにその2倍ほどの長さになり、遠くから見れば、ライフルと見間違うかもしれません。

またこの日は、常時、警戒にあたる二人の私服警官以外に、アクロシティ東側にある南千住浄水場北西隅の場所、長官が住むEポートからすれば、北東角側になる隅田川沿いにも警戒要員が一人立っていることを、待機状態に入る前のハヤシが無線で伝えてきました。しかし大規模な警備強化が行われた様子はなく、狙撃決行には特に障害にならないと判断し、そのまま計画を続行しました。

Bポート東側路上から長官公用車が動き出すのを見て、私はAポートの地下駐輪場に向かい、自転車をひいて、南口の階段の手前で地上に出ました。そこから、Fポート東南角の植え込みあたりの狙撃《そげき》地点に移り、臨戦態勢に入ったのです。足元に、北朝鮮人民軍記章（バッジ）を置き、エントランス・ホールの方に向かって、狙撃地点から3～4メートル離れた辺りに韓国の10ウォン硬貨を放り投げました。これは捜査を攪乱《かくらん》することが狙《ねら》いでした。

この北朝鮮のバッジは、死亡した斎藤雅夫君のツテで、在日韓国人のTという男と会い、Tから、その知人だった韓国安企部（国家安全企画部）の人間を紹介してもらって、入手したものです。

当初は、北朝鮮製のカラシニコフなどの銃器類が手に入らないかと思い、接触したのですが、「北のもので、持ち出せるのは、記章か帽子くらい」だというので、とりあえずバッジを、相手が欲しがった私の拳銃、コルト・ムスタング・ポケットライトと交換する形で譲り受けたのです。

国松長官の出勤時間が近づくと、私はバッグからコルト・パイソンを取り出し、銃床を取り付けました。それをコートの内側に隠し持ち、長官の出勤を待ち構えたのです。

長官がマンションから出てきたのは、午前8時30分頃のことでした。本来、公用車に乗車する際の静止した長官までの想定射程距離は約30メートル。しかし、この日にかぎり、長官は、秘書官を伴い、手前の通用口から姿を現したので、距離は約21メートルになりました。

私はコートの下に隠し持ったコルト・パイソンを両手で把持し、銃床を右肩に当てて、ターゲットに銃口を向けました。一発目は、標的の上半身である背中の中心部を狙い、引き鉄《がね》に指の重みを加えました。轟音《ごうおん》とともに発射された弾丸は長官の背中に命中。すぐさま左手親指で撃鉄を起こし、第二弾を放とうとしました。しかし、後ろから357マグナム弾のエネルギーで突き飛ばされる形になった長官は前のめりになり、射手から見ると、その上半身は予想外なほど、水平かそれ以下に折れ曲がって、腰《よう》部の陰で見えなくなってしまいました。そのため、私は臀《でん》部の上部から左腰にかけてのあたりを狙うしかなく、長官が地面に倒れこむ寸前にその部分に銃弾を撃ち込んだのです。

つづけざまに三発目の照準を合わせようとしましたが、またもや計算外の事態が起こりました。今度は傍らの秘書官がとっさに身を挺《てい》して、長官に覆《おお》いかぶさったのです。しかしながら、秘書官の体は長官の全身を隠し切ることはできず、その右股《もも》から下の部分はのぞいていました。そこで私は秘書官の体を避け、そのズボンすれすれに、長官の露出した右足の付け根辺りに狙いを定めました。かなり際《きわ》どい射撃でしたが、狙い通り、銃弾は右大腿部《だいたい》の股付近を抉《えぐ》ったのです。

それでも秘書官は臆《おく》することなく、懸命に長官の体を抱え込み、這《は》うようにして、傍らの植え込みの陰に引き入れました。私には、人間の楯《たて》に守られた長官に四発目の銃弾を浴びせることはできませんでした。そのかわり、左手前方に、護衛車両から飛び出してきた私服警官が視界に入ったので、これに向けて、追撃を怯《ひる》ませるための威《い》嚇《かく》射撃を行ったのです。

狙撃後、パイソンから銃床を外し、ショルダーバッグにしまうと、私は近くのFポートの外側壁に立てかけておいた自転車に乗り、猛然とペダルをこぎました。まずはFポートの建物沿いにマンション敷地内を西に向かい、建物の西端の切れ目まで来ると、スピードを緩め、隅田川河畔沿いの道路の方をうかがいました。これは、警備の護衛車両が先回りして、自分を追ってきていないか確認するためでした。

側方に追っ手の影がないことを確認すると、私はほぼ直角に進路を左に変え、高層棟「タワーズ」を通り過ぎて、南へ向かいました。途中、左手の方で管理人が私を見ているのは分かりましたが、意に介さず走り去り、マンション敷地外に出る通路に達しました。こうして、私はアクロシティをL字型に横断、敷地から公道に出たのです。

その際もまず、右手の隅田川方向からの追撃を確認しましたが、ここでもその気配はありませんでした。が、次の瞬間、私はヒヤッとしました。左側から歩いてきていた浮浪者風の男に気づかず、ぶつかりそうになったのです。何とか接触を避け、そのままハヤシの車が待機しているＮＴＴの駐車場に向かいました。その千住間道をはさんだ筋向かいの喫茶店の東側壁面に自転車を立てかけて、無施錠《せじょう》で乗り捨て、ハヤシの運転する軽自動車に乗車しました。車は千住間道から明治通りに入り、宮地陸橋を経て、道灌山通りを通って、ＪＲ西日暮里駅に到着しました。

そこで私は車を降りて、ハヤシと別れました。西日暮里駅から均一回数券を使って山手線内回りに乗り、新宿駅まで行き、銃器類を安田生命ビルにあった貸金庫に戻したのです。

それから、私は再び新宿駅に戻り、ＪＲ中央線に乗って、武蔵小金井駅で下車。バスに乗り換えて、アジトだった小平市のコーポに帰還しました。

その際、ＪＲ武蔵小金井駅の構内や周辺でかなりの数の警察官らが動員されているのを目にし、「こんなところにまでこれほどの緊急配備が敷かれたのか」と少し、驚きました。後日、その際の様子を、「緊急配備」という詩にまとめていますが、それは、名張のアジトから発見、押収されたフロッピー・ディスクの中に記録されています。

その後、拳銃のコルト・パイソンとホローポイント系の357マグナム・ナイクラッド弾の残弾、ならびに撃ち殻薬莢《やっきょう》は、4月13日、竹芝桟橋から伊豆大島に向かう東海汽船「さるびあ丸」の船上から海中に投棄しました。他の乗客が寝静まるのを待って、夜遅く甲板から、紙袋に入れたそれらの銃器、弾薬類を海に捨てたのです。なお、その船には、北新宿を住所地とする「太田政之」という偽名で乗船しました。

こうして、私たちは完全な証拠隠滅を図り、自分たちと本件が結びつかないようにしたのです。

5月16日、私にとって懸案事項であった、オウム真理教の教祖・麻原彰晃の逮捕が、警視庁によってようやく実行されたのを見届け、これで自分の狙い通り、教団は壊滅するものと確信しました。その翌日、貸金庫に赴いて、保管していた天野守男名義の偽名パスポートを取り出しました。そして数日後、仕事をやり遂げたというすがすがしい思いを抱きながら、久方ぶりに空路、アメリカへと向かったのです》

迫真性に富み、詳細を極めた中村の供述。なかでも、犯行当日の3月30日に関する証言のうちから、真犯人にしか知り得ない、いわゆる〝秘密の暴露〟にあたるものをいくつか紹介しておこう。長官公用車の変更など、3月28日の〝秘密の暴露〟証言はすでに説明したとおりだが、当日についても極めて高い犯人性が窺《うかが》える証言が揃《そろ》っているのだ。

まずは現場に遺留した北朝鮮人民軍バッジと韓国ウォン硬貨についての供述である。これまで特捜本部は具体的な遺留場所を発表してこなかったため、多くのマスコミが「犯人は狙撃現場近くの足元の植え込みあたりに置いた」と報じていた。だが、中村は、「韓国硬貨を放置した場所は植え込みではなく、狙撃地点から3~4メートル離れた、Fポートのエントランス・ホールの中央の方に目立つように放り投げておいた」と供述。現に捜査で発見、押収された場所は、数メートル離れたエントランス・ホールの方だった。非公開の事実について、実際の捜査状況に合致する証言を行っていたのである。

さらには、「着脱式の銃床」が挙げられよう。

「バーンという建築資材が高いところから地面に落ちたような凄まじい音に驚いて、ベランダから外を覗《のぞ》きました。すると、Fポートの南東角のところに、筒の長い拳銃のような物を、Eポートの方に向けて構えている男の人が見えました。その手の先で白い煙が上がっていました。男はさらに2発目、3発目を等間隔で発射し、Fポートの白壁前付近に停めてあった黒っぽい自転車に飛び乗って、タワーズの方に逃げていったんです。持っていた拳銃のような物がすごく長く、傘のように見えました。あまりに長いので、一瞬、ライフルかとも思いました」

これは事件当時、Bポートの3階に住んでいた51歳の主婦の目撃証言である。筆者自身が事件直後、取材を行い、直に聞いた話の内容だ。アクロシティ内での事件の目撃者は全部で16名いたが、とりわけ彼女の証言は貴重だった。なぜなら、この主婦だけが、狙撃の瞬間そのものを目の当《ま》たりにした唯一《ゆいいつ》の目撃者だったからだ。

「最初は映画のロケかと思ったんですよ。あまりに出来過ぎていましたから。娘をベランダに呼んで、一緒に様子を見ていたんですが、警察に電話するかどうか、迷って……。でも、最後は通報しました。そのうち救急車のサイレンの音が聞こえてきて、大変な事が起こったんだと分かりました。自転車に乗った犯人は慌てる感じもなく、優雅なほど悠然とペダルをこぎ、黒いコートを風にたなびかせて、走り去りました。本当にフランス映画の1シーンでも観《み》ているかのようでした」

この唯一の狙撃目撃者が語った「傘のように見えた」「ライフルかとも思った」という「筒の長い拳銃」。それはまさに中村が供述した「拳銃がライフルのように見える『着脱式銃床』を取り付けたパイソン」を髣髴《ほうふつ》とさせるのである。

同じBポートの13階に住んでいた、当時23歳の女性会社員の目撃証言もこの「銃床」の存在を強く窺わせるものだ。彼女が警察に語った証言の要旨は次の通りである。

〈ドーンという音がしたため、自宅のベランダから外を見たところ、EポートとFポートの間から中庭方向に痩《や》せ型でひょろひょろっとした感じで、黒っぽいコート、黒っぽい帽子の男が、右手に拳銃のような黒っぽい小さな物を持ち、左手には黒っぽい細長い物を持って、後ろを振り向きながら走り、Fポート中庭側白壁のところに停めてあった黒っぽい婦人用の前カゴ付きの自転車に乗り、スポーツスクエア方向に走っていきました。左手の黒っぽい細長い物は、傘ではないかと思いました〉

彼女が傘ではないかと思った「黒っぽい細長い物」。これこそ、中村の言う「狙撃後、パイソンから取り外した銃床」と考えれば、なるほど合点がいくと言えまいか。

なお、長官公用車の運転手もFポート角からのぞく、とてつもなく長い拳銃の銃身を目撃しており、「傘のように長い銃だった」と証言している。彼ら3人の証言はいずれも、「着脱式の銃床を使った」という中村供述を裏付ける内容なのである。

さらには、中村が逃走中、アクロシティから敷地外に出ようとする場所で遭遇した「浮浪者風の男」の存在がある。相手は氏素性が分からず、居住先も判然としない人物である。当該の浮浪者本人を探し出す捜査は困難な作業だろう。

「確かに、さすがにその浮浪者そのものは探し出せていません。しかし、『中村捜査班』は近隣の住民などから徹底的に聞き込みを行い、犯行時間帯、中村が言う場所に、浮浪者風の男が間違いなくいた事実を突き止めたのです。すなわち他にも浮浪者風の男を見かけた人がおり、その第三者供述によって、この存在が裏付けられ、中村供述の真実性が証明できたわけですよ」(検察関係者)

これなどはまさに狙撃実行犯にしか分からない〝秘密の暴露〟と言えるだろう。

まだある。アクロシティの目撃者たちが語る、犯人が逃走用に使った自転車である。その特徴は、黒色、婦人用で前カゴ付きというものだ。中村が、その自転車を千住間道に出る手前の喫茶店の東側の壁に立てかけ、放置したと証言していることは前記の通りだ。果たして、この遺棄状況に合う放置自転車はあったのだろうか。

中村がアクロシティGポート横のスロープから出たという公道を南へまっすぐ600メートルほど進む。すると、千住間道にぶつかる手前右側角に、確かに彼が言う通り、喫茶店が存在する。この喫茶店「K」と千住間道をはさんだ斜向《はす》かいに、ハヤシが車で待機していたというNTT荒川支店もある。ここは他ならぬ、その喫茶店「K」の店主にご登場願おう。

「その中村っていう男の話を聞いて、驚いたね。確かに自転車はあったんだよ。事件のあった95年3月30日、朝9時頃、開店の準備をしようとしたら、うちの店の東側の壁に、カギどころか、スタンドもかけずに自転車が立てかけてあったのさ。色は黒色で、前カゴ付き、スポーティーな感じの婦人用だった。前の晩の夜2時頃、ゴミ出しをした時にはなかったから、その日の早朝、置かれたものだと思った。これは長官の事件に関係があるんじゃないかと、ピンと来たね」

ただ、この主人によると、それまでも会社員などが店の横に勝手に自転車を置き、近くの都電の駅から出勤していくことが何度かあったという。もっとも、スタンドもかけず立てかけていくのは初めての例で、奇異には感じたというが、すぐには警察に連絡せず、様子を見たという。

「でも結局、2~3日待ったけど、誰も持っていく人がいないんだ。だから、これはいよいよ事件に関係があると思って、南千住警察署に電話で届け出たんですよ。でも、彼らは待てど暮らせど、自転車を取りにこなかった。やっと回収に現れたのが、10日近く経《た》ってからだよ。しかも私の通報によってじゃなく、町内会長さんへの聞き込みを担当した警察官が、ここの放置自転車の話を会長から聞きつけ、やってきたんです。ふざけてますよね。それだけ懸命さがなく、問題意識もないってことです。そもそも捜査本部の連中は、犯人はアクロシティの南東側に逃げたと思い込んで、このあたりの南西側一帯についてはまるで聞き込み捜査もしなかったんだ」

あれだけ目撃証言があり、狙撃犯が自転車で現場から逃走したことは早くから分かっていた。本来なら、南千住一帯の放置自転車の捜索に力を注ぐのが捜査の常道だろう。しかし、この店主の話から浮き彫りになったのは、特捜本部は放置自転車の一斉捜索などまるで眼目になかったという驚愕《きょうがく》の事実だ。

その後、自転車の捜査について、警察から店主のもとには何の連絡も入らなかったという。なしの礫《つぶて》だった警察が再び、喫茶店に現れるのは、2008年の春だった。自転車の回収から13年もの年月が経ってのことだ。その警察官こそ、中村供述の裏取り捜査を進めていた「中村捜査班」の刑事だったのである。

「あの自転車は犯人が乗り捨てたものとしか考えられない。その放置した場所や状況を事実どおりに証言している男がいると聞いただけで、鳥肌が立ちましたよ。実行犯にしか証言できない内容で、その中村という男がホシで間違いないでしょう」（店主）

「韓国ウォン硬貨の遺留地点」「着脱式の銃床」「浮浪者風の男の存在」「放置自転車の遺棄状況」……事件当日の供述についても、中村証言にはこれだけの〝秘密の暴露〟が含まれ、その犯人性は極めて高いと言うほかないのである。

ちなみに問題の自転車はそもそも89年頃、事件現場近くの荒川で、当時20歳の女性が盗まれたものだった。それが回りまわって、ハヤシの手に渡り、中村に逃走用としてもたらされたわけだ。

「捜査が終わりましたので、お返しします」

南千《ナミセン》の特捜本部の捜査員の来訪を受け、いきなりこう告げられた、持ち主の女性は当惑するしかなかった。すでに埼玉に移り住んでいた彼女のもとに自転車が返還されたのは、その存在さえ忘れかけていた２０００年のことだったのだ。もはや使用する気もなく、すぐさま廃品回収に出して処分したという。

特殊な拳銃に稀少《きしょう》な実弾

さて、警察への供述や、私との面会の中における証言で、まず何より重視しておかなければならないのは、拳銃と実弾に関する部分である。中村は手紙でも次のように記していた。

《Colt Python（コルト・パイソン）を購入したのは、Weatherby（ウェザビー）のサウス・ゲート店ですが、この店舗はかなり以前に廃業して現存していません。しかし、Weatherby の会社自体は存続しているようで、捜査当局はそこへ問い合わせて購買の事実を確認しているはずです。この銃は8インチの Python の新品で、価格は６００ドル程度だったと思います。

Hollow point弾（ホローポイント弾）というのは、一般に使われている口径、たとえば45口径（45ACP）、357マグナム（357Mag.）、38スペシャル（38Spl.）、9ミリパラベラム（9para.）、22口径（22LR）用に多くの弾薬メーカーが製造していますから、銘柄にこだわらなければ、USAではたいていの銃砲店で買えます。しかし、Federal の Nyclad弾（フェデラル社製のナイクラッド弾）は（需要が少ないためか）置いている店はまずありませんから、gun show（ガン・ショー）のような特別な場で探さないと入手は困難で、私もそういう場所で購入したのです》（2008年9月1日付け書簡より）

ガン・ショーというのは、米国カリフォルニア州のロス郊外等の南部の町や、ネバダ州のラス・ベガスなどで週末、行われているイベント。銃器愛好家たちが集まる、銃器の見本市である。

ここで、中村が長官狙撃事件に使用したと証言している銃弾について、詳しく述べておこう。

彼が言う弾丸は、フェデラル・カートリッジ社製、ホローポイントタイプの357マグナム・ナイクラッド弾（357マグナム・ナイクラッド・セミワッドカッター・ホローポイントタイプ）。

３５７マグナム弾は通常のものより火薬量がはるかに多く、発射される弾丸の初速や標的に命中した際のパワーも格段にあがる。

しかもセミワッドカッターと称されるホローポイント弾である。これは、弾頭の先端が平坦《へいたん》に削られ、中央部分がくぼんだ形状の弾丸。人体など標的に着弾すると、先端が中央からマッシュルーム状に裂け、体内に遺留して内臓をズタズタに切り裂く、極めて殺傷能力の高い銃弾である。

このことからも、犯人の目標に対する強固な殺意がうかがえる。

しかし、それ以上にこの弾丸は特異だった。

ホローポイント系だというだけでも、過去に国内で使用された形跡がないものなのに、このナイロン樹脂でコーティングされたナイクラッド弾はそれに輪をかけて稀少なものだという。そもそもナイクラッド弾は特殊なニーズに応《こた》えて登場した製品だった。普通、銃弾からは射撃の際、微量ながら鉛の粉塵《ふんじん》が飛び散る。大量に吸い込むと健康被害が生じるとされ、日頃、屋内で多量の銃弾を使って射撃訓練を行う米国の警察官にとっては、これを回避することは切実な問題だった。この求めに応じ、弾頭部分をナイロン樹脂でコーティングし、粉塵が飛び散らないようにしたのがナイクラッド弾というわけだ。

後述するが、私は2009年夏、中村の足跡を辿《たど》ろうと、米国を訪ねた。その際、元警察官や銃砲店の経営者たちにも会い、この弾丸の特殊性についても取材を試みた。皆、異口同音に語ったのが概《おおむ》ね次のような内容である。

「日本の警察のチーフが撃たれた弾は、ナイクラッドだったのか⁉　驚いたな。ナイクラッドはもはやここアメリカでも手に入らない。こうしたテフロン・コーティングされた銃弾は、70年代までは一般の銃砲店でも市販されていたが、あまりに殺傷力が高く危険な弾なので、80年代に入ってから、法律で販売禁止になったんだ。なにしろ、テフロン加工や、ナイロン樹脂のおかげで貫通力が凄《すさ》まじく、防弾チョッキをも突き通してしまう。被弾した警察官の殉職が相次いだため、警察OBらがロビー活動を展開して、政治家に働きかけ、販売禁止にしたんだよ」（元サン・ディエゴ警察の保安官）

正確に言うと、法律で禁じられたのは、アミラド繊維系の防弾チョッキを貫通しやすい、固く滑らかな弾頭のKPTという弾だという。ただ、ナイクラッドそのものは禁止されなかったが、この法律の施行に伴い、徐々にそれも店頭から姿を消していったという。そもそも粉塵被害を防ぐための用途で開発・製造され、値段が割高だ。警察にとっては有用で、広く流通したが、一般にはさほど需要がなかった。そのためメーカーの判断で、その後は製造中止になったのである。

「犯人はどうやって、そのナイクラッド弾を手に入れたんだろうね。80年代までは、ガンマニアが集まる〝ガン・ショー〟の展示会などで入手することもできたが、批判が多く、出回った数も少ないので、今ではその〝ガン・ショー〟でさえも、なかなかお目にかかれない代物《しろもの》だよ」（ロスの銃砲店のオーナー）

ナイクラッドは Cop killer（警官殺し）の銃弾だったのである。警察のトップである国松長官暗殺に、この警官殺しの銃弾が選ばれたというのは意味深だ。死線をさまよった国松が紙一重の差で生還したのは、まさに奇跡以外のなにものでもなかったのである。

ともあれ、中村が言うとおり、ナイクラッド弾は、銃器類の本場、アメリカでさえ見つけることが難しい、極めて入手困難な弾薬だった。

そして、アメリカの元警察官や銃砲店の経営者たちが語ったように、確かに中村も私に対して、面会や手紙などで、ガン・ショーでの購入を明示していた。曰《いわ》く、

「私は80年代半ばから十数年間に諸方の gun show へ数えきれないほど行っていますし、購入した弾薬も多種多様で、総数は一万発をはるかに超しています。問題のホローポイントのナイクラッド弾も、そうした際に買い集めた弾薬の中にあったもので

す」と。

また、稀少なナイクラッド弾をわざわざ使用した点については、こう語っていた。

「拳銃《けんじゅう》と弾丸には相性というものがあります。この点、コルト・パイソンとナイクラッド弾は非常に相性が良いのです。だから、私は事に臨むにあたり、このナイクラッド弾を選んだのです」

中村捜査にあたる刑事部捜査一課の刑事たちが何より重視したのも、この拳銃と弾丸の捜査だった。その捜査の目は、海外、とりわけ遠くアメリカに向けられていた。パイソンやナイクラッド弾を入手、所持していた痕跡《こんせき》は残っているのか。すべてはアメリカでの捜査にかかっていた。

その米国での捜査の内容を語る前に、まず長官狙撃《そげき》事件に使われた凶器について、科学的見地による鑑定から判明した、その特殊性を明らかにしておきたい。この呪《のろ》われた事件の特異な一面とは、まさにこの拳銃と銃弾の特殊性であり、これを語らずして、本件の本質を表現し尽くすことは不可能だからだ。なお、犯行に使われた拳銃について、一部のメディアではすでに「コルト・パイソンと見られる」旨《むね》、報道されているが、実は捜査当局がこれを公式に断定事実として発表したことは一度もない。

これからいくつか捜査資料の中身を開示したいと思う。南千の長官狙撃事件特捜本部によって作成された、極秘資料だ。南千で捜査に携わった一部の者にしか配布されておらず、私が独自に入手した、超一級の捜査資料である。

これを見れば、警察庁の科学警察研究所（科警研）や警視庁の科学捜査研究所（科捜研）の精鋭たちの前に、未《いま》だ誰も遭遇したことのない未知の凶器が立ちはだかり、彼らがそれに畏怖《いふ》しながらも、格闘をつづけた様が浮かび上がってくる。

あらかじめ断っておくが、私はこれらの科学捜査の資料を中村にこれまで一度たりとも見せてはいないし、内容を教えたこともない。それは今現在に至るまで同様である。

それは、中村に対して、捜査に基づく情報を与えず、そのうえで事件に使われた拳銃や銃弾について証言をさせ、そこに真犯人にしか知り得ない、〝秘密の暴露〟があるかどうか見極めたいと考えたからである。

まず、次のように題された、捜査報告書がある。

『警察庁長官殺人未遂被疑事件・遺留弾丸鑑定結果による各弾丸の特徴一覧表』

科警研と科捜研が協力し合い、時間と労力をかけ、遺留弾丸を鑑定した捜査資料である。

それによると、事件に使われた弾丸はこう記されている。

《資料1

◎鑑定嘱託書　南千捜第178―7号（H7・3・30）

◎鑑定書　科・機第216号（H7・6・20）

被害者の衣服内にあった弾丸

※南千住特捜本部保管

鑑定場所・鑑定人

警視庁科学捜査研究所　物理研究員O・S（筆者註・原文は本名〈以下同〉）N・M

資料は、全長約12ミリメートル、弾丸径約9ミリメートル、重量7・52グラムの弾丸である。資料の弾丸側面および弾底部は、青みを帯びた黒色の合成樹脂でコーティングされている。したがって、資料はナイクラッドと称する弾丸と考えられる。

資料の弾丸周囲には左回転六条のライフルマーク（筆者註・線条痕《せんじょうこん》。拳銃の銃身内部は、銃弾を回転させることで軌道を安定させるために、螺旋《らせん》状の溝が掘られている。そのため、発射された弾丸には、銃身を通過する際、その銃固有のすじ状の傷跡がつく。この傷が「一致」と鑑定されれば、同じ拳銃から発射された銃弾と断定される。「銃の指紋」と呼ばれる所以《ゆえん》で、公判でも証拠として認められている）が印象されている。

資料の弾頭部は平坦につぶれており、鉛よう金属光沢を呈している。また、弾頭部中央は、ややくぼんだ形跡がみられる。

以上から、資料は左六条のライフルを有する口径0・38インチまたは0・357インチマグナム型回転弾倉式けん銃（筆者註・38口径、または357マグナム口径の回転弾倉式拳銃）から発射されたホローポイント系の弾丸と考えられる。

なお、左回転六条のライフルを有する回転弾倉式けん銃としては米国コルト社製などが考えられる。

一般的にホローポイント系の弾丸が人体などに当たった場合、弾頭部がマッシュルーム状に変形する。しかし、資料はマッシュルームの傘の部分が不足している。したがって、資料は同部分が分離脱落したものと考えられる。

資料2

◎鑑定嘱託書　南千捜第178―8号（H7・3・30）

◎鑑定書　科・機第216号（H7・6・20）

被害者の身体から摘出された弾丸
※科警研に保管
資料は、全長約12ミリメートル、弾丸径約9ミリメートル、重量10・24グラムの弾丸である。

資料3
◎鑑定嘱託書　南千捜第178―17号（H7・9・6）
◎鑑定書　科・機第852号（H7・10・2）
被害者の身体を貫通したものと認められる弾丸
〈平成7年9月5日、検索した際、現場付近の植込内から発見したもの〉
鑑定場所・鑑定人
警視庁科学捜査研究所兼科学警察研究所　警察庁技官　F・K
警視庁科学捜査研究所　物理研究員　T・M
（ア）資料は、合成樹脂で被覆された発射弾丸の変形、損傷したものと判断される。
資料の弾頭部はつぶれて弾芯《だんしん》が露出しており、そのうちの約半周はマッシュルーム状に変形して弾底方向に反り返っている。また、損傷した弾頭部付近の合成樹脂の一部は、損傷のため剥離《はくり》寸前の状態を呈している。

資料の弾体部の合成樹脂は青みがかった黒色を呈しており、弾底は浅い半球状に凹《くぼ》んだ型式のもので、灰色を呈している。

腔旋痕《こうせんこん》（筆者註・線条痕の正式名称。右記のライフルマークと同じ意味）は、規則性のある左回転六条が形成されているが、変形や損傷している箇所が数箇所認められる。
（イ）　資料の寸法等について測定をしたところ、長さは約12・3㎜、弾体部の直径は約9・1㎜、質量は8・8gであった。
以上の検査及び測定等から資料の弾丸は、口径0・38インチ「スペシャル型」または同0・357インチ「マグナム型」回転弾倉式けん銃用実包の発射弾丸と推定された。

なお、資料は「Nyclad」と称する製品と考えられ、弾丸の形式は、弾頭部の状態から「ホローポイント」系の可能性が考えられた。》

使用された拳銃は何か。コルト社製の6種類が候補とされた。どれが該当するのか、捜査状況を伝える報告書を見ると、鑑定に非常に苦労したことが偲《しの》ばれる。なにしろ、ミクロの世界の闘いである。しかし、骨の折れる作業と、時間をかけ、人脈を駆使した地道な鑑定によって、ついに科学捜査はその凶器を特定するに至るのだった。

さらに、いくつか捜査報告書を紐解《ひも》いていこう。

《『発生現場の目撃及び遺留弾頭からの捜査経緯一覧』平成8年8月20日現在

拳銃の流れ

[目撃]　銃身の長い拳銃様のものが目撃されている

[コルト社製該当拳銃]

○パイソン

○テンポインター

○ハンター

○キングコブラ

○トルーパー

○ターゲット

[○○嘱託員の入手資料（非公式）]【部外精査依頼】○○○○○○○○社（筆者註・資料では実名）

種別　パイソン　キングコブラ　トルーパー

精査項目等

（1）条痕の巾《はば》（Width）
（2）条痕の角度（Twist）
（3）条痕の深さ
（4）銃腔の谷径部分と弾丸の山径とに出来る傷痕跡の有無・状況
（5）略
〔精査の中間結果〕
いずれも、試射弾においてそれぞれに、区別出来る検査値が得られた。
検査値からして、遺留弾頭は「パイソンから発射された弾丸である」と認められる（後略）。
〔弾丸〕　フェデラル社製（ナイクラッド）357マグナム又は38SPL＋Pが該当する》

線条痕から事件に使用された拳銃はパイソンの可能性が濃厚だったが、銃弾については、遺留弾頭のナイクラッド、ホローポイント弾は357マグナムと38SPL＋P（筆者註・通常の38SPL弾より発射薬が増量されたもので、威力は38SPLと357マグナムの中間程度とされる）の両方の弾頭部分に用いられている。この2種類の銃弾のうち、どちらが長官狙撃事件の犯行に使われたのか、特定しなければならなかった。

そのため捜査当局は、人体の筋肉繊維に成分が近いゼラチンやそれに衣服を着せたもの、またやはり人間とタンパク質の細胞が似ている豚肉を使って、日本警察史上初ともいえる大がかりな実射実験を行ったのである。候補となる数種類のコルト社製長銃身銃で、３５７マグナムと38SPL＋Ｐの両弾を使い、ゼラチンなどに撃ち込んでいき、弾頭速度の初速や体内への侵入距離を計測する。各試射弾と、実際に事件で使われた遺留弾頭のマッシュルームの傘の広がり方などの変形状況や、弾頭の潰《つぶ》れ方などを比較し、同一形状の再現を目指していく。すなわち、どの拳銃と銃弾の組み合わせのものが遺留弾頭と同じ形状になるか確認するのだ。同一形状のものが再現できれば、事件で使われた遺留弾頭の初速など弾頭エネルギーが割り出せ、それによって３５７マグナムと38SPL＋Ｐのどちらが使用されたか判断できる。さらには、使用拳銃についても、より高精度の特定が可能となるのだ。

こうした実射実験の報告書も含め、さらに拳銃・弾丸捜査に関わる捜査資料を紹介していこう。

《「拳銃弾丸」捜査（実射実験精査等）

○精査の状況

科学警察研究所関係
1　実射実験採取資料の精査関係
（1）資料（弾丸）の尻部の特徴から観察結果
ア　357MAG弾の尻部に細かい粒状（クレーター型）の特殊痕跡《こんせき》が確認される。
これは火薬が38SPL＋P弾より強力であることがこの特殊痕跡と関係するものと推定される。

（中略）
○今後の精査等
1　使用弾丸種別の特定
（1）357MAG弾か38SPL＋P弾であるかをハッキリさせる。
（2）鑑別点
ア　弾頭エネルギーの割り出し
ア）弾頭の体内における進入距離、状況
イ）弾頭の変形状況（先端の凹0・9㎜）
ウ）被害者の受弾時の身体のショックの程度
イ　弾頭（遺留）の種別による

ア）鉛の下地模様
イ）ナイロンの色
ウ）外形の形状
エ）鉛合金の成分（硬度）
オ）ナイロンの成分（種別差・LOTごとの差）

ウ　装塡《そうてん》火薬
ア）それぞれ火薬の粒子が異なる
イ）燃焼速度も異なる
ウ）量が異なる（357MAGは粒子が細かく燃焼速度が高く高熱　38SPL＋Pは粒子が大きく燃焼速度が低く中熱）

2　遺留弾頭の製造年月日、製造工場等の特定
（中略）
（2）鑑別点
ア　ナイロン、鉛について
色、成分、模様、形状、製造年、製造工場等
（中略）

3　弾頭形状の再現

（中略）

4　銃種及び銃身長の特定

より正確な（遺留弾頭に合った）資料を入手することにより、本件使用拳銃等を特定する。》

《『実射実験により採取した資料の精査経過等』　平成8年8月20日現在

○資料の採取関係

1　実射実験日時場所

平成8年7月24日午前8時から同日午後4時迄《まで》の間

当庁教養課術科センター内射撃場

2　鑑定官

科学警察研究所　法科学第二部　機械第二研究室長　警察庁技官　U・T

3　補助　略

4　射手　略

5　採取資料

別表「実射実験結果仮集計値」のとおり本件実験により6丁の拳銃から発射された弾頭合計55発を採取した。

パイソン6（筆者註・銃身が6インチバレル）
パイソン8（同）
トルーパー
キングコブラ
テンポインター
ターゲット

[弾丸種別]
38SPL＋P
357MAG

[初速（5発平均）]
○パイソン6
・38SPL＋P　261・2m／s（856ft／s）（筆者註・m＝メートル、s＝秒、ft＝フィート）
・357MAG　369・8m／s（1212ft／s）

○パイソン8
・38SPL＋P　263・0m／s（862ft／s）
・357MAG　426・8m／s（1339ft／s）
○トルーパー
・38SPL＋P　269・2m／s（882ft／s）
・357MAG　406・0m／s（1331ft／s）
○テンポインター
・38SPL＋P　267・6m／s（887ft／s）
・357MAG　407・2m／s（1335ft／s）
他の拳銃のデータは略
［侵入距離（ゼラチン）（衣服）］
○パイソン6　38SPL＋P
・ゼラチン　394・3㎜
・衣服（ゼラチンに衣服を着せたもの）　475・0㎜
○パイソン6　357MAG
・ゼラチン　565・0㎜

・衣服　635・0㎜
○パイソン8　38SPL＋P
・ゼラチン　443・3㎜
・衣服　427・5㎜
○パイソン8　357MAG
・ゼラチン　535・0㎜
・衣服　580・0㎜
他の拳銃のデータは略
○科警研精査関係
現在までのところ、遺留弾頭（科警研持ち込み分の1個）の尻部に特徴が認められる等の新規特徴が観察されている（筆者註・前出の「細かい粒状（クレーター型）の特殊痕跡」）。

本件特徴については、357MAG弾の火薬の量・爆発力によるものとの可能性も考えられる。
○当庁科学鑑識研究所関係
1　精査期間　平成8年8月13日開始し、現在精査中

2　精査場所　当庁刑事部鑑識課　鑑識研究所内
3　精査担当者　略
4　精査過程における状況等
（1）旋条痕《せんじょうこん》（筆者註・線条痕）の精査関係
ア　旋条痕の巾・深度について、それぞれ一条につき3ケ所をレーザー顕微鏡により拡大し見分・測定・写真撮影を実施している。
55発全《すべ》てを実施すると合計1980ケ所となる。
以下略》

《『〇〇嘱託員の入手資料の精査結果からの拳銃の推定』　平成8年8月20日現在
［精査項目］　略
［精査結果］
☆旋条痕の深度の測定結果

（単位ミクロン）	一番大きい値	平均値
検体（遺留弾頭）	66・10	62・47
キングコブラ	45・70	39・53

トルーパー　53・89　47・37
パイソン　68・88　62・50

・パイソンはキングコブラより銃腔《じゆうこう》口径が「48・352ミクロン」小さい
・パイソンはトルーパーより銃腔口径が「30・652ミクロン」小さい

［精査値等からの結果］

1　以上のことから、パイソンの口径がキングコブラとトルーパーのものより小さいことが数値的に証明された。また、形状的にも銃腔内の傷が深く弾頭側面に印象される点と側面の表面にアイロン効果（筆者註・発射前よりも弾丸の表面が滑沢《かつたく》に綺麗《きれい》に仕上がること）が出る点も判明した。

2　これらの数値と形状的なものを検体弾頭と比較してみると、

計測数値　＝パイソンに符合する
形状的な特徴＝パイソンに類似する

事が判明した。

3　精査値から見ると、犯行に使われた弾頭がナイクラッドのナイロンの被膜（厚味のある）加工をしたものであった為《ため》、条痕深度の計測が有効となったと思われる。

即《すなわ》ち、軟らかいナイロン被膜が銃腔内の形状を細く印象してくれた為と考えられる。

4　パイソンの口径が50ミクロン小さいという事は、弾頭の銃腔内射出（送り出し時）のガス漏れを防ぐ為と考えられるが、この点**ナイクラッドはパイソンと相性が非常に良いとの点でナイクラッド弾を選んで使用したとも考えられる**（※ゴシックにしたのは筆者）。

5　また、これは銃腔内の密度が高く、ガス圧の完全有効利用が出来、パワーと初速が高く保障される。》

《『現場から推認される事項（○○嘱託員）』

弾薬の選定

（1）弾頭の重量　158gr（筆者註・グレイン。1grは0・0648グラムなので、約10・2グラム）＝人を殺す為の弾頭重量としては、十分なものである。

（2）弾頭形状　LHP（鉛ホローポイント）＝L：鉛、HP：ホローポイント。

軟組織においても、弾頭先端のみが拡大（9㎜↓14㎜）し、35・7口径が55口径の銃で撃った時と同じ様な効果となる。

（3）特徴　ナイクラッド（ナイロンコーティング）

通常より、軟らかい鉛を使用しているため、射入直後より拡大する。ナイロンコーティングの為、初速が上がる効果と硬質物に対する貫通力も増加する。

（4）実包　略

（5）予想拳銃《けんじゅう》と拳銃の特徴等

ア　拳銃はコルト357Mag. 8インチバレルと考えられる（後略）。

イ　8インチ銃身は特異とも言える長さであり、遠距離射撃専用で小銃と拳銃との中間的な命中精度が出せると考えてよい。

ウ　同じ実包を使用しても、長銃身の方が弾頭速度が速くなり、実包の能力を最大限に引き出す事が出来る。

エ　ナイクラッド弾は、弾頭速度が速いという利点と、優れたマッシュルーム効果に加えて、貫通力にも優れているという万能薬的な実包といえる。

オ　略

カ　車の中の人間を窓越しに狙撃《そげき》する場合に、ナイクラッド弾はガラスを貫通して人体にも高い殺傷力を示すと考えられる。》

以上のように、様々な角度から、ありとあらゆる科学捜査が行われた。国松の体内や現場に遺留された弾丸の鑑定・精査や、現場における目撃情報などの結果から、犯行に使われた拳銃はコルト社製357マグナム口径の回転式拳銃、パイソン（8インチ銃身）と特定された。

そして銃弾については、フェデラル社製のナイクラッド弾で、セミワッドカッター、ホローポイントタイプの357マグナムか、セミワッドカッター、ホローポイントタイプの38SPL＋Pのどちらかと推定。実射実験などさらなる精査の結果、弾頭エネルギーや火薬の量、爆発力などからも、前者の357マグナム弾の可能性の方が高いとみられているのである。

科警研の関係者が補足する。

「使った拳銃がパイソンの8インチ銃身だとしても、弾頭の初速が357マグナムと38SPL＋Pの丁度、中間くらいで、いずれとも一致しなかった。それでこれは357マグナムの薬莢内から手作業で火薬の量を減量させて、パワーを調節した〝ハンドロード〟の手作りの銃弾ではないかと言い張る研究員もいました。これはプロのスナイパーや射撃選手が行うもので、銃弾の火薬量を最適値に調整した実包をハンドメイドすることを指します。しかし、それは初速再現の基準とする遺留弾頭を、マッシュルームの傘の形がちゃんと残っていた、国松さんの体内から摘出された弾頭にしたためです。これは柔らかい筋肉繊維を通って、本当に奇跡的に綺麗にマッシュルーム状の傘が残っていた。だけど、体を貫通した弾丸や衣服から見つかった弾丸など、他のものは傘の全体やその一部が激しく弾《はじ》け飛んでいます。これらを基準にすれば、357マグナム弾の初速、破壊力として充分説明がつき、何ら矛盾がないんですよ」

時間をかけた科学的鑑定の結果、捜査当局がほぼ特定するに至っている拳銃と銃弾の種類。またそれらが組み合わされ、凶器として選択された理由の推察。それは、まさに当初から中村が確固たる口調で断言している通りの内容であり、どれもことごとく符合しているのである。

ちなみに日本でもヤクザ社会などで拳銃を使用した事件が頻発しているが、闇《やみ》で流通する最もポピュラーなものが38口径（正しくは38スペシャル口径）のものだ。科学捜査が解き明かした長官狙撃事件の凶器は、そうした暴力団ルートでは入手できない、特殊な代物《しろもの》だった。およそ日本の警察官の誰一人として過去に直面したことのない特殊な凶器による、特異な事件。その重い事実が、南千の捜査員たちの前に聳《そび》え立つ壁を、より一層高く、厚く、堅牢《けんろう》なものにしていたのだ。

にもかかわらず、情報を呼びかける警視庁のＨＰ《ホームページ》では、〝秘密の暴露〟を得るための意図的な不作為なのか、あるいは科学捜査を万能視せず、幅を持たせたつもりなのか、未《いま》だに使用された拳銃について、38口径と記されている。

そのためか、発生当初から今日に至るまで、ほぼすべての報道が、長官狙撃事件で使われた凶器について、「38口径のコルト社製回転式拳銃」と記述していたのである。

こうした報道ばかりが目立つ中、当初から一貫して中村はこの誤りを指摘し、重要な修正点だと主張しつづけていた。曰《いわ》く、

《この口径（筆者註・38口径）の（回転式）拳銃は一般外勤警官用のニューナンブM60型を含め、暴力団等の裏社会に最も「普及」しているようですが、これらの銃では357マグナム弾は使えません。弾倉の寸法が357マグナム弾の薬莢《やっきょう》の長さに合わないからです。したがって、357マグナム弾を撃つには357マグナム口径の銃を使わなければなりません。言い換えれば、357マグナム弾を撃てる銃を357マグナム口径と称するのです。

Colt Python は（少数ながら38スペシャル弾専用の型もあるようですが）原則として357マグナム口径で、銃身にもそのように刻印されています。この口径の銃は日本の公的機関では採用されていませんし、裏社会でもあまりないようです。多分、強力すぎて扱いにくいからでしょう。（中略）長官事件において、襲撃側と護衛側とでは使用（あるいは装備）銃器に明らかな「格差」があったのです（言わずもがなです

が、練度の差は問題にもならないくらいでした）》（08年9月1日付け書簡）

銃撃の全容を語る供述調書を作成した後も、「中村捜査班」の〝大阪拘置所詣《もう》で〟は月一回のペースでつづいた。中村によると、一度、来阪すると、捜査員たちは3日ほど連続で調べに入るという。供述内容の細かな確認や、裏付けのためのチェックなどを行う補充捜査のためだ。

それと並行して、彼らがその後、最も重視して取り組んでいたのは、ハヤシの情報を探ることだった。この共犯さえ捕まえられれば、捜査はより完璧《かんぺき》なものとなるし、新たに何か貴重な証拠が得られるかもしれないのだ。

しかし、中村との間で、笑みを浮かべながら雑談に耽《ふけ》るまでの信頼関係を築いた捜査員たちだったが、話がこの件に及ぶと、途端に中村は眉《まゆ》をひそめ、険しい表情に豹《ひょう》変《へん》してしまう。そして厳しい口調でこう言うのだった。

「何度、聞かれても、ハヤシの特定につながる情報の提供はできません。私は同志を売るようなマネは絶対しないのです。それが信念を持って、地下活動に専念してきた者と、そうでない者との違いです」

これは私との面会での対応や、手紙による質問への返信と全く同じ内容である。

ただ、そんな彼も、謀略のためのアメリカでの準備活動については、概《おお》ね供述していた。それらの証言をもとに、「中村捜査班」が、立件に関わる重要な部分につき、アメリカでの捜査を可能なかぎり、広範囲に展開させていたことは言うまでもない。

捜査員の海外派遣。とりわけ、重要なアメリカでの捜査。それは2007（平成19）年のコネチカット州にあるコルト社への捜査員派遣から始まり、細々とではあったが、2009（平成21）年初春頃までと断続的につづいてきた。この当局のオペレーションは、特殊工作員としてテロの道を生きることを選んだ男の裏面史を浮き彫りにする作業でもあった。

第六章 そして、アメリカへ

特殊工作員の足跡を辿《たど》る旅

2008年秋のリーマン・ショックに端を発した世界大恐慌《きょうこう》。あらゆる経済指標が下落の一途を辿り、年が明けても、底打ちの気配をまったく見せず、いつ果てるともしれない経済瓦解《がかい》の波が次々と押し寄せつづけていた。グローバルに波及した崩壊の荒波からむろん日本も免れることはできず、職を失い、路頭に迷った末、派遣村で年越しをする人たちの映像が繰り返し、テレビでお茶の間に流れた。

暗い雲が日本全土を覆《おお》う中、「中村捜査班」のメンバーは、今また、その大恐慌の発火点となった、アメリカの地に向かっていた。

空は怖いほど青かった。

ロサンゼルス国際空港に降り立った捜査員たちは、その足でロス市警に向かった。

正式な捜査依頼を通じて、証拠集めを行うための〝儀式〟を実行するのだ。「中村捜査班」のメンバーたちはこれまでにも何度か面談している市警の幹部や担当者に挨拶《あいさつ》を済ませると、早速、捜査にかかった。

思えば、刑事部の捜査一課で捜査にあたり、初めてアメリカに捜査員を派遣した時は、彼らもここまで捜査が進展するとは考えもしなかっただろう。

捜査一課で、最初から中村捜査に携わってきた者たちが最も重視していたのは、中村を取調べで落とすこと。そして、もう一つは、最大の物証となる、拳銃《けんじゅう》と銃弾の捜査だった。その凶器をどこでどう入手し、そして今はどこにあるのか、調べなくてはならない。

しかし、中村は拳銃と銃弾を船の上から海に捨て、証拠隠滅を図ったという。ならば、少なくとも彼が過去、それを間違いなく入手し、保有していた事実があるということを証明しなければならない。その痕跡《こんせき》が裏付けられれば、ではその拳銃をどうやって日本に持ち込んだのかも解明する必要がある。

名張のアジトに「ウェザビー・サウス・ゲート店」の買い物袋があったので、ここで中村が何丁か拳銃を購入しているであろうことは予測がつき、コルト・パイソンもこの店で買った可能性があると見られていた。そして実際、本人からもその旨《むね》の自供を引き出していたのだ。

しかし、その店舗はすでにないという。実際、初めて彼らが当該の場所を訪ねたところ、やはり店はなくなっていた。建物自体は当時のまま残っており、今は自動車部品販売会社が、居ぬきで使っていたのである。

この事実を確認した時のショックは大きかった。廃業とともに、販売記録などもすべて処分され、消失してしまったと思ったからだ。そうなれば、銃のシリアル・ナンバー（銃器番号）なども分からず、ATFでの照会も困難になる。

だが、店はロスの北方、カリフォルニア州パソ・ロブレスという街に移転し、存続していた。今ではそこが本部機能と工場を備えた本社となっていることが分かったのだ。そこに、サウス・ゲート店での販売記録が残っていることが判明した時の「中村捜査班」の喜びはひとしおだった。

南カリフォルニア独特のどこまでもつづく砂漠の道路と、葡萄《ぶどう》畑の丘陵地帯を抜け、パソ・ロブレスのウェザビー本社に辿り着いた捜査員たち。その目に青い空は一層、青く映ったことだろう。

ついに「中村捜査班」は、南千《ナミセン》の特捜本部として、公判に耐え得る正式な証拠を入手するに至ったのである。

中村が買ったコルト・パイソンのシリアル・ナンバーが分かったことから、これと同時に、捜査当局は、インターポールを通して、ATFにも照会申請を行った。

こうして、南千の「中村捜査班」にもたらされた証拠は、以下のものだった。

・1987（昭和62）年9月に、ウェザビー・サウス・ゲート店がTeruo Kobayashiという東洋人（中村の偽名）に「コルト・パイソン・357マグナム・8インチ・バレル」（コルト社製の357マグナム口径、8インチ銃身のパイソン）を売ったことを示す売り上げ伝票などの販売記録。

・購入の際、Teruo Kobayashi名義の米国カリフォルニア州発行の運転免許証を示した中村自身が、店側の求めに応じ、書き込んだ、所有者登録に使われる連邦政府所定の用紙。

・中村が「自分に対応した店員」と名指しした人間、ジョージ・カイザーが、販売当時、店に出勤していたことを示す勤務記録。

・店側からATFに送られ、保存されていた販売証明の記録。

・ATFが記録していた、銃の型式やシリアル・ナンバー、所有者名が記されたデータ。

などなど。裁判で使えるこれらの貴重な証拠は、2009（平成21）年春頃には、捜査当局に届けられたのである。これで、かつて（小林照夫を騙《かた》った）中村が間違いなく、8インチ銃身のコルト・パイソン・357マグナムを購入し、所有していた事実が証明されたのだ。

また、この拳銃の捜査に加えて、「中村捜査班」が重大視したのが、あの極めて稀《き》少《しょう》な銃弾、「ホローポイント系の357マグナム・ナイクラッド弾」の追跡捜査だった。

中村はその後の捜査で、ロスで借りていたA-American Self Storage（A-アメリカン・セルフ式貸し倉庫）にも数十丁の拳銃や数千発の弾薬を保管していた事実を供述していたことは先に述べたとおりだ。そして、そこに長官狙撃《そげき》事件で使用したナイクラッド弾の残弾数十発と事件当時、着用していた、黒っぽい濃紺色のコートを保管していたことも明かしたのである。

そのことについては、私宛《あ》ての手紙の中でも、中村は認めるようになっていた。曰《いわ》く、

《A-American の貸し倉庫は、10階建てぐらいのビルの内部を10～20㎡程度の小部屋に区分けして貸し出していました。USAでは人の移動が激しいためか、このような形態の業者が多数ありまして、一般に selfstorage（self-strg と略記される）と呼ばれ

ています。借主が自分だけで物品の出し入れをし、施錠《せじょう》して保管するシステムになっています。（中略）借用時には、M.Amanoという名義を用いました。この名前はIDが完備していたので、90年代には主としてこれを使っていたのです。（中略）保管物の中には数十丁の銃器、数千発の弾薬がありました。弾薬については安全保持のために軍用の弾薬箱に収納していました。Nyclad弾は当初2箱分（50×2）ぐらいあったのですが、その中から使用した分や日本へ持ち込んだものを差し引くと、残っていたのは50前後となりましょうか》（２００９年2月1日付け書簡）
《（筆者註・アメリカのセルフ方式の貸し倉庫にあった）有力な証拠とは、事件に使用された３５７マグナムナイクラッド弾（これはＵＳＡでも割合い希少な種類ですが）と同種の物、これは日本へ持ち込んだ分の残りですから、同一の箱に入った全く同じ物といえます。
このほかに事件現場で着ていた濃紺色のコート、使用した銃（Colt Python型）の精度試験の結果を記録した紙製標的等（日本へ搬入した銃器については、その殆《ほとん》どにこの種のテストをして、その記録が残っていたのですが、その中に含まれていたということです）》（２００９年5月13日付け書簡）
しかし、これまで述べたとおり、オーナーはすでにそこにあった品々は処分し、競売にかけたという。捜査当局が確認しても、とりつくしまもない状態だった。絶望的な状況ではあったが、「中村捜査班」は決して諦《あきら》めなかった。そこで逆に発奮し、懸命になって、このナイクラッド弾などの荷物の行方を追ったのである。中心になったのは、公安一個班のチームである。

倉庫の関係者などに丹念にアプローチし、あらゆる可能性を探って、弾を追いつづける。莫大《ばくだい》な時間と労力を要する、途方もないオペレーションだった。

そして、ついに彼らは中村がそこに保管していた荷物の現在の所在に辿り着くのだ。それはロス市内にある銃砲店だった。

「こいつは戦争でも始めるつもりだったのか――」

中村の倉庫を解錠して中を見た会社の幹部らは銃器類や実弾のあまりの多さに驚いた。このうちのいくつかを幹部ら自らが銃砲店に持ち込み、売却していたのである。当局が探り当てた銃砲店に保管されていた中村の銃器・弾薬。その中には、あの極めて稀少な弾薬、青みがかった黒色のナイロン樹脂で弾頭部分がコーティングされた、ホローポイント系の357マグナム・ナイクラッド弾が確かに存在していたのである。

この銃弾に関しては、線条痕《こん》の鑑定など、日本の拳銃捜査の権威といわれる、科学警察研究所のU・T技官が長官狙撃事件の現場に遺留された現物の検体を持って、アメリカのフェデラル社を訪問。ある調査内容を南千の特捜本部に持ち帰っていた。

それは、同じフェデラル社製のナイクラッド弾でも、製造時期が違えば、ナイロン樹脂の原料が変えられていて、皮膜の色などが微妙に異なるということだった。

そう、前掲の遺留弾丸の捜査資料を御覧いただければ分かる通り、「中村捜査班」が探しあてたナイクラッド弾は、まさに長官狙撃事件で使用された銃弾と全く同じ、弾頭部分のナイロン樹脂が青みがかった黒色で、同時期、同原料で生産されたものであることが判明したのである。

捜査員たちが小躍りして喜んだのは言うまでもない。刑事部と公安部が卓越したチームワークを発揮、有機的に連動した「中村捜査班」の執念の捜査。決して諦めない気力と熱情が、絶望を希望に変えた瞬間だった。

アメリカでの地下活動の実態

日本では過去に犯罪で使用された形跡のない、357マグナム口径のコルト・パイソン・8インチ・バレル。またこれも過去に日本での使用記録が全くなく、米国でさえ極めて稀少で入手困難なホローポイント系の357マグナム・ナイクラッド弾。

長官狙撃事件で使用されたこれら両方の凶器を、中村は所持していたのだ。その極めて重い事実について、「中村捜査班」は見事に裏付けをとり、立証してみせたのである。さらに、これらを日本国内に分解して持ち込む、密輸の手法・技術をも中村が有していたことは、すでに新宿の貸金庫の銃刀法違反と大阪都島事件の裁判で立証済みであった。

海に捨てた拳銃が発見できない以上、捜査当局は今やれる範囲で最善の銃器、弾薬の捜査を、可能なかぎりやり尽くしたといえる。

何度も言うが、この長官狙撃事件で最も重要なのは拳銃と弾薬の捜査なのだ。

中村については、その裏付けがとれた。しかし、米村総監が犯人だと主張するK元巡査長や、オウム真理教について言えば、この拳銃や弾薬の捜査がまったく出来ていないのだ。

つまり、教団がいつ、どこでコルト・パイソンを入手し、それがどこに保管され、そして今、どうなったか、ということについて、一片の情報さえないのである。

あるのは、K元巡査長の頭の中だけにある「幻の銃」である。いや、あの神田川の不毛の捜索を思い出せば、「妄想の銃」といっても過言ではあるまい。

オウム真理教問題を追い続けたジャーナリストの江川紹子氏がこの点、次のように喝破する。

「やはりこの事件で本来、最も重要なのは銃の捜査ですよ。２００４年の強制捜査の時も、それができていなかったし、聞くところによれば、今も同じ状況のようですね。拳銃や実弾などの現物が発見できないのは仕方ないにしろ、入手経路等の情報を摑《つか》み、教団に同種の銃があった痕跡を示せなければ、捜査としては不十分の誹《そし》りを免れません。

私はそもそも長官狙撃事件は発生から数年経た時点で、オウムの犯行ではないのではないかと疑うようになっていました。どうもオウムの匂《にお》いがしない。教団の事件にしては、これだけが異質なのです。

たとえば、凶器です。オウムの場合、凶器は基本的にお手製のものです。サリンなどの化学兵器しかり、カラシニコフや銃弾まで自分たちで作ろうとしていた。都庁に送りつけた小包爆弾も自家製でした。このように彼らは『手作り志向』が非常に強い。どうして長官狙撃事件だけが完成された飛び道具、『コルト・パイソン』なのか。国松長官を殺害したかったのであれば、それこそ小包爆弾でも良かったはずです」

しごく当然の指摘であり、大いに溜飲《りゅういん》の下がるところである。

ところで、「中村捜査班」は、中村が米国で行ったことのある、他の銃砲店も丹念に回っていた。

その中で重視したのは、ロス北郊、Van Nuy（バンナイ）空港の北側にあるPony Expressという店だった。中村が、この店内に作業場を持っているgun smith（ガン・スミス）。銃器職人のこと。どの銃砲店も、店内に工房を持つ銃器職人を置いており、修理や調整などを請け負わせている）に、問題のコルト・パイソンの引き鉄《がね》張力の調整加工を引き受けさせていたからである。

また、中村が新宿の貸金庫に、ＵＬＡ製の短銃身小銃（ライフル）を隠し持っていたことは前述の通りだが、この折りたたみ式の銃床をとりつける小型狙撃銃の特別発注を仲介したのもこの店だった。

ロスの北郊を東西に走るラスコー通りとヘブンハースト通り。それがぶつかるＴ字型交差点を北へ曲がり、直近のわき道を左折。最初の十字路を左折してまもなくの場所にその店はあったという。

しかし、ここもすでに店はなくなっており、２００２（平成14）年にアイダホに移転していた。捜査当局が懸命にガン・スミスを追った結果、引き鉄の微細な調整を引き受けたのは、ゲイリー・ハードウィックという銃職人であることが判明した。だが、残念ながら、その人物もすでに鬼籍に入っていた。20年という月日の重みをあらためて思い知らされたのである。

それ以外にも、捜査員たちは、これまでアメリカでは、ロスを中心に、カリフォルニア州サン・ディエゴなど西海岸全域と、ネバダ州の砂漠地帯や、アリゾナ州のフェニックスなども走り回ってきた。むろん、中村の全足跡を辿るためだ。それだけ、中村の活動が米国でも広域化していたのである。

そしてそこにはもう一つの目的もあった。共犯者、「ハヤシ」の影を追うことだ。「中村捜査班」は、90年代に入るまでの「ハヤシ」の活動拠点はアメリカであり、中村と「ハヤシ」は、このアメリカの地で出会った可能性が高いと睨《にら》んでいたのである。

ちなみに中村は「テルオ・コバヤシ」や「モリオ・アマノ」といった偽名で、カリフォルニア州やアリゾナ州で運転免許証を取得していたが、そのためには形だけでも住所を定めなくてはいけない。そこで中村は住所として使用でき、郵便物なども受理、保管してくれる「Mail Drop（メイル・ドロップ。連絡代行業者）」といくつか契約していた。

アメリカの住民は移動が多いので、こうした業者の数はかなり多いという。Mail Drop の店舗内の壁には、小さな鍵《かぎ》つきの郵便受けのようなケースがたくさん並んでいる。それを契約すると、届いた手紙などの郵便物をこのケースに入れて保管してくれるのだ。ケースに入らない大きな荷物は、別に事務所で受け取り、預かってくれる。

まず中村が80年代半ばに活用していたのが、サン・ディエゴにある業者だ。ここを中村は、「Phila House」という会社の Terry Kobayash を名乗り、契約していた。ちなみに、ウェザビー・サウス・ゲート店でコルト・パイソンを購入する際、店に示した身分証明書は、この Mail Drop の住所地をもとに取得した、Teruo Kobayashi 名義のカリフォルニア州発行の運転免許証だった。

80年代末ごろにこれを解約し、ハリウッドの Mail Drop に移転。ハリウッド界隈《かいわい》では、二つの業者と契約していた。

また、アリゾナ州フェニックスの近郊都市でも Mail Drop を Morio Amano 名義で契約。これは、アリゾナ州発行の運転免許証を取得するためだった。カリフォルニアでは、自動小銃や短機関銃などの自動火器は禁制で、射撃訓練を行うには隣接するアリゾナ州やネバダ州でやるしかない。そのためには、これらの州発行のＩＤが必要だったのだ。

こうして、捜査当局の中村の後半生を探る旅路は終わりに近づいていた。しかし、それは決して裏街道の全容を浮き上がらせるほどに充分なものではなく、もしかすると、ようやくある一面をなぞるだけの作業だったかもしれない。

そして私もまた、中村という毒に触れ、その混沌《こんとん》の海に迷い込んだ一人だった。

抜けるような青空のもと、どこまでも広がる乾いた砂漠。潮の香りが鼻腔《びこう》をくすぐるサンタモニカへの海岸線。夜の帳《とばり》がおりる間際《まぎわ》、淡い葡萄《ぶどう》酒色に染まるサンセット・ブルバードの夕景……。

2009（平成21）年8月、私もロスに飛び、アメリカ西海岸を北に南にと走り回った。地下活動に生きた男の軌跡を辿《たど》り、それと同時に捜査当局が歩いた後を追う旅でもあった。

ロスの南の玄関口。92年にロス暴動が発生した地区にほど近い、サウス・ゲート市。かつてウェザビーのサウス・ゲート店があったその街は、貧困にあえぐメキシコ人がさまよう、さびれた工場地区だった。

ロスからパソ・ロブレスは、北に約200マイル。車で片道3時間以上はかかる行程だった。

どれだけ行っても同じ光景が広がる砂漠の道。あたり一面、石油の掘削機が数百台もところ狭しと並ぶ乾いた大地を抜けると、カリフォルニアワインの産地に入る。ワイナリーが点在する穏やかな風景がつづく中、葡萄畑の丘をながめていると、やがて、パソ・ロブレスの街が見えてきた。

遠路はるばる訪ねても、ウェザビー本社の対応はつれないものだった。営業責任者が出てきて、用件を告げても、「会社の弁護士に聞いてくれ」の一点張り。同社の顧問弁護士、ポール・シェパード氏も基本的には取材拒否で、粘って聞けたのは次のことくらいだった。

「サウス・ゲートのウェザビー店は1992年か93年にパソ・ロブレスに移転した。確かに、日本の警察官がウェザビーのパソ・ロブレス本社を訪ねてきたことがある。日本人名の客が、かつてサウス・ゲート店で拳銃《けんじゆう》を購入したはずだが、販売記録のコピーはあるかと聞いてきたんだ。銃の販売記録や買い手の個人情報はATFがファイルしているので、日本の警察ならばインターポールを通して、ATFに問い合わせをして欲しいと答えた。実際、そうしたようだよ。私が言えるのはそれだけだ」

私は、中村がいくつか契約していた「メイル・ドロップ」の業者も訪ね歩いた。また、定宿にしていたホテルやモーテル、さらにはかつて357マグナム・ナイクラッド・ホローポイント弾が保管されていたという、セルフ方式の貸し倉庫のビルや、彼が頻繁に出入りしていたシューティング・レンジ（射撃場）などにも赴いた。

貸し倉庫については、別の場所にある本社に社長を訪ね、大量の銃器類を保管していた日本人のことで話が聞きたいと懇請するも「ノーコメント」という対応。何か悪事をとがめられてでもいるかのような警戒ぶりだ。

社長室の壁には、ライフルがいくつも無造作に立てかけられていたが、それらもすべて、貸し倉庫を借りた客が、置いていったまま、料金を滞納して、撤去した品だという。

「守秘義務があるから、顧客に関する個別の質問には答えられないが、一般論として話すから聞いてくれ。うちのような倉庫には、荷物を置いたまま、途中から賃料を払わなくなって、いなくなってしまう客も多い。そうしたら、貸し倉庫会社は、2週間ほど待って、荷物を処分する。そうしないと、次の客に貸せないだろう。うちなんかは良心的なほうで、1ヶ月くらいは猶予《ゆうよ》期間を設けているんだ。

アメリカでは倉庫に拳銃やライフルを放置していくような客も珍しくない。その場合は、ATFに連絡し、犯罪に使われた銃でないことが分かれば、知り合いの銃器ブローカーに頼んで、競売にかけてもらうのさ。すべて契約に基づき、合法的にやっていることだ」

捜査当局は、中村の荷物について、その流れた先を追い、ナイクラッド弾のありかを探し当てたのである。

本社の社長室を出た後、私は貸し倉庫ビルに赴いた。そこは、ロスの6番通りとコロナド通りとの交差点の西南隅にある10階建ての古いビルだった。

私は受付の人間に頼んで、中に入れてもらった。

中村は、ここの5階にある、Lotナンバー580の倉庫を借りていた。広さは4×4メートルで、10畳ほどの空間である。そこに大量の銃器・弾薬類を軍用のケースに入れて保管していたという。その中に、ホローポイント系の357マグナム・ナイクラッド弾も数十発あったのである。倉庫は、「特別義勇隊」設立を模索する中村にとって、まさに武器庫であったのだ。

また、ここに、長官を撃った際に着ていた黒っぽい濃紺色のコートも置いていたという。

薄汚れた倉庫の廊下の壁にはカビが染《し》み付き、そこに鉄の扉が並んでいる。壁の角には、いくつか防犯カメラも設置されていた。貸し倉庫は、値段が安いことから、定住先のない者が、当座の荷物置き場として借りているケースも多い。客の中には、人生に破綻《はたん》して、家を失った者も相当いるという。ビルの内部全体に、曰《いわ》く言いがたい陰々滅々とした空気が漂っていた。

ディズニーランドで有名なアナハイムなどがあるオレンジ郡にも中村の立ち寄り先

があった。彼が師事した銃の教官の自宅である。残念ながら、その教官は3年前に死亡していたが、夫人は健在だった。中村の顔写真を見せると、

「コバヤシだわ。彼のことはよく覚えている。うちにも何度か泊まっていったもの」

と答えた。

「コバヤシはうちの主人が経営していた射撃場で銃の訓練をよく受けていました。主人は柔道や剣道などあらゆる種類の格闘技や防衛術も教えていたので、その手ほどきも受けていたみたいです。うちの主人を教官として、定期的に砂漠で3週間ほど、軍事キャンプがはられるんですが、そこにもコバヤシは参加していました」


中村が出入りしていた射撃場に関して言うと、彼が好んで愛用していた、屋内タイプのものはすでになくなっていた。ただ、ロサンゼルス郡の北の外れにある、山間《やまあい》の屋外射撃場は今も健在なので、訪ねてみることにした。そこは、かつていわゆる「ロス疑惑」で、被害者、白石千鶴子さんの白骨遺体が発見された場所にほど近い山の中にあった。

荒れた山肌に設けられた射撃場は広大な敷地を誇っていた。剝《む》き出しの山の斜面もそのまま利用され、標的が立てられている。小さなオフィス小屋をはさんで右側に、

拳銃の射撃場、左側にライフルなど長い射程の射撃場が分けて敷設《ふせつ》されていた。

拳銃の射撃場では、何十メートル、何百メートル先に、ブタやヘラ鹿《じか》など動物の形をした鉄板の標的が置かれ、客はそれめがけて銃弾を発射している。基本的にはゴルフの打ちっぱなし練習場のように、射撃エリアはオープンな空間となっており、そこで客たちは射撃を楽しんでいる。しかし、後方に火薬が飛び散るということで、そのエリアに入るには防塵《ぼうじん》グラスを着用することが義務付けられていた。

客がまばらな時間帯は、さびれた感じも漂い、時折、乾いた射撃音が山の中にこだまする。しかし、休日などの混雑時には、射撃エリアは人で一杯になる。後方に用意された物置台には、練習場のゴルフクラブのように、ライフルがたてかけられ、長銃身の拳銃が入った箱などが並べられていた。皆が一斉に射撃を繰り返す中、目を閉じてその銃声に身をゆだねる。次第に銃撃音は互いに反響しあい、ものすごい爆撃音の塊のように感じられ、まるで自分が戦場に置かれているような錯覚を覚えた。

私は恐怖を感じた。見ると、射撃エリアには、10歳にも満たないような小さな男の子もたくさんいて、親と一緒に談笑しながら、射撃を楽しんでいるのである。この子たちにとっては、幼少の頃より常に身近に拳銃があり、当然、何の違和感も覚えないまま、大人になっていくのだ。

自分の身は自分で守る。そのためには武器を使い、先制攻撃も辞さない。過去がそうであり、未来もそうあり続けるであろうアメリカという国の本質。私はこの射撃場でのほんの束《つか》の間の滞在の間に、その本質の一端を垣間《かいま》見る思いがした。

ここで、中村もまた射撃能力を少しも落とすまいと、一心不乱に引き鉄を引いていたのであろう。かつて、彼は面会や書簡のやりとりの中で、自分のことを《私のように、百万言を費やすよりも一発の銃弾のほうが効果的であると考えてきた者》(09年5月5日付け書簡)と評したり、「拳銃は社会を変える力がある」などと言って憚《はばか》らなかった。押収《おうしゅう》された詩の中には次のような一篇もあった。

《 Viva! America!

言論でも法律でもなく
最後の拠り所は武力
これが生涯一貫してきた我が信条
平和ぼけとか言われるこの国でこそ
異端として不人気であろうとも

世界の leader と目される国が
実践によって教示している真理
国家としてだけではなく
人民各自もまた
自己を守るものは
己れの力
自らの武器と
我が信条を支持する存在
America 万歳！
USA 万歳！

2002/1/26》

ロスを中心にカリフォルニア州を縦横無尽に走り回り、メキシコへの玄関口であるサン・ディエゴやアリゾナ州の州都フェニックスの街、果てはネバダ州やアリゾナ州の砂漠地帯にある屋外射撃場や州兵の関連施設にまで姿を現した中村。これらは彼が歩んだ地のほんの一部であり、出没した行動エリアは実際にはもっと広範にわたるだろう（ちなみに中村は、香港《ホンコン》でも銀行の貸金庫を借り、そこには金塊などを保管していた）。

このアメリカで、彼は「特別義勇隊」なる民兵組織結成のための武器の調達に闘志を燃やしたという。それらの銃器入手や、日本への密輸の様子については、大阪都島事件（新宿の貸金庫等に多量の銃器を隠匿《いんとく》するなどし、警視庁が摘発した銃刀法違反・火取法違反の裁判は、この事件の公判に併合された）の初公判で検察側が明かした冒頭陳述に詳しい。

《少なくとも昭和61年（86年）ころから数十回にわたり渡米し、米国において、けん銃を試射したり、銃器販売店で小林照夫名義の同国の運転免許証を提示するなどして、GLOCK製、SIG—SAUER製、ファイアーアーム製、ワルサー製及びベレッタ製各自動装てん式けん銃、S&W製、コルト製、チャーターアームス製及びフリーダムアームス製各回転弾倉式けん銃、アメリカンデリンジャー製上下二連式けん銃等合計20丁余りのけん銃、及びこれらに適合する1000発を超える実包を購入した。

（中略）被告人は、これらけん銃を分解して、内部を空洞にしたバッテリーチャージャー（筆者註・自動車バッテリーの充電器）内に実包とともに隠匿した上、少なくとも昭和62年ころから平成4年（92年）ころまでの間、日本国内の電話代行業者の所在地を住所とするダミー会社宛《あ》てにバッテリーチャージャーを輸入するかのように偽装して日本国内に持ち込んだ。

さらに、被告人は、前記の革命思想（筆者註・警官殺しの罪で服役中に感銘を受けた、南米の革命家であり、カストロとともにキューバ革命の立役者となったチェ・ゲバラの革命思想）や外国の特殊部隊の活動等に触発されて、日本国内における武装組織化を考えるようになり、上記けん銃等の購入に前後して、米国においてブローカー等と接触して自動小銃、機関銃、軍制ベレッタ製自動装てん式けん銃等及び適合実包等を購入し、大型火器についてはバッテリーチャージャー内に入らないため、他の大型機械類内に隠匿するなどして日本国内に持ち込んでいた》

米国で拳銃を買うことは簡単だが、日本に持ち込むのは難しい。中村がどうやって、これらの銃器を日本に持ち込んでいたのか、重要な部分なので、自身の口でさらに冒頭陳述を補足してもらおう。

《これらの銃器弾薬を国内へ持ち込むのは、特殊な電気機器の中身をそれらに入れ替えて輸入する方法によりました》（08年9月1日付け書簡）

《この種の偽装工作に用いた機械類はいくつもあります。（中略）偽装方法は、機械の内部に取り付けられている装置類を外して、分解した銃器や弾薬を収める箱（状のもの）に入れ換えるというものでした。また、それを私自身が携行して通関するというような危険の伴う手段を使ったわけではないので、パスポートは関係ありません。それらの機械は、ダミー会社から他の会社への輸出入貨物として送り出したのです。したがって、万一、発覚してもダミー会社と私とのつながりは断てるようにしてありましたので、それ以上の追求はできないのです。この方法は何度も使いましたが、全く危険を感じたことはありませんでした。つまり、偽装方法は全く税官吏の疑念を招かないほど完璧《かんぺき》だったというわけです》（09年1月18日付け書簡）

「パイソンもそうですが、銃器類はばらばらに分解して、中身を空洞にしたバッテリー・チャージャーや電圧安定器であるボルテージ・スタビライザー、計測器、その他の自動車整備用の特殊な電気機器の中に隠して、日本に密輸していました。これらの容器の内側には鉛箔《はく》を貼《は》り、X線検査を受けても、中の銃器、弾薬の形状が把握しづらいように工夫していました。また最初にテストとして、合法的な普通の機械を送り、日本の税関職員が容器を開けて内部までチェックするかどうか確認しました。ネジに塗装を施したり、目立たないようにテープを貼るなどして、容器を開けたかどうか分かるようにしたのですが、全く開扉《かいひ》した様子はありませんでした。

成田空港は世界一、通関が厳しいので、飛行機は一切使わず、すべて船便です。それもアメリカの郵政公社であるＵＳＰＳの郵便貨物を使いました。『テクノクラフト・コーポレーション』や『ラーセン・エレクトリック』など実体のない複数のペーパーカンパニーの名前を使い、でたらめなアメリカの住所を使って日本に送り出したのです。これなら仮に銃の密輸が発覚しても、当局は私には辿《たど》り着けませんから、安全です。

ＵＳＰＳのオフィスで受付を済ますと、向こうで、サン・ペドロ港などどこか適当な海港に荷物を運んでくれます。あとは日本で受け取るだけです」（面会時の説明）

日本の宛先も実体のないダミー会社など偽名だったというが、住所はどう記し、どのようにして受け取っていたのか。

《輸入貨物の受取人は偽名で一時的に契約した代行業者です。荷物の引き取りは臨時傭《やと》いのアルバイトを使ったときもありました。機械の加工から梱包《こんぽう》まで一分の隙《すき》もないほど巧緻《こうち》なシステムを作り上げていたのです》（09年12月14日付け書簡）

中村が独り、地下活動を繰り返した土地、アメリカ――。漂泊する魂……。

彼が存在した場所に、私自身も立つ。ロスの青空の下、どこまでもつづくハイウェイ。パイソンを調達したサウス・ゲートの埃《ほこり》っぽい工場地帯。常宿にしていたホテルやモーテルがあるダウンタウンのビル街。汗まみれになって、電気機器を解体し、分解した銃器のパーツを隠す、改変工作を行ったモーテルの一室。街のどこからでも、山肌のサインが見え、観光客で賑《にぎ》わうハリウッド。映画で有名な、黄昏《たそがれ》時のサンセット・ブルバード。轟音《ごうおん》が絶え間なくこだまする、郊外の山の中にある射撃場。サバイバル訓練や射撃訓練をひたすら繰り返した、アリゾナやネバダの乾いた砂漠の大地。

それらの情景は、中村の目にはどう映っていたのだろうか。おそらくは私の目に映る風景とはまったく異なるものだったことだけは間違いあるまい。これらのスポットから感じ取れたもの。それは、孤高の特殊工作員の得体の知れない行動力と、青白くゆらめく、どこまでも暗く歪《ゆが》んだ情念の炎だった。

第七章　動機

複雑で謀略的な大義

《刑事補償

お前らが強奪した年月について
還付請求が突き付けられたとき
お前らはできるだけ知らぬ顔で通し
どうしても逃れられなくなると
金を払って済ませようとする
それも他人から巻き上げた金で

だが　俺に関するかぎり
そんなことは絶対認めはしない
その補償は　お前ら一族の代表者が
自分の血で支払わなければならないのだ》
（1975年　千葉刑務所にて）

ここで読者諸兄には、中村の慄然《りつぜん》とするほど凄《すさ》まじい行動力と、その内に秘めた歪《ゆが》んだ情熱がどこから生じているのか、いよいよその背景をお伝えしなければなるまい。それは、重大事件の全容糾明において不可欠となる、犯行の動機の解明にもつながるのだから。そして、それは中村がこれまで何度も口にした「特別義勇隊」なるものの構想と理念を明らかにすることでもある。

ふたたび大阪拘置所。面会室のガラス板をはさんで、私と中村は向き合った。
「押収《おうしゅう》された詩には、官憲への積年の怨念《おんねん》が綴《つづ》られているものがたくさんありました。大阪都島事件の冒頭陳述でも、《警察権力に対する反感や恨みの念を持ち続け、実弟に対して、「警察権力に復讐《ふくしゅう》してやる」等と口にしていた》と指摘されています。やはり長官狙撃《そげき》事件を起こした動機の根本には、警察への憎悪《ぞうお》や報復ということがあるんでしょうか」

中村は落ち着いた口調で語った。

「警察への報復で長官を狙《ねら》ったのではありません。詩で官憲への怨念を描いたのは、あくまで創作です。〝Whom Called X〟などの詩をとっても、これと長官事件が関わりがあるとするには、33年もの隔たりは大きすぎるでしょう。本当はもっと複雑で謀略的な大義があったのです」

動機は一体、何だったのか。面会での証言や手紙での回答、また彼自身がすでに捜査当局に提出し、私にも提供してくれたいくつかの文書から、以下にその概要をまとめることとする。

「私は千葉刑務所に服役していた頃、キューバでフィデル・カストロが民衆の支持を受けて、独裁者のバティスタ政権を打倒し、ハバナに入城したとの報道に接しました。このキューバ革命の立役者となったのが、革命軍の指揮官だったチェ・ゲバラでした。以来、私はゲバラに強い関心を抱くようになりました。１９６７年、ボリビアで同国政府軍に処刑されたゲバラ。彼が書いていた日記が行方不明となっていたようで、その所在の行方が話題になっていました。それとともに、英文写真雑誌『ＬＩＦＥ』などで彼の経歴が報道されるにつれ、私は、壮絶な死を遂げたゲバラの生きざまに感動し、憧《あこが》れを抱くようになったのです。

結局、「ゲバラ日記」は発見され、私はこれをスペイン語の原文で読んでみたいという衝動に駆られました。そのためスペイン語を本格的に勉強するようになり、出所するまでには相当、上達していました。

ところで、出所後の1980年頃になると、中南米における情勢として、ニカラグア革命の報道をよく目にするようになりました。私はこれを『キューバ革命の後継的なもの』と受け止めました。同国では、長らく独裁者のソモサ一族が暴政を敷いていましたが、ダニエル・オルテガ率いるサンディニスタ革命軍がこの独裁体制を打倒しました。しかし、その後、サンディニスタ革命軍は共産主義の色合いを濃くしたため、革命民主政府は、反サンディニスタ勢力のコントラ（筆者註・米国に支援された反革命武装組織）と内戦状態となり、苦しい防衛戦を強いられていました。そうした報道を注視している中、私は、チェ・ゲバラが義勇兵としてキューバ革命に身を投じたことにならい、自分も『ニカラグア革命防衛戦争』に義勇兵として参戦したいと思うようになりました。それを志した私は、80年代半ば過ぎに初めてアメリカに渡り、その地で軍事訓練に取り組むようになったのです。しかし、すでに50代も半ばを過ぎていた私には、若い兵士とともに走り回るだけの体力が残されておらず、ついていくのが困難な状況でした。そこで、考え抜いた末に私が辿《たど》り着いた結論が、射撃の技量を磨き、一流の狙撃手になるということでした。以降、私はロスの射撃場で寸暇を惜しみ、射撃訓練にひたすら没頭しました。まるで何かにとり憑《つ》かれたかのように、拳銃《けんじゅう》やライフル、マシンガンなどの実射訓練にのめり込んでいったのです。一方でメキシコや、ニカラグアの周辺国であるエルサルバドル、コスタリカなどにも人脈や拠点を築こうと試みました。そのため、新聞の文通相手を探すコーナーを通じて知り合った、リリアという名のメキシコ人女性とメキシコ・シティで会うなどし、交流をつづけていました。さらにはロスでも、コントラのシンパを装《よそお》い、その拠点に出入りして、情報収集に努めました。またコントラ支援委員会のメンバーに近づいて、1000ドルの援助金と引き換えに、ジェームズ・リーという中国系アメリカ人名義のパスポートの貸与を受け、実際、それを使ってエルサルバドルに渡航したりもしていました。

肝心の射撃能力に関しては、努力の甲斐《かい》あって、80年代後半には相当高度なレベルに達していました。そこで私は念願であった革命戦争に身を投じるべく、満を持して行動を起こします。すなわち、隣国のコスタリカ経由でニカラグアに入り、『ニカラグア革命防衛戦争』に義勇兵として参加することを目指したのです（筆者註・偽名パスポートで、88年6月16日、コスタリカに入り、同国経由でニカラグアに潜入しようとしていたことが渡航記録から裏付けられている)。まずは、コスタリカの首都サン・ホセから移動して、ニカラグアの南部国境地帯へ潜入視察することを企図。私は、ダニエル・オルテガとともに革命戦争を戦いながら、その後、考えの違いから袂《たもと》を分かったコマンダンテ・セロのゲリラ部隊に加わろうと決めていましたので、その部隊がいる南部国境地帯へ潜入しようとしたのです。しかし、コントラとの交戦が休戦状態になり、その一方で、革命政府(サンディニスタ)内部でも権力争いの兆《きざ》しが出てきました。現地の情勢が混迷化したため、結局、私は革命戦争への参戦を果たせず、無念の思いで中米から帰国することとなったのです(筆者註・同年6月29日、コスタリカを発《た》っていることが確認されている)。

この企図を断念した後、私はある同志とともに、日本国内において秘密の武装組織『特別義勇隊』(トクギ)を結成することを考えました。その同志がほかならぬ『ハヤシ』です。我々が『トクギ』と呼んだ、この民兵組織は一個分隊程度の精鋭小集団をイメージ。特異な重大事件や、非常事態の発生時に軍や警察などは政治的配慮、法的制約、組織面での不備などの障害によって即応できない場合がありうるので、それに代わって迅速果敢に行動し、事態を打開する小武装部隊には存在意義があるというのが基本的な理念でした。

その頃すでに、北朝鮮工作員による邦人拉致《らち》の断片情報が伝えられており、私は重大な関心を寄せていました。しかし、明らかに自国の民が誘拐の被害にあっているのに、日本政府の対応は腰がひけており、事態の改善は見られなかった。そこで私は、この政府の無気力状態を打開するために、何らかの実力行使に訴えることが、かねてからの武装組織の結成理念に合致するものではないかと考え、これこそ我々の出番ではないかと感じるようになりました。被誘拐者救出を試みることもなく、見殺しにしている政府官僚の事なかれ主義と先送り主義を打破して、政府を否応《いやおう》なく邦人被誘拐者奪還へ向けての行動作戦に追い立てるための作戦の立案を模索しました。結果、朝鮮総連の幹部の身柄を略取し、金日成《キムイルソン》首領（故人）に対して、邦人拉致被害者との身柄交換を提議する計画を立てたのです。金日成がただちにそうした要求に応じることは期待していませんでしたが、とにかく眼目は、報道機関に事件の内容をできるだけセンセーショナルに喧伝《けんでん》させて、拉致問題に対する世間の関心を集める。そうして世論を喚起し、政府に圧力をかけて、拉致問題の解決を国家の主要な外交政策の一つとして位置付けるようになるところまで追い込んでいくのが最終的な目標でした。当時の総連の最高幹部は韓徳銖《ハンドクス》・朝鮮総連中央委員会議長でしたが、これは身辺警護が厳重であるうえに、80歳代という高齢で扱いが難しいと予想されたので、他の副議長のうちの誰かを狙おうと考えていました。

そこで私は偽名パスポートで米国への入国を繰り返し、拳銃《けんじゅう》や短機関銃、自動小銃などの銃器類を大量に調達して、日本への密輸をつづけました。『特別義勇隊』用装備として、最盛時で、突撃銃（自動小銃）7丁、短機関銃5丁を含め、数十丁にのぼる銃器類がそろっていました。

しかし物的な面での準備のメドは立ちながら、人的な面で必要な数の同志を確保することが難しかった。

そこで私は、右翼の論客であり、行動力をもあわせもつ、旧知の右翼団体の代表に、藁《わら》にもすがる思いで、この人材確保の件を相談したのです。が、その時、すでに彼は自分の死の問題と向き合っており、『トクギ』の隊員獲得で、実のある結果を得ることは叶《かな》いませんでした。そして、この計画は未完のまま放棄されることになったのです。

武装化のため集めた銃器類は徐々に海中投棄などで廃棄し、処分を進めていきました。新宿の貸金庫や名張のアジトなどに残っていたのは、それらの一部で、処分しきれず、残っていた『トクギ』の残骸《ざんがい》のようなものだったのです。

ところで、北朝鮮情勢に関しては、1994年になると、緊迫の度合いを深めました。というのも、北朝鮮はＩＡＥＡ、国際原子力機関の査察に反発して、核拡散防止条約からの脱退を宣言し、国連安保理が決議した経済制裁に対抗するため、同年５月、寧辺《ヨンビョン》の原子炉施設から大量の使用済み核燃料棒を取り出したからです。これはプルトニウムを抽出して、核兵器を製造するという意志表示にほかなりません。これに対し、時のアメリカのクリントン政権は、北朝鮮の核施設に対する先制のピンポイント攻撃も辞さない構えで作戦計画を立て、在韓米人に韓国からの退避も促しました。まさに、事態は一触即発の情勢になったのです。

　私は、この機にアメリカが北朝鮮を軍事攻撃してくれれば、金一族の独裁体制が崩壊する糸口となると思い、何とかこれを実行させるべく、後押しとなる作戦行動を模索しました。結果、横田基地の燃料貯蔵場の爆破攻撃や、在日米軍司令官のリチャード・メイヤー中将に対する狙撃を行い、これを北朝鮮の工作員の破壊行為と見せかける謀略を思い立ちました。こうすれば米軍が北朝鮮を叩《たた》く口実になると考えたのです。そこで、現場には、サークル・スターといわれる北朝鮮製造を示す刻印があるＡＫ47型自動小銃を遺留しようと計画したのですが、結局、これは入手できず、韓国安企部の職員と思われる人物から手に入れていた朝鮮人民軍記章を落としていくことにしました。ちなみに、これが後の国松長官狙撃事件の際の現場遺留物として活用されることになるのですが。

なお、こうした謀略を私は「三角謀略」と呼んでいました。すなわち、AからBという組織に攻撃させるため、弱小のCがBを装って、Aに攻撃を仕掛け、それに対抗してAがBに反撃するように仕向ける計略です。私がこの種の謀略戦術に関心を抱くようになったキッカケとして、１９３１年の柳条湖事件が挙げられます。これは日本の関東軍が奉天に近い柳条湖で、南満州鉄道の路線を爆破し、これを支那軍の仕業に見せかけ、それを口実として奉天に進駐していた支那軍を攻撃したという謀略工作です。これを契機に満州事変が勃発したわけです。

幼少の頃、私は満州に育ち、満鉄に勤めていた父から、柳条湖事件について、ごく身近な出来事として、話を聞かされていました。現在の瀋陽である奉天に住んでいた時には、その現場を見に行ったこともありました。戦後、それが関東軍の謀《はかりごと》であることを書物で知り、私は『謀略』というものに非常に強い関心を持つようになったのです。

こうして準備を進めていましたが、この間にカーター元大統領が訪朝して、寧辺の原子炉を凍結するかわりに、軽水炉型の発電所を無償で建設し、それが完成するまでの間は、火力発電用の重油を援助するという交渉が始められました。これでひとまず北朝鮮の核危機は回避され、事態が収拾されたことから、我々は横田基地の燃料貯蔵場爆破を実行する機会を失ってしまったのです。

こうした中の94年6月末、長野県松本市で松本サリン事件が発生しました。私は北朝鮮が関わったものと疑っていましたが、年が明けると、『山梨県上九一色村のオウム施設付近からサリンの成分が検出された』という主旨の読売新聞の報道もあってこれがオウム真理教によって製造されたサリンであることが判明。それでもなお私はオウムが北朝鮮の手先となって、国家転覆のクーデターを図ろうとしているものと受け止めていました。

すぐに自前で調査を行ったところ、オウムが山梨県上九一色村に第7サティアンというサリン製造のプラントを持っており、トン単位でサリンを生成、貯蔵している可能性があることが分かりました。またロシアから軍用ヘリコプターも輸入している。私は、教団が豊富な資金と人員を駆使して、拳銃や自動小銃などで武装しているものと認識しました。このままでは、近い将来、オウムが武装蜂起《ほうき》し、クーデターを起こす可能性が高いと判断しました。そうすると、また一般市民が巻き込まれる大量殺戮《さつりく》行為が行われるのは間違いありません。

危機感を募らせた私は、武装民兵組織『トクギ』の結成を目指した同志、ハヤシと協議を繰り返しました。その結果、教団の化学兵器工場、第7サティアンを爆破し、それによって警察や自衛隊の介入を惹起《じやつき》しようと企図したのです。私たちは具体的な作戦立案を始めました。しかし、その一方で、私は、オウムはすでに大規模な武装部隊を持っているものと思い、かなり不利な状況での戦いを強いられるのではないかと不安を覚えました。またサリン・プラントを爆破すれば、自分たちも死に至る危険性が高いとも危惧《きぐ》しました。そのため、自分たちが作戦行動に出る前に、警察が強制捜査等の行動を迅速に起こしてはくれまいかとの期待も抱いたのです。こうなると、実際に警察がどれだけ水面下で、対オウムへの捜査を展開しているのか、知りたくなりました。警察がすぐにでも動き出しそうなら、私たちの行動は余計なお節介となります。そこで、私は警察庁に潜入し、警視庁や山梨県警からの捜査報告書を入手して、捜査の状況や強制捜査の開始時期を探ろうと思い立ったのです。それが確かめられれば、第7サティアン爆破に闘志を燃やし、前のめりになるハヤシを引きとめる説得材料になるとも思いました。そのため、私は95年の1~3月にかけ、実際に警察庁への潜入課報《ちようほう》活動を繰り返したわけです。

当然、警察もオウムに対し厳戒体制をとっていると思ったのですが、警察庁に対する潜入課報活動を進めたところ、同庁は危機感もなく一般業務をつづけており、全くのぬるま湯的状態でした（筆者註・すでに述べたように、この潜入諜報活動による副産物が、国松長官の自宅住所の割り出しだった）。

　そこでいよいよ私たちは行動を起こすしかないと考えました。前述のように、山梨のオウム施設を襲撃し、教団の化学兵器工場、第7サティアンを爆破する作戦を立てました。それによって、大混乱を引き起こし、否応なく警察あるいは自衛隊が介入せざるをえない状態を作り出そうとしたのです。

　しかし、未組織のまま残骸のようになっていた「トクギ」にはほとんど戦闘能力が残っておらず、主力火器もほとんど廃棄処分し、ライフルと短機関銃が1丁ずつ残されているのみでした。防弾チョッキと防毒マスクは何とか調達できましたが、完全防護の防毒衣までは手がまわりませんでした。また、プラスチック爆薬（C4）も入手できず、ありふれた土木工事用のダイナマイトで間に合わせる、泥縄的状態でした（筆者註・これら防弾チョッキ以下の品々はこれまですでに述べたように、すべて、名張のアジトから発見されている）。

　相手の戦力を過大視するあまり、我々は準備に手間取り、気ばかり逸《はや》りながらも、なかなか作戦を実行に移せないでいました。そうするうちに、我々が以前より危惧していた事態が発生しました。地下鉄サリン事件の大惨事です。3月20日のこの惨劇によって、これまでの努力がことごとく水泡に帰し、我々は半ば脱力状態に陥りました。その後、すぐに警察の教団施設に対する一斉捜索が行われましたが、その時点ではサリン事件の容疑者など幹部信者を一人も逮捕できないような体たらくでした。

ここに至って、警察に対する我々の憤懣《ふんまん》は頂点に達しました。そもそも前年に松本サリン事件という、世界で初の化学兵器テロがひき起こされたにもかかわらず、この国家レベルの事件にも適切な措置をとらず、第二のテロを許したのは、治安維持の任にあたる警察の怠慢にほかなりません。私はこの憂慮すべき事態を放置すれば、ふたたび一般市民が巻き込まれる無差別テロが発生する危険があるから、警察は総力をあげて、教団への徹底的な追及を行い、制圧行動を強力に推進して武装解除を推し進めるべきだと考えました。

そこまで警察幹部たちを奮起させるためには、〝オウムを完全に制圧しなければ、自分自身の生命が危うくなる〟と心底から実感させなければいけない。つまり生か死かの土壇場《どたんば》まで連中を追い込む必要があります。

そこで我々は、オウム信者を装《よそお》って、警察の最高指揮官である警察庁長官を殺害するのが最も効果的であると判断するに至ったのです。またこれなら、横田基地の燃料貯蔵場爆破や在日米軍司令官の狙撃、オウムの第7サティアン爆破という、我々にとって荷の重い戦略とは違い、自分たちの身の丈に合った実行可能な作戦とも思いました。暗殺方法は、長年その技量を磨いてきた狙撃こそがふさわしいと考えました。ケネディ大統領暗殺やドゴール大統領暗殺未遂、五・一五事件での犬養毅首相《いぬかいつよし》暗殺などの例をとるまでもなく、要人暗殺は狙撃によるものが歴史の定番となっています。『一発の銃弾で歴史を変えることができる』――。これが私の考えであり、信念に基づく思想でした。

なお、この警察庁長官暗殺は先に述べた「三角謀略」の理論を応用した作戦でもありました。今このタイミングで、警察のトップを暗殺すれば、時節柄、これはオウムによるテロだと誰もが思い込む筈《はず》であり、警察幹部らは〝次は自分が狙《ねら》われる〟という恐怖心に追いつめられるでしょう。もとより、死に物狂いでオウム制圧の指揮にあたるのは明白で、トップの命を奪われた全国警察も一丸となって、教団に対する仇討《あだうち》に全精力を傾けるものと思われました。そこには警察の怠慢を厳しく糾明し、組織のトップに鉄槌《てっつい》を下して責任をとらせるという思いも加味されていましたが、そうすれば、後継者がオウム制圧に全力を傾注し、市民の不安は解消されるというのが我々の達した結論でした」

オウムを装った……。教団の犯行に見せかけ、警察を奮起させる謀略工作……。

その後、オウムに対する微罪での摘発も徹底され、教団が完全制圧されたことを見ても、その効果は大きく、目的は充分達せられたといえる。しかも、この謀略が効き過ぎて、いまだに米村以下、警視庁公安部の主要幹部たちは事件をオウムの犯行と思い込んでいるのである。

異国の地に潜り、何かにとり憑《つ》かれたように進めた〝軍拡〟。米国での、暗い情念にかられた武器調達は、中村にとって特別義勇隊結成のための準備であった。そしてそのうちの一つが、警察への鉄槌として使用され、オウム完全制圧を目論《もくろ》む謀略計画の完遂へと昇華したというのだ。

これを老人の妄想と笑って済ませるのは簡単だろう。しかし、これが単なる妄言か、異能の秘密工作員が明かした真情の吐露であるかは、次に記す、「中村捜査班」の捜査内容を見てもらえれば、自《おの》ずと明らかになるはずだ。

〝秘密の暴露〟

中村がコルト・パイソンを購入した事実が公式に裏づけられたことで、捜査は大いに前進した。犯行の模様を供述するその内容は詳細を極めた。そして捜査資料と照合したところ、95年3月28日と、犯行当日の30日、その現場にいた者にしか分からない

〝秘密の暴露〟と受け取れる証言が複数あったのである。ここで「中村捜査班」が積み上げた証拠や供述内容をまとめておく。

【動機】
○不作為の警察組織のトップに鉄槌を下すとともに、警察をしてオウムへの捜査に邁進《まいしん》せしめ、一般市民を巻き込む無差別テロを行った教団を完全に粉砕することを企図したもので、明確な動機を有する。
【高度な射撃技量】
○01年、大阪の現金輸送車襲撃事件（大阪都島事件）で、約17・5メートル離れた地点から、右から左へ歩行中の警備員の左足の脛《すね》を一発必中の形で撃ち抜いて、現金を強奪しており、卓越した極めて高度な射撃能力を有する事実が公判で証明されている。
【拳銃や弾薬に関する捜査と証拠】
○米国の銃砲店で、事件で使用された357マグナム口径のコルト・パイソン（8インチ銃身）と同種の拳銃を購入していた記録を入手。調達の事実が確認され、裏付けがとれている。
○極めて稀少《きしょう》で、アメリカでさえ入手困難な、ホローポイント系の357マグナム・ナイクラッド弾についても、所有していた事実を確認済みである。

○凶器となった使用拳銃、使用実弾について、公式発表や報道されていない点も含めて、科学捜査に基づく精緻《せいち》な鑑定結果どおりの供述を行っている。

また拳銃と実弾の組み合わせの選択理由についてまで、鑑定どおりの証言を行っている。

○「拳銃と残ったナイクラッド弾は、95年4月13日、伊豆《いず》大島へ向かう東海汽船の船の上から海中に捨てて、証拠隠滅を図った」と供述。名張のアジトからこの日の東海汽船の乗船券が発見、押収《おうしゅう》されている。さらには東海汽船の記録を調べたところ、中村が使用したとする偽名の人間の乗船記録が確認され、乗船名簿の筆跡も一致した。

【銃火器、実弾の密輸入技術の証明】

○それ以外にも銃器類を多数、米国で調達。パイソンを含む銃器類をばらばらに分解し、内部を空洞にしたバッテリー・チャージャー等の自動車整備用の特殊な電気機器などの中に隠して、日本に密輸出入する偽装隠蔽《いんぺい》の手法・技術を有していた。これは実際に、銃刀法違反容疑や大阪都島事件の捜査や公判で、新宿の貸金庫などに隠匿《いんとく》していた銃器類につき、米国から「テクノクラフト・コーポレーション」等、実体のない複数のダミー会社を使い、日本に船便で密輸されたものである事実が確認され、その実績が立証済みである。

【犯人しか知りえない〝秘密の暴露〟と考えられる供述】

○「事件二日前の95年3月28日に長官狙撃を実行しようとしたが、その日の朝、長官公用車が変更となり、異変を感じた」と供述している。確認したところ、その日、車種は黒色のプレジデントのままだが、車は違うものになっていたことが判明し、裏付けがとれた。

○「同じく28日の朝、警察官と思《おぼ》しきコート姿の二人の男が国松宅を訪れた。車の変更に加えて、この事態。警備が強化されたと思い、この日の決行を断念した」と供述。実際、その日、南千住警察署や第六方面本部の幹部らが家族の警護の申し入れで国松宅を訪問していることが後に確認された。

前記の「長官車両の変更」とあわせ、これらは警察内部でもほとんど知られていない事実だった。95年3月28日に、アクロシティの長官宅を見ていた者にしか分からない事実であり、〝秘密の暴露〟にあたる。

〈以上の事実から、中村が3月28日に現場にいたことは間違いないものと判断される〉

【95年3月30日、犯行当日における現場周辺のアシと犯行後の動向】

○中村は、「犯行直前、住民に顔を見られたので、まずいと思った。いったん射撃地点から離れ、その住民が去っていくのを見て、元の位置に戻った」と供述。これに合致する、事件当日の目撃証言があった。

○現場に残された北朝鮮人民軍バッジ、韓国ウォン硬貨につき、特捜本部は具体的な遺留場所を意図的に発表してこなかったため、多くのメディアが「犯人は狙撃現場近くの足元の植え込みあたりに置いた」旨《むね》、報じていた。

しかし、中村は、「北朝鮮の人民軍記章（筆者註・バッジ）は狙撃地点の足元近くに置いた。しかし、韓国硬貨に関しては、放置した場所は植え込みではなく、狙撃地点から3〜4メートル離れた、Fポートのエントランスの中央に目立つように放り投げておいた」と供述。事実は、この証言どおり、ウォン硬貨は植え込みのあたりではなく、エントランスの方で発見されていた。非公開の事実につき、実際の捜査状況に合致する証言を行っており、〝秘密の暴露〟と評価できる。

○「狙撃の際、コルト・パイソンに『着脱式の銃床』を取り付けて決行に臨んだ」と供述。その銃床と思われるものを目撃したマンション住民の証言がある。

○「長官狙撃後、自転車で逃げる途中、マンション敷地内で、管理人と目と目が合った」とも供述。これに合致する証言もあった。

○「狙撃後、自転車で、マンション敷地内をL字型に逃げた」と供述。この逃走経路やその際の状況、様子につき、目撃者の証言どおりの供述を行っている。

○「マンション敷地から公道に出るあたりで、浮浪者風の男とぶつかりそうになり、少しヒヤッとした」と供述。同時間帯、同地点に浮浪者風の男が存在した事実が、第三者供述によって、裏付けられている。

○「犯行後、逃走に使った自転車を現場から南西約600メートルの喫茶店の東側壁に乗り捨てた。共犯が支援車両で待機していたNTT荒川支店（当時）の筋向いにある喫茶店で、鍵《かぎ》をかけずに放置した」と供述。証言と合致する遺棄状況の自転車が発見、押収されていた。

〈以上の事実は、95年3月30日、事件現場にアシのあった者にしか分からない供述であり、当日、中村が現場に居たことは間違いないものと判断される。韓国ウォン硬貨の置き場所の供述をもあわせ考えると、これらの証言は、狙撃を実行した犯人にしか知り得ない〝秘密の暴露〟と言え、中村の容疑性は極めて高いと評価できる〉

○「そのまま山手線で新宿駅まで行き、新宿の大手生命保険会社の貸金庫に、コルト・パイソンと残弾など銃器類を戻した」と供述。貸金庫の開扉《かいひ》記録から、中村が当日午前9時26分に貸金庫に入っていたことが確認された。現場から、自転車や車、電車、徒歩などで供述どおりに移動すると、ほぼ同時刻に新宿の貸金庫に到着できることが実地検分で確認された。

【貸金庫からのパスポートの取り出しと米国渡航】

○供述通り、麻原彰晃が逮捕された翌日の95年5月17日、貸金庫が開けられており、偽名パスポートを取り出したものと思料される。また、その後すぐにアメリカに渡航している事実も裏付けが取れている。

【その余】

○狙撃現場のアクロシティFポートの壁に付着した拳銃《けんじゆう》の射撃残渣《ざんさ》や硝煙反応の高さは、身長160センチほどの中村が実行犯としても合致する位置として矛盾がない。

○真正の北朝鮮人民軍バッジの入手状況について、捜査したところ、中村が、斎藤の知人だったTという在日韓国人を通じ、関西在住の元韓国安企部所属の人間に接触していたことが判明。その男から、拳銃と物々交換する形で、北朝鮮人民軍バッジを入手したことが分かっている。

○名張のアジトから濃紺色のスポーツバッグ（ショルダーバッグ）が発見、押収されている。このバッグから拳銃発射の際に出る硝煙反応や、射撃残渣が検出されている。

塩漬け

これだけの証拠を積み重ねた「中村捜査班」。

しかし、これは主要なもののほんの数例にしかすぎず、細かなものをあげれば、その証拠の数はもっと膨大なものになる。

もはや真っ黒というしかない〝容疑者〟を放置し、立件に向けた捜査を本格化させないということはあり得ないはずだった。もし、そんなことが罷《まか》り通るとすれば、通常の事件捜査では到底、考えられない異常事態である。

2009（平成21）年には、アメリカにおける、中村の8インチ銃身、コルト・パイソンの購入を証明する完全無欠の証拠書類一式も整った。

これを受け、「中村捜査班」は、同人を被疑者とする、長官狙撃事件関連の全証拠資料一式をまとめあげた。これを南千《ナミセン》で現場を仕切る、栢木《かやき》国廣・公安一課長に報告。あとは特捜本部の指揮をとる青木五郎・公安部長、ならびに、事実上の総指揮者である警視総監ら上層部の最終判断を待つばかりだ。

それによって、強制捜査に向け、GOサインの決断が下されれば、公安一課長らが東京地方検察庁公安部と、捜査方針をめぐる協議に入ることになる。ついに「呪《のろ》われた事件」、長官狙撃事件は全面解決となるのである。

「中村捜査班」にすれば、やるべきことはすべてやり尽くした。人事を尽くして、あとは天命を待つのみの心境である。

「どんな指揮官であれ、証拠資料を見て、客観的に容疑性が高いと判断できれば、法と証拠に基づき、粛々と捜査を進めさせるだろう。それが、たとえあの米村総監でも」

米村……そう、あの男は警視庁に帰ってきていた。長官狙撃事件をオウムによる犯行とし、それ以外をまったく認めない男。K元巡査長を含めたオウム信者たちのテロと断じ、2004年に強行された、強制捜査という名の茶番劇へレールを敷いた総指揮官。

この時、警視庁のトップには、あのミスター公安、米村敏朗が君臨していたのだ。

ところで、北朝鮮の拉致《らち》問題を誰よりも知り尽くすエキスパートと目される米村だが、本人の警察官としての目標は、国会議員を逮捕することだった。常々、周囲に「もう警視庁は長年、バッジ（筆者註・国会議員）をサンズイ（筆者註・贈収賄《しゅうわい》などの汚職）で捕まえられていない。俺はバッジを挙げたいんだ」と語っていたという。そして大阪府警本部長時代に、そのチャンスは訪れた。容疑は汚職ではなかったが、西村眞悟《しんご》・衆議院議員（当時）による弁護士法違反事件の端緒を摑《つか》み、立件させたのだ。最終的には大阪地検特捜部にも花をもたせ、合同で捜査に着手。西村代議士の逮捕日は、本部長を離任した後の2005（平成17）年11月となったが、実質的に米村が捜査をすべて主導し、固めた事件だった。警察官としての本懐を遂げた米村は、意気揚々と中央に戻り、警視庁副総監や、警察庁警備局長を経て、警察庁の№3である官房長に就任。そして、2008（平成20）年8月7日、ついに警視庁のトップとして、警察官の最高位である警視総監に昇り詰めたのである。

この日、警視庁では、新旧総監の勇退と着任の会見が開かれた。米村総監のもと、警視庁職員が「東京の治安は徐々にだが、確実に改善しつつある。首都・東京の安全、安心に奮闘するものと期待する」

離任する矢代隆義はこう言って、後任の米村にエールを送った。それを受け、米村は、「頼りになる『頼もしい警視庁』を、目標課題ではなく、日々の実践課題として、4万6000人の警視庁職員とともに努力したい」

と、決意表明。管内で未解決になっている、世田谷一家惨殺《ざんさつ》事件や八王子スーパー3人射殺事件への取り組みについて尋ねられると、

「『頼もしい警視庁』ということから言えば、まだ実現できていない。何としても事件解決に向け、捜査員ともども取り組んでいきたい」

と、緊張気味に抱負を語った。むろん、この時、米村の頭にはそれらの事件だけで

はなく、長官狙撃事件も念頭にあったことは言うまでもない。

新旧の警視総監、矢代と米村は、記者たちの求めに応じ、笑顔で握手をかわし、仕事の引き継ぎを行ったのである。矢代は、世田谷や八王子などの未解決事件に加えて、長官狙撃事件でも米村が力を発揮し、解決に邁進してくれるものと信じていた。

しかし、この時、米村の肚《はら》の中には別の複雑な思いがあったものと推量される。おそらく、彼の心中には以下のような憤怒《ふんぬ》の念が渦巻いていたことだろう。

〈どうして、矢代は、南千の特捜本部に捜査一課の刑事なんて入れたのか。しかも、長官事件がオウムの犯行であることは揺るぎようもない事実なのに、どうして、あんな訳のわからない、中村なんて銀行強盗を対象にした捜査を容認したのか〉

ただ、米村は、矢代や舟本刑事部長との余計な軋轢《あつれき》を生じさせないためか、南千の特捜本部にひきつづき、刑事部、公安部混成の「中村捜査班」が存続することを許し、その後も、好きなように捜査させておいた。しかしながら、そこからあがってきた捜査報告書や証拠資料一式を、事件解決に活用するものとして、本気で吟味することは一度たりとて、なかったのである。

そんな上司の肚の中も知らず、２００９年4月、上層部の判断を待つ「中村捜査班」のメンバーたちは落ち着かない時間を過ごしていた。あの米村総監だから、何をしてくるか分からない、と警戒する者もいる。不安と期待が交錯する中、彼らは朗報を待ちつづけた。

しかし、あるいは、案の定というべきか、「中村捜査班」の淡い期待は見事に打ち砕かれた。「警察のあるべき姿」に基づく性善説的展望は、こと米村総監が相手では、あまりに甘すぎたのである。

トップによる大枠の判断は下されないまま、捜査継続だけが命じられた。やるのか、やらないのか、大枠の方向性だけでも示してほしかったが、それもないまま、重箱の隅をつつくような、細かな注文だけが課されたのである。これだけの量の証拠である。さすがの米村も、完全に握り潰《つぶ》してしまうと、大きなハレーションが起こると危惧《きぐ》したのか。ただ、実質的には判断保留という名の事実上の〝塩漬け〟だった。

そして、4月半ばも過ぎると、公安部長指揮下の特捜本部では、「刑事部関係者は出席に及ばず」とのお達しが出され、刑事部幹部は捜査報告会議に呼ばれなくなってしまったのだ。

むろん、総監の米村が決定した方針だった。この頃から、米村は、長官狙撃事件解決に向けたオウム真理教捜査を加速させていたのである。彼にしても、最終の勝負のつもりだったのだ。

会議ではどうしてもオウム信者関連の報告ばかりが集中的に行われるので、その動きが刑事部に気づかれてしまう。外部の連中には気取《けど》られたくないという思いが強く、刑事部の会議参加を拒み始めたのである。その措置は、刑事部参事官やキャリアである刑事部長にまで及んだ。

この時の、米村総監の見立てと、捜査方針は以下のようなものだった。

《長官狙撃事件は、捜査当局を敵視していたオウム真理教による、警察要人を狙《ねら》った組織的テロである。指揮系統は、地下鉄サリン事件などのそれまでのテロ事件と違い、教団建設省大臣の早川紀代秀と、その配下の建設省メンバーたちのラインで進められた。

地下鉄サリン事件が起こった2日後の95（平成7）年3月22日、早川はロシアから帰国。上九の第6サティアンに直行し、教祖、麻原と今後の方針について謀議。麻原から警察トップを狙うよう指示を受けて、長官狙撃事件の指揮をとることになる。その場には、計画を立てた教団法皇官房幹部のIもいた。Iは、事件決行後に配るビラの作成責任者を務めることになっていた。

実行役に選ばれたのは、K元巡査長である。オウムに心酔する熱心な在家信者であり、拳銃も扱い慣れているというのが理由の一つ。もう一つは、かりにK元巡査長が捕まっても、教団は犯行を否認して、「警察組織が警察官を使って、トップを狙撃させた。オウムに罪を着せ、さらに教団潰しを加速させようとした、恐ろしい自作自演の陰謀だ」と、常日頃、行っている荒唐無《む》稽《けい》な主張を展開することができるからだ。

現場支援役、逃走支援役には、坂本弁護士一家殺害事件の共犯だった端本悟と、それまで凶悪事件のワークには手を染めていない、教団防衛庁長官だったU（旧姓はK）が起用された。

犯行に使われた拳銃コルト・パイソンは早川がロシアで調達し、密輸したものだった。北朝鮮バッジも早川がロシアのミリタリー関連の店で購入したものだ。

現場にあった韓国のウォン硬貨は、早川の運転手だった建設省メンバーのFに用意させ、現場に置かせた。硬貨からは、この信者のものと同じミトコンドリアDNAが検出されているのだ。

犯行後には、建設省所属のSにテレビなどの報道機関に電話をかけさせ、「オウムへの捜査をやめなければ、国松に続いて、井上（幸彦・警視総監）、大森（義夫・内閣情報調査室長）がケガしますからね」と、脅迫の電話をかけさせる手筈《てはず》になっている。

Iが作った『警察庁長官撃たれる』というビラは、事件翌日の31日午後、東京・八王子などでまかれた。その原案が書かれたIのノートには、「弾が何かおかしいのしゆるい→発表」という記述がある。

ビラが作成されたのは、どんなに遅くとも、その日の午前中までと思われる。したがって、Iのノートにその一文が記されたのも、その頃までの間のはず。「弾が何かおかしい」という情報は、その時点では、どこにも報道されていなかった。にもかかわらず、それをIが知っていたということは、犯行グループの一員だからであり、犯人しか知りえない〝秘密の暴露〟にあたる可能性がある。

K元巡査長を中心にした2004（平成16）年の捜査が失敗に終わったのは、Kを狙撃役ではなく、「実行犯にコートを貸した、支援役」という無理な設定にしてしまったからだ。あの捜査の時、東京地検側からは、「これ、K元巡査長が実行役だった、ということにはならないんですか。そのほうが、むしろ分かりやすいんですけどね」と苦言を呈されたほどだった。

しかし、それももとをただせば、東京地検が97（平成9）年に、「自分が実行犯という K元巡査長の供述には、重大な疑問があり、現時点で立件はできない」と、「K＝狙撃《そげき》犯」という見解にダメ出しをしたせいである。それで、あのような分かりにくい内容になった。

狙撃の実行は、あの「スプリング8」で出た有力な物証、「射撃残渣」の付着したコートの持ち主である、K元巡査長で間違いない。
年内に、もう一度、K元巡査長と早川に事情を聴く。必要な場合は、逮捕状も用意して、強制捜査も辞さない》

こうして、04年の「K元巡査長は、実行犯にコートを貸した支援役」というシナリオの捜査主導者だった米村はいとも簡単に、今度は、「K元巡査長実行役」説に捜査のシナリオを書き替えてしまった。

ある警察庁幹部によれば、早川が2004年の捜査で全面否認したことについて、米村は常日頃から気安い側近たちにこう言っていたという。

「早川は、『すでに坂本弁護士一家殺害事件など全《すべ》ての犯罪を認め、死刑判決を受けている私が、なぜ今さら、単なる殺人未遂事件で嘘《うそ》をつかなければならないのか』と、もっともらしい抗弁をしているが、あいつはいつも嘘をつく。自分から罪を認めて、供述したことなんて一度もない。常に捜査当局に証拠を積み上げられ、周りを固められ、逃げおおせられなくなって、泣き崩れながら落ちる、というのがパターンだ。追い詰められなければ、自らは話せないタイプの人間で、今回の事件でもそうなのだ。

早川の指示で動いた配下の人間もすべて全員が嘘をついている」

十数年以上にわたり、事件における一人の男の役どころさえ特定できず、実行役としていたのを支援役に替え、そうかと思えば、また実行役に戻すなどというような捜査の強行が容認されるのだろうか（しかも、第一章で述べたとおり、それも時効直前に、また元の支援役にシナリオを書き直してしまうのだが）。

その一点でさえ、もはやあり得ない。

また、この米村総監の見立てには、他にも無理な点や証拠の欠如が多すぎる。

まず第一は、やはり今に至っても、未《いま》だ拳銃《けんじゅう》の捜査がまったく出来ていないことだ。日本国内では過去に使用例のない、8インチ銃身のコルト・パイソンについて、オウムが入手し、教団内部にあったとの痕跡《こんせき》がまったく摑めず、示せていないのである。以前は、早川が土地取引のあった暴力団関係者から入手したとの、何の確証もないヨタ話が公安部から流されていたが、さすがにそれではまずいということで、ロシアで入手したことに変更されている。しかし、それすら、ロシアのどこでどのように調達したか、明確にできないのである。

銃がそうなら、銃弾はもっとひどい情況だ。極めて稀少《きしょう》で、米国でさえ、もはや手に入れるのが困難なホローポイント系の357マグナム・ナイクラッド弾については、入手や保有にまつわる、そうした類《たぐい》のヨタ話さえないのだ。

また、北朝鮮人民軍バッジもしかり。これは、モスクワ市内で早川と行動を共にしていたロシア人数人の事情聴取を行い、証言を得たとしているが、実際には、「早川が、モスクワの露店で、『北朝鮮人民軍バッジを売っていないか』尋ねていた」とか「売っている店に入っていった」という程度のもので、「買ったところを見た」「持っているのを見た」という証言は一つもないのである。

ビラに関するIのノートの〝秘密の暴露〟も極めて根拠薄弱なものだ。実際、報道をふり返ると、事件翌日の31日早朝には、次のような記事が新聞に載っていた。

「犯行に使われた銃弾は殺傷能力の高いマグナム式の銃弾だったことが三十日、警視庁南千住署特捜本部の調べで分かった。この銃弾はこれまで国内で使用された例はほとんど無く、入手が極めて困難と見られ、同本部は入手ルートの解明に全力をあげる。(中略)先端部分が割れている特殊な銃弾で、体内に入ると銃弾がつぶれて激しく回転、損傷を広げる。国松長官に当たった弾はカーボン様の表面処理がほどこされ、殺傷力がさらに強くなっていた。(中略)こうした銃弾が使われたことで、同長官の傷口は通常の銃弾による傷よりひどくなり、十センチくらいになっていた」(日本経済新聞95年3月31日付け朝刊)

「国松孝次警察庁長官狙撃事件で使われた銃は回転式38口径の真正銃とみられるが、約二十メートルの距離から発射された銃弾が体内を貫通していることなどから、弾丸には『357マグナム』など威力のあるマグナム弾が使用された可能性が出てきた。専門家によると、マグナム弾は通常の弾丸に比べ一・五倍ほどの火薬量で、通常の38口径の銃弾の倍近くの威力があるという」（中日新聞95年3月31日付け朝刊）

弾の特殊性について、触れられているのだ。かりにビラの原案を作成したのは、31日の午前中だったと仮定しても、この記事を読んで、参考にすることはできたわけである。それが、「弾が何かおかしい」という表現につながった可能性は否定できまい。

それに、そもそも犯行を事前に知り、凶器が分かっているならば、「弾が何かおかしい」ではなく、「特殊な弾を使う」とか、「ホローポイントのナイクラッド弾を使用」などと書いているのではあるまいか。

信者FのミトコンドリアDNAにも触れておこう。Fは南千の公安部員の事情聴取に、「現場のアクロシティには一度も行ったことがなく、事件にも関与していない。ウォン硬貨を持っていったこともないし、ミトコンドリアDNAといわれても、自分には何の話だか、さっぱり分からない」旨《むね》の供述をして、関連を否認している。

このミトコンドリアDNAというのが、くせものなのだ。何だかイメージだけは、さも強力な物証っぽく聞こえる。しかし、母親のみから受け継ぐ母系遺伝のミトコンドリアDNAは、核DNAと違って、個人特定の証拠としては、極めて証拠能力が弱い。核DNAは単独で、1億数千万分の1の確率で、個人を特定できる。全日本人の中からただ一人だけを指し示せるというわけで、その個人特定の確率は99・9%といわれる。ちなみに、この核DNAさえ基礎にあれば、それにミトコンドリアDNAなど複数の鑑定を組み合わせると、60数億分の1、つまり、世界中の人間の中から唯一人を選びだせるという。かように、核DNAとは極めて優れた精度を誇るのだ。

それに対し、ミトコンドリアDNAは、数百分の1、ものによっては数十分の1の確率でしかない。つまり、数百人から、多い場合は数十人に一人の割合で、同じミトコンドリアDNAを持つ人間がいるのだ。最盛期、信者数約1万5000人だったオウム教団を引き合いに出せば、その中には、同じミトコンドリアDNAを持つ信者が数十人から数百人いるというわけだ。あまりに精度が低く、「ないよりはあった方がマシ」という程度の補助的な手段にすぎない。

実際、07（平成19）年に迷宮入りした佐賀県の「北方町《きたがたまち》3女性殺害事件」でも、証拠能力そのものが否定されているのである。殺人罪で刑事訴追された男性（証拠がなく、その後、公判維持が不能となり、釈放。無罪が確定した）の車にあった写真に、被害女性のミトコンドリアDNAが付着していたと、殺害の状況証拠として、検察が二審段階で提出したものだが、福岡高裁は、「ミトコンドリアDNA型は、個人識別の精度が判然としない点などから、状況証拠としての価値は低い」と明言し、切って捨てているのだ。

要するに、韓国ウォン硬貨については、間違いなくF本人が触ったものとは言えず、証拠能力がないということである。

「そもそも、ミトコンドリアDNAは、刑事の間では証拠にならないというのが常識になっている。こんなものにすがりつかないといけないという時点で、もう立証としてはダメなのです」（元刑事部捜査一課の刑事）

それと、米村総監ら公安部幹部たちが、鬼の首でもとったかのようにその証拠性を喧伝《けんでん》した「射撃残渣《ざんさ》」。

しかし、これとて、その後の精密鑑定で、否定的な見解が出ている。スプリング8で鑑定を行えば、確かに科学警察研究所や科学捜査研究所でも採取できないようなごく微量の金属微粒子も拾ってくれる。だが、それは、事件のあった、あの日、あの時、あの場所の、銃弾と火薬から飛び散った成分だろうが、他の時に、他の拳銃で発射され、飛び散った銃弾と火薬の成分であろうが、「ほぼ一致するとして、矛盾しない成分」との結果が出るというのである。

警察庁関係はこう指摘する。

「K元巡査長は警察官ですから、当然、拳銃を撃ったことがあります。我々は、定期的に射撃の訓練を行うよう義務付けられており、江東区にある術科センターの射撃場などで練習します。交番勤務の警官は特に扱いなれていないと、いざという時に使えないので、厳しく練習を課されるんです。

スプリング8で採取されたような、ごく微量の射撃残渣は、射撃を終えた後に、コートを手で触っただけでも付くし、それどころか、術科センターの射撃場の廊下を歩いただけでも、衣服に付着するんですよ。しかも、どの拳銃と弾で撃っても火薬などの残渣物は、『どれも成分はほぼ同じで、長官事件の現場にあったものと矛盾しない』という結果になるのです。それがいつ、どこで、どんな銃で撃っても、大差のない成分だとするなら、これは何ら証拠にならないんじゃないですか。そもそも、南千の公安の連中が、本当にKに射撃能力があるのか、パイソンとホローポイント弾を使って、試し撃ちさせた可能性もあるから、その際に付着したものかもしれませんしね。いずれにしろ、過去に公判で証拠能力として認められた実績もないものを物証として声高に喧伝したのが間違いだったんです」

先に、射撃残渣とは、鉛、バリウム、アンチモンの三元素が一体となった球状粒子と説明したが、右記のように、その後の研究で、これはいつ、どこで、どの拳銃と銃弾を使って射撃しても、その成分はほとんど変わらないことが判明した。「95年3月30日のあの日、あの時、あの場所で、コルト・パイソンとホローポイント系357マグナム・ナイクラッド弾を使って、銃撃した時のもの」という証明にはならず、あくまで単に、「過去に拳銃で実弾を撃ったことがある」程度の証拠にしかならないのである。こと、射撃残渣に関しては、証拠価値は前提から崩れてしまったのだ（ちなみに、中村が犯行時、現場で所持していたというショルダーバッグからも射撃残渣は検出されている）。にもかかわらず、その後、公安部は無理を重ね、再びK元巡査長のコートの微物を、スプリング8による、より精緻《せいち》な鑑定にかけた。そうしたところ、今度は、「事件現場の遺留試料と成分が微妙に違う」との結論が出たという話まである。

いずれにしろ、前提のところで証拠価値が崩れているにもかかわらず、米村総監と彼が率いる公安部は、この射撃残渣が有力な物証だとして譲らない。その後、K元巡査長が事件当日かけていたとするメガネや、白マスク、黒革手袋、靴、カバン類など、ありとあらゆる身の回りの品をスプリング8にかけ、射撃残渣に固執しつづけたのである。

その結果、当初は、K元巡査長のメガネや黒革手袋などから射撃残渣を構成する物質が出たが、精緻な鑑定を重ねると、鉛、バリウム、アンチモンが一体となった球状粒子は検出されず、射撃残渣ではないことが確認された。手袋の左手側からはバリウム、アンチモンの二元素の球状粒子が検出されたが、これでは自然界の他の物質による汚染の可能性もあり、射撃残渣とは認められないのである。要するに、狙撃犯なら当然、ついているはずの射撃残渣が付着しておらず、逆に実行犯ではないことの証左になってしまったのだ。

かろうじて、射撃残渣が検出されたのは、K元巡査長のアタッシェケースと、事件当時、住んでいた警視庁独身寮の机の引き出しからだった。確かに、K元巡査長のこれまでの供述の中に、「現場に持っていったカバンの中に、拳銃やコートを入れた」というものはあった。しかし、アタッシェケースとまでは特定して供述しておらず、急に降って湧《わ》いたようなブツである。しかも今では、「アタッシェケースに射撃残渣がつく心当たりがない」と供述。ともあれ、警官であるK元巡査長が自分の拳銃を入れた際や、術科センターで射撃訓練を行った後に、手で触れて付着するなど、他の機会に付いたものである可能性もあり、長官狙撃事件への関与を示す何らの証拠にならないのである。

また机からの射撃残渣は、もっと無意味なものだ。これも過去の供述の中に、「試射を行った拳銃をオウム信者から預かり、机の引き出しに保管していた」という内容はあった。しかし、机は80年代半ば頃から、この独身寮に住む警察官たちに代々、引き継がれ、使用されてきた品だ。K元巡査長は、95（平成7）年まで4年にわたり使用。その後、退室にともない、別の入居警官が使用していた。つまり、拳銃を所持することのできる複数の警察官が使用した机であり、誰が入居していた時に付着したものか分からないのである。しかも、K元巡査長が「拳銃を入れた」と供述した引き出しだけではなく、計三つの引き出しから射撃残渣が検出されている。「他の引き出しには、拳銃は入れていない」とするK元巡査長の供述と矛盾するとともに、やはり歴代の他の使用者の中に、机に拳銃を入れた者がいることとの裏付けともなった。

以上の事実から、百歩譲って、射撃残渣の証拠価値の前提がなくなっていることに目をつぶったとしても、K元巡査長のコート、机、アタッシェケースの残渣物は、いずれも長官狙撃《そげき》事件との関係を証明する何らの物証にもならないのである。

こうした情況をすべて勘案すると、2004（平成16）年の強制捜査を可能ならしめた唯一の物証、とうたわれた「射撃残渣」はもはや証拠能力を完全に失っていると言わざるを得ないのだ。

拳銃や銃弾の入手ルートの解明や、教団内での存在を示す痕跡の捜査が何もできておらず、かつ他の物証も何もない。

頼みの綱は、K元巡査長の供述だけである。

そうした綱渡りでもするかのような捜査指揮の中、米村は、2009（平成21）年2月に就任した栢木公安一課長に、K元巡査長への再聴取の準備を進めさせてきた。2004年の強制捜査の時は、「あれは捜査ではなく、賭《か》けだ」などと揶揄《やゆ》されたが、今度はギャンブルでさえなく、単なる意地とメンツのための、暴走である。

しかし、この方針について内心、不満を抱いていたのは、他ならぬ部下の栢木だったという。彼はこれまでの経緯から、K元巡査長を狙撃犯とする構図では事件は立てられないし、実際、そうではないとも考えていた。

では、「中村説」に傾いているのかというと、そうではなく、やはりオウムの犯行を強く唱える一人なのである。2004年の捜査の当時、狙撃犯と目された、端本悟を実行者と疑っているのだ。また、あの構図か、と頭が痛くなる。

栢木は米村の方針に納得がいかず、警視庁本庁内で行ったクラブ加盟記者との懇親の場で、「公安一課長に就任する際には、ある程度、現場に任せてもらえると思ったのに、全然、好きにやらせてもらえない。全部、ああしろ、こうしろ、と上から方針が降りてくるんだ」と、愚痴をこぼしたほどだという。

しかしながら、「中村捜査班」の作った証拠資料一式は塩漬けにしたまま、米村総監はK元巡査長を実行犯と見立てた捜査に邁進《まいしん》する。東京地検と、Kの事情聴取着手に向け、捜査方針の協議をおこなうよう現場に命じたのだ。

驚いたのは、地検である。

「K元巡査長の聴取で、強制（捜査）は絶対、認めない。やるんなら、任意でやるように。それだって、人権侵害にあたるくらいだ」

東京地検はそう言って、南千の公安捜査員らの暴走に歯止めをかけようとした。

「米村総監は、地検から苦言を呈されても、『何を言ってるんだ。Kは今すぐ強制だって出来るんだ』と側近たちに語っていました。彼らが『中村捜査班』を生かしておいたのは、あとから『オウムしか捜査しなかったから、失敗したんだ』と言わせないための策だったのです。言い訳のためのダシに使っているだけで、本気ではとりあっていないことが分かりました。結局、本命は最後の最後まで、オウムで変わらず、ですよ」（南千のある捜査員）

こうして、最後の勝負に出ようとした米村総監。K元巡査長への任意聴取の準備は、2009年夏過ぎから本格的に進められた。

しかし、5年前と比べ、K元巡査長の態度はまったく違うものだった。弁護士がつき、かつてのように好き勝手には接触できないのである。

米村が、現場をして、K元巡査長の任意聴取に踏み切らせたのは、10月のことだった。満を持して、K元巡査長と対峙《たいじ》する南千の公安一課の捜査員。本書の第一章でも少し触れたが、この時、K元巡査長の口から発せられた言葉に、彼らは耳を疑った。

「まだ私が長官狙撃事件に関わっていると思っているんですか。私はまったく関与していません。狙撃もしていないし、支援役も果たしていない。もう、私には構わないで下さい」

米村総監が思い描いた捜査が、大崩壊をきたした瞬間だった。

K元巡査長を容疑者とする捜査は、もはや何の物証もなく、K元巡査長の供述のみに支えられている。前回同様、彼が犯行を認めた場合でも、公判維持できるかどうか危ぶまれていたものだ。それが、今回は全面否認なのである。要は、彼を裁く根拠が何もなくなってしまったのである。

慌《あわ》てた捜査員らは、懸命にK元巡査長に口を割らすために、任意の事情聴取を重ねた。それは数日にわたり、回数は10回以上に及んだ。そして、ようやくやっとの思いで、喋《しゃべ》らせた内容が次のようなものだった。

「自分は長官を狙撃していないが、現場にはいたように思う。車で待機していたような記憶がある。しかし、当時のことはよく覚えていない」

米村が思い描いた実行犯としての供述は得られなかったものの、半ば無理やり2004年の捜査時の状況にまで、供述内容を押し戻したのである。

これが限界だった。あの茶番捜査から5年も経《た》ちながら、結局、その時の構図と同じものになってしまったのだ。

「米村総監の見立ては吹っとんでしまいました。これまでオウムだけを想定して、その捜査に途方もない時間と億単位の莫大《ばくだい》な金を費消してきた。今さら〝間違っていました〟とはメンツにかけても言えないでしょう。気を許した公安部の部下の前では、〝中村のような強盗にあんな事件を起こせるわけがない。そもそも強盗がなんで一銭の金にもならないようなことをわざわざやる必要があるんだ。それなのに、刑事部の連中は勝手にアメリカに捜査員まで派遣した〟と激怒したこともあります。『中村説』の精査も、つぶしを前提としたもので、言い訳のダシに使うどころか、警視庁クラブの記者にその情報を流し、オウムで最後の勝負をかけることを隠すための煙幕に利用していたという話までありました」（警察庁関係者）

コルト・パイソンの拳銃《けんじゅう》捜査がまったく出来ておらず、教団がそれを入手した痕跡《こんせき》さえ得られていない「オウム（K元巡査長）捜査」と、「中村捜査」とではどちらが説得力があるというのか、一目瞭然《りょうぜん》と思うのだが……。

しかも、K元巡査長が、「自分が撃った」→「自分はコートを貸した支援役」→「自分はまったく関係ない」→「現場で車の中にいたと思うが、よく覚えていない」と、その供述が変遷《へんせん》に変遷を重ね、崩壊したのに対し、中村の「自分が撃った」という供述は、2007年以降、首尾一貫して、変わっていないのである。

いずれにせよ、K元巡査長への任意聴取を終え、南千の特捜本部は、事件を立件する構図を火急に変更する必要に迫られた。さすがの米村総監もこれ以上は、「K元巡査長狙撃説」にこだわれなくなり、それを容認せざるを得なかったという。慌てて急ごしらえされた見立て、それは栢木公安一課長が内心ずっと温めてきたものだった。

《事件は、麻原の指示で、早川が指揮したものには変わらないが、狙撃を実行したのは、端本悟だった。端本は元来、井上嘉浩配下の教団諜報《ちょうほう》省の所属だったが、サリン事件を起こした後の教団内の混乱の中で、早川の指揮下に組み込まれた。端本は、95年3月22日、早川と一緒の飛行機でロシアから帰国し、麻原が主宰する謀議にも参加し、実行役を務めることになった。

当初の捜査の頃、我々を『平田信実行説』に誘導する証言を積極的に行っていたのが、他ならぬこの端本である。たとえば、『平田が、〝大島へ行く船の上から、バッグを海に落とした〟と言っていた。〝それ、銃か〟と訊《き》いたが、何も答えなかった』

云々《うんぬん》だ。端本は、逃亡をつづける平田に捜査の目を向けさせ、自分の実行を隠すために、このような嘘《うそ》の供述を行ったと考えられる。

実行と逃走を支援するため、現場への車の運転手役を務めたのは、早川の運転手だったFである。早川はこのFに、捜査攪乱《かくらん》のための韓国ウォン硬貨を用意させた》

では、K元巡査長の役割はどう辻褄《つじつま》が合わされたのか。驚いたことに、それは以下のようなものだという。

《K元巡査長は、捜査を攪乱するための、〝ダミーの狙撃犯〟だった。薬物イニシエーションを推進した、法皇官房幹部のIらが中心となって、K元巡査長に徹底的なマインドコントロールを施し、自分が実行犯であると思い込ませようと画策したのだ。後日、事件に関与したことが発覚するよう仕向けて逮捕させ、当局に対し、実行犯との供述を行わせ、捜査を攪乱するためである。

まず早川らは事件前、K元巡査長を現場のアクロシティに連れて行き、一緒に下見をさせた。そのうえで、端本は事件当日、Kにコートを持ってこさせ、現場にも帯同させた。

端本はそのコートを着て、犯行に及んだ。当然、コートには射撃残渣《ざんさ》や硝煙反応がつく。その後、K元巡査長へのマインドコントロールが執拗《しつよう》かつ完璧《かんぺき》に行われた。結果、K元巡査長は自分が長官を狙撃したと信じ込んでしまった。

後日、井上嘉浩の証言から、長官事件絡《がら》みでK元巡査長の存在が浮上。麻原や早川らの狙《ねら》い通り、K元巡査長は『自分が長官を撃った』と供述した。これによって、真の狙撃犯である端本の存在は覆《おお》い隠され、『自分が撃った』といいながら、裏付けのとれないK供述によって、捜査は混迷を深めることとなった。

このように、長官狙撃事件は、マインドコントロールによる捜査攪乱まで付加された、極めて高度なスキームのもとに敢行されたオウム真理教の組織的犯行である》

このような荒唐無稽《むけい》なストーリーを本気で東京地検が受け容《い》れてくれると考えたのだろうか。捜査の素人《しろうと》が聞いても、無理がありすぎると思うだろう。

しかしこれ以降、南千の特捜本部は２０１０（平成22）年3月の時効まで、この大修正されたシナリオでの事件解決を模索したのだ。嘘で嘘を塗り固め、無理に無理を重ねた迷走捜査。その最終の見立てがこれだったのである。

それに対して、検察が出した答えは第一章で述べたとおりだ。公訴時効送致による敗北宣言で捜査は終結。特捜本部は解散となる。捜査はあまりに当然の帰結を見たのである。

第八章　幻の男

老スナイパーの本質

〈岐阜県加茂郡八百津町八百津
小野保〉

一枚の戸籍抄本を手元に置き、カメラを構える。撮影するのは、役場の公印だ。

一連の作業でまず行うのは、業界紙に募集広告を出すことだった。自動車部品などの通信販売の代理店募集である。応募の条件は、戸籍謄本《とうほん》か戸籍抄本と、運転免許証のコピーの送付だ。こうしてある程度、個人情報が集まったところで、応募者全員に、「申し訳ありませんが、すでに定員に達しました」という断りの通知を出すことを忘れてはいけない。問い合わせなどが来ないようにするためだ。もとより、本気で代理店を募集する気などさらさらない。これは偽名でパスポートを取得するためのデータ収集の一環である。

集まった個人情報の中から、岐阜の八百津《やおつ》に居住する男の戸籍に狙《ねら》いを定めた。これは、そこが、我が敬愛する人物の出身地だからだ。〝日本のシンドラー〟といわれた元駐リトアニア領事、杉原千畝《ちうね》の生誕の地である。

他に必要なのは写真製版用の版材である感光性樹脂板だ。東京・神田の販売業者から購入した感光性樹脂板に、小野保の戸籍抄本に押印されていた公印を撮影した特殊フィルムのネガを密着させる。それに紫外線を当てて感光させ、硬化しない部分を溶剤で溶かし、刻印を作りだす。この刻印を台座に接着すれば、公印の印鑑のできあがりである。あとはこれに朱肉をつけ、小野の戸籍抄本を基に、記載事項を一部改変して偽造した戸籍に押すだけだ。

〈岐阜県加茂郡八百津町八百津

天野守男　昭和12年7月22日生〉

こうして新たに誕生したのが、「天野守男」という男である。この架空人物の偽造戸籍抄本と、同様の手法で偽造した住民票を使えば、パスポートを簡単に手に入れることができる。これらの印刷技術の体得は、千葉刑務所時代の印刷工としての労役がもたらした、ささやかな〝戦利品〟だ。

架空の人物、天野守男の偽名パスポート——。その取得方法を、中村は私にこう説明した。

そもそも中村泰《ひろし》とは何者なのか。通り一遍に捜査資料や報道資料を辿《たど》っても、本質はよく見えてこない。先にも述べたように、血を分けた兄弟でさえも、埋められない謎《なぞ》が実に多いのだ。

自身が生息した地下社会において心を許しあった者だけにしか見せない〝髄質〟があったのではないか。たとえば、斎藤、いや「ハヤシ」だけにしか覗《のぞ》かせなかった心の内が。そもそもそれさえも怪しい。本当のところは、「ハヤシ」などの地下の人種にさえ、最後の部分では心を閉ざし、孤高の精神を保っていたのかもしれない。

むろん、中村という男を正当化する気は毛頭ないし、美化するつもりも、さらさらない。自分が正しいと思い込んだ目的のためなら、非合法活動を何のためらいもなくやり遂げる、畏怖《いふ》すべき犯罪者であることは間違いないのだから。

今は老いたとはいえ、獄中の中村は未《いま》だ戦闘員としての猛者《もさ》の片鱗《へんりん》をかすかに残しており、一瞬、見せる険しい相貌《そうぼう》からは、若き日の怜悧《れいり》に切れる頭脳と内に秘めた苛《か》烈《れつ》な気性が仄《ほの》めく。

もっとも、彼が普通の犯罪者でないことは読者の方々にもお分かりいただけるであろう。この人間の本質を少しでも理解できれば、確信的信条を抱く思想犯たちの犯罪やその動機をより深く知ることができるかもしれない。

東大時代の過激な左翼活動から始まった中村の犯罪者としての軌跡。しかし、その特殊工作員としての地下活動のありようは、何か極左とは違うものも感じる。過激な極左でありながら、そこには憂国の右翼の匂《にお》いも漂う。峻厳《しゅんげん》な思想と、激しくも厳しい行動力をも併せ持つ、極右の色さえ見てとれるのである。

中村が信奉する人物としてよく名前を挙げるのが、大阪都島事件の冒陳でもとりあげられたチェ・ゲバラだ。アルゼンチンの医師の家に生まれ、自身も医学生だったチェ・ゲバラ。何不自由なく豊かに暮らせる筈《はず》だった。しかし、貧困問題に目覚め、人民や労働者のための革命運動に身を投じ、カストロとともにキューバ革命を成し遂げた英雄である。その後もキューバで幹部の地位に留まることなく、異国の地ボリビアに潜入して革命のためのゲリラ戦を展開し、ついには政府軍に射殺される壮絶な最期《さいご》を遂げた闘士。中村が、ニカラグアに潜入して義勇軍に参加しようとするなど、中南米での活動にこだわったのも、チェ・ゲバラの影響があるからだろう。

そして、今一人、中村に大きな影響を与えたと思われる人物がいた。しかも、純粋で一途《いちず》な少年期の中村に教えを説いた男である。

それについて触れた、中村からの手紙の一部を紹介しよう。

極右と極左が渾然《こんぜん》一体となって溶け合う男の不可解さ。その手紙には、この私の疑念に対する答えらしきものが綴《つづ》られているように感じられた。そこに記された人々との邂逅《かいこう》は、過激に純粋な「中村少年」というオリジナリティーが形成された〝起源〟かもしれない。

《「テロとユートピア」長山靖生《やすお》著なる新潮選書が発行されましたが、その副題が「五・一五事件と橘《たちばな》孝三郎」となっていました。随分長い間、この名前を目にしていませんでしたが、実は私は敗戦前後の時期に橘氏の愛郷塾に在籍したことがありまして、いわば門下生でもあったのです。とはいっても、当時の私は十四、五歳の少年にすぎなかったためか、氏の口から直接事件について聞かされたことはありません。

しかし、同氏は五・一五事件では民間側のリーダーでしたから、軍側の行動隊の三上卓海軍中尉とは同志であったわけです。その関係で、戦後「新原農場」と改称した塾へもときどき顔を見せていましたので、私も面識がありました。その三上氏こそ、〇〇〇〇（筆者註・右翼の論客で、行動力にも富む大物。故人。手紙では実名）が師と仰いでいて、「〇〇〇」（筆者註・この大物右翼が会長を務めた団体。手紙では実名）の名付け親にもなった人物でしたから、それが機縁となって、〇〇と肚《はら》を割った話を交す間柄になったのです》（2009年5月5日付け書簡）

捜査当局は、水戸で少年時代をすごした中村がその頃、右翼団体の愛郷塾《あいきょう》に所属していた事実を確認している。そこで橘孝三郎やその他の右系の人物たちとの出会いを経験していたのだ。

知的行動右翼と評された橘は、農本主義を唱え、田園ユートピアという楽園への理想を夢見た。その橘が、何故《なぜ》、「血盟団」の井上日召と心を結び、「一人一殺」のテロ思想に暗転したのか。何故、首相暗殺の「五・一五事件」を志向し、塾生に変電所襲撃を決行させるに至ったのか。

そして、この橘孝三郎の生きざまは、中村という人間の人格形成にどう影響を与えたのだろう。愛郷塾のありようそのものが、右や左の色分けを超え、革命を目指した中村の内なる心の縮図とは言えまいか。極左活動に始まり、銃による革命を夢見ながら、亡国の国家指導者を問答無用の独善的論理で抹殺していく、極右のテロ思想にも通じる、あの複雑怪奇で混沌《こんとん》とした心情を持つ人間の……。

確かに、警察組織の責任を糾弾するため、トップに鉄槌《てっつい》を下し、その命を奪おうとした長官狙撃《そげき》事件の目的の一つは、時の首相、犬養毅《つよし》を亡国のリーダーとみなし、拳銃で暗殺した「五・一五事件」の三上卓ら海軍青年将校たちの発想にどこか相通じるものが感じられるのである。

それと、中村にまつわるもう一つの謎は彼の力の源泉。あれだけの非合法活動、地下活動を可能ならしめる、資金力である。

大昔の金庫荒らしを除けば、成功した現金輸送車襲撃事件が、その後に中村の犯行とされ、立件されたのは、大阪都島事件の一件だけである。他にも銀行強盗を何件か犯していて、露見していない可能性がまったくないわけではないが、それだけでは、長年にわたり生計をたてながら、武器の調達も実行するなんて芸当はできないだろう。

ここに、捜査当局が作成した資料がある。中村が、銀行口座や証券取引口座を開設するために、これまでに使ってきた偽名の一覧表だ。

島田満（大阪その他で貸し倉庫やガレージの賃貸契約の際に使用）
宮西幸祐（同右）
加賀庄治（ダミー会社の役員）
大野一夫（商業活動、証券取引用）

などと名前が並び、その数は全部で実に50にものぼる。なかでも、捜査当局を驚かせた存在として特筆すべきは、「藤木久夫」である。

当局によれば、中村はこの偽名で先物取引を繰り返しており、稼ぎ出した総額はこれまでで約1億円にも達するというのだ。

この先物取引による巨額の利益が、非合法の地下活動の資金として投下されていたのである。捜査当局は、先物の収益から工作活動に注ぎ込まれた資金は、3000万〜4000万円と見ている。

中村自身もこう語る。

《私はかつて新株引受権の抽選申し込みの際に、当籤《とうせん》確率を上げるために、いくつもの名義で口座を設けるなどで、随分多くの仮名を使いましたが、それらを思い出すのは、今となっては容易ではありませんが、以下にその中の主なものとその用途などについて記してみます。

藤木久夫（先物取引に使用して、一億円ぐらいを稼ぎ出しました。それが「特別義勇隊」の結成準備資金になったのです。また例の八王子の事件（筆者註・八王子スーパー3人射殺事件）の頃も、二、三千万円の残高がありましたから、「ナンペイ」（筆者註・事件現場となったスーパーの名称）のような場末の小店舗へ強盗に押し入った

りするはずがありません）》（2009年1月18日付け書簡）

ところで、米国でコルト・パイソンを買うのに使った「小林照夫」という名義はどこから借用してきたのだろうか。

《小林照夫（現在は故人）は実在の人物ですが、私自身は面識がありません。仲介者（これも故人）を通して名義を借用したのです。これは大韓航空機を爆破した北朝鮮秘密工作員、金勝一が実在の日本人、蜂谷某の旅券を使用していたケースと類似したものとお考えください。こうした面でも、「トクギ」は秘密工作機関を目指していたといえましょう》（2008年9月21日付け書簡）

金の話に戻すが、私は、中村が名古屋事件を起こした動機は、無職ゆえ金銭面で困窮し、一攫千金《いっかくせんきん》を狙《ねら》ってのことと勝手に推察していた。名古屋事件の検察側冒頭陳述にも、

《70歳の誕生日を迎えたころから、生活資金が次第に枯渇し収入のない老後の生活に不安を覚えるようになった》とある。

そうでなければ、20年もの間、牢獄《ろうごく》で過酷な日々を送った末にようやく自由を満喫できるようになったのに、またそれを失う危険を冒してまで、犯罪を犯す理由が見当たらないと思ったからだ。

しかし、どうやらこれは私の思い違いだったようである。というのも、警察の調べで、名古屋事件当時、まだ中村は数百万円単位の現金を持っていたことが分かったからである。確かに、中村が実弟に送った通帳の預金総額も百万円単位だった。名古屋事件や大阪都島事件の裁判でも、国選ではなく、私選弁護人を雇っていた。そのままではいずれなくなる金とはいえ、切迫して金に困っていたという状態ではなかったのである。

では、なぜ自由を失う恐れのある名古屋の現金輸送車襲撃事件に手を染めたのか。

《名古屋の事件の動機にはかなり錯綜《さくそう》したものがあるのですが、窮迫してはいませんでした（金がなければ名古屋でも大阪でも私選弁護人を頼むことはできなかったわけですから）。まぁ、底流にあったのは、このまま成すこともなく老い朽ちて行くことに対する焦燥感だったと思います。

自由といっても、壮健であればこそのことで、老衰の身になって行動が不自由になってしまえば、無価値に近いのではありますまいか。私の場合、父の認知症が進行するのを身近に見ていましたから、被介護者として過ごすのは受刑者の生活よりも劣るような感じを抱いていました。とにかく「自由」ということには複雑な条件がかかわってくるものです》（同）

「自由」——これについて、彼は私に次のような詩を送ってきたことがある。

《自由刑

JAPAN《ジャパン》
刑務所の生活には
自由がないというけれど
蔑みの視線を浴びながら
寒空に食を求めてうろつく
路上生活者になる自由など
誰が欲しがるのだ
PALESTINE《パレスティナ》
無差別砲爆撃で
手足を捥ぎ取られる
自由がある暮らしよりも
むしろIsrael《イスラエル》の獄舎で

たとえ僅かながらも
敵側の食料を食い潰すほうが――（1・7・09）》

大阪都島事件の公判に提出した最終意見陳述書では、名古屋事件に臨んだ心情について次のように表現している。

《かつて一人前の射手と自負していた身がこのまま老いぼれていく前に、何か多少とも華々しいことをしておかなければという焦燥感があったからです》

老い朽ちていくことに対する焦燥感……。

私生活で余った時間は、専《もっぱ》ら詩作に耽《ふけ》る。歌では、中島みゆきの歌詞をこよなく愛した。名張では庭いじりも趣味として楽しんでいた。

知らない人が見れば、どこにでもいるリタイアした老人が余生を静かに暮らしているようにしか映らない。小さな幸せかもしれないが、それはそれで豊かな時間だ。こうして残りの時間を穏やかに隠棲《いんせい》し、朽ち逝《ゆ》くこともできたのだ。

しかし、彼はそのまま隠遁《いんとん》生活に安閑とすることはできなかった。心の奥深くで眠る、苛烈な性《さが》がそれを許さないのか。銃器を手にした戦闘下で味わったあの昂揚《こうよう》感や熱の余韻がいつまでも消えず、燻《くすぶ》りつづけているのであろう。それが内なる声となり、本能をゆさぶる。耳をつんざく轟音《ごうおん》。鼻腔《びこう》をくすぐる火薬の匂い。脳に刻まれた快感をふたたび得ようと、その心身が強力な刺激を求め、ぬるま湯的な日常からの脱却を命じるのは想像に難くない。

それともう一つは、老いとの闘いである。年とともに衰える体力や動体視力。スナイパーとして誇った技量をこのまま漫然と喪失していくのは耐え難いという思い。そのプライドさえも無為に失われていくことを受け容《い》れてはならないという焦《あせ》り。中村は、自分がどの程度の射撃技量を今もなお維持しているか、どれほど瞬時に戦闘員として戦線復帰することが可能か、常に確認したかったのではないだろうか。しかし、むろん平和ボケの日本では一般民間人が本物の拳銃《けんじゅう》を使って、それを確認できるような場所はない。かりにあったとしても、射撃練習場のような場所なら、人が足を踏み入れない深い山の中で練習すればよいだけで、実際、彼は東京・多摩や、三重、奈良の山中で実射訓練を繰り返していた。しかし、それでは、本当の実戦に擬する舞台とはならないのだろう。

そのために選ぶのが、現金輸送車襲撃現場での実弾発射――。警備員に対して発砲し、自己の技量を誇示して、捜査資料という名の公文書にその成果を留めようとするなどとは……。中村はどこまでも極端に走りすぎるのである。この独善的で自分勝手な動機に酌量《しやくりよう》の余地はない。命は狙《ねら》わないにしても、それで足を撃たれ、大怪我《けが》をさせられる警備員はたまったものではないだろう。

しかし、中村は、かけがえのない自由と心穏やかな安穏の時と引き換えに、射手としての誇りを慰め、焦燥感を埋め合わせる修羅の道を選んだ。そして獄中に堕《お》ちた自身の現実を引き受け、おそらくは残された時を囚《とら》われの身で終える。獄舎を〝終《つい》の棲《すみ》家《か》〟とした自分を受け容れているのである。

押収《おうしゅう》された詩篇の中に実に興味深い作品があるので紹介したい。

《報恩（記）

底冷えのする夜
室温を17℃に調整し
風呂上がりの陶然を抱いたまま
睡魔に身を委ねることに
この上もない幸せを感じられるのは
床の上に薄べり一枚

薄汚れた煎餅布団にくるまって
震えながら過ごした
十数回の冬があったからです

和食、洋食、中華料理
それとも寿司、そば、うどん
千円札にお釣りがくる程度の昼食でも
その選択肢があることに
十分幸福感が持てるのは
毎度々々が練り固め麦飯と
およそ最低の副菜の組合わせ
そうした給餌の類を
数万回も食してきたからです

使い古しの wagon でも
春には桜咲く山里へ

秋は紅葉映える渓谷へ一走り
豊かな自然に触れられるのを
至福の時と堪能できるのは
ハンドルを握るなど以ての外
塀に区切られた狭い一郭を
監視付きで日に数度往来するだけの
　十数年を過ごしたからです

一般人が当然に享受している
日常生活の些細なあれこれを
天与の恩恵とさえ実感できるのは
それらのことごとくを　長い間
取り上げておいてくださった
日本官憲の方がたのお蔭です
それを「喉元過ぎれば熱さ忘れる」

とばかりに捨て去って
小市民的安逸に浸かったまま
無為に暮らしているだけでは
忘恩の徒の謗りを免れますまいに

かの「八九三」と呼ばれる下賤の輩でさえ
お礼参りの義理は欠かさないとか
それにも劣る恩知らずと言われては
その屈辱に身の置き所もありません

そこで　心からの謝意を表すために
何か適切な贈り物をと考えたのですが
世間には　神経 Gas とか細菌兵器とか
派手で豪奢な gift もありますものの
小身者の私には分に過ぎていますので
ここはつつましく　銃弾数個にとどめまして

むしろ手練の技を見ていただけるよう
直接　代表者の方に差し上げました
もちろん秒速３００メートルですが
2002/2/23》

創作とはいえ、前段を読んでいただければ、出獄した後の自由な日々が、中村にとってもいかに素晴らしいものだったか推察できる。

後段は、長官狙撃《そげき》事件の実行を暗示しており、自分を苦役の環境下に封じ込めた警察の代表に〝お礼参り〟を行うため犯行に及んだという流れになっている。

もっとも、中村自身は、《「小市民的安逸に浸か」るようになったのは隠退後のこと（筆者註・96年11月に、東京から名張に居を移して以降）。長官狙撃はその前で全く順序が逆だから、因果関係は成り立たないのが現実なのですが》（２０１０年１月７日付けで届いた「詩篇注釈」より）というのだが。ともあれ、この詩は、幸福な自由を取り戻しながら、やがてその小市民的安逸を捨てて、本能の命じるまま、裏道を突き進む中村の生きざまそのものをモチーフにしているようにも見える。

この中村を捜査対象とした長官狙撃事件の全容解明は潰《つい》えた。米村総監を筆頭とする、一部の上層部の恣《し》意的な判断で握り潰されてしまった。

もっとも、かりに「中村説」に基づく捜査が警視庁内で推進されたとしても、最後に立ちはだかるのは、検察の壁であっただろう。東京地検は、現在、捜査一課が積み上げた証拠についても、「相当有力ではあるが、あくまで状況証拠の積み重ねにすぎない。起訴してほしいなら、物証の拳銃を探し出してきてほしい」と無理難題を言っている。

そして「それが不可能なら、共犯を逮捕してほしい。それが最低条件だ」としているという。

6年前の公安部のK元巡査長・オウム強制捜査では、拳銃が発見されておらず、しかも肝心の狙撃の実行犯を被疑者不詳として特定できていないにもかかわらず、大甘裁定で、逮捕を受け容れた東京地検。それが、今度は「共犯が被疑者不詳のままではダメ」と異様に高くハードルをあげているのである。２００４（平成16）年に痛い思いをして懲《こ》りたのもあるだろうが、この不公平感は何なのだろう。

中村はこの共犯について、私あての私信でこう記している。

《襲撃班のメンバーについては、私は捜査員に対して何一つこちらから告げるようなことはしていません。そのような原則を守るか否《いな》かが、信念で行動する者と一般犯罪者とを区別する要件だとお考えください。私から見れば口先だけで能なしの極左集団の連中でさえそのくらいの掟《おきて》は順守しているのですから》（2008年9月1日付け書簡）

《狙撃決行時には少なくとも2名が出撃していますが、私のほうは旧同志の逮捕につながるような情報は出せないという最後の一線は守り抜かなければならないからです。（中略）というわけで、相手側（筆者註・捜査員側）はその情報を求め、当方は断じて応じられないとする綱引き状態から一歩も脱け出していません。しかし、H氏（筆者註・取調官の名前。手紙では実名）を始めとして捜査の現場の人たちには、長年かかってやっとここまでたどり着いたからには何としても立件まで持ち込むという意欲が強烈ですから、私はそれに期待をかけているのですが》（2008年12月23日付け書簡）

《いわゆる「影」の問題ですが、これは既に大阪での公判でも、「ハヤシ」という仮名で登場しています。（中略）お尋ねのハヤシの属性についてですが、捜査当局が把握している程度のことはお話しします。

年齢は私より下です。経歴や家族関係については、それほど詳しくは知りません。

（中略）妻子のことなどはあまり具体的に話してはいなかったと思います。各種の分野の技能を持った配下（と思われる）が数名いましたが、私は秘密活動に専従するという立場にあったので、それらの者には接触するのを避けていましたから、よくは知りません。とにかく、ハヤシの話では、「トクギ」の戦闘員になれそうなのはいないということでしたし。

彼の本来の生活拠点は首都圏なのですが、私が三重県に移住した後で、大阪周辺に移ってきました》（２００９年3月9日付け書簡）

《名古屋事件のとき、彼（ハヤシ）は○○ガレージ（筆者註・事件の出撃ポイントとして借りていたガレージ）が出入りが目立たないうえに、大型の車両が収容できるので、気に入っていたのです。本来なら私に現送車襲撃などは止《や》めさせて、ガレージだけを自分で使いたいようでしたが、ともかくも私が成功しても、あるいは失敗して逃げ帰ってきたとしても、その後はガレージの使用を引き継げると考えていたような気配でした。

それで、私の要望に応じて、足が付かず片隅に放置しても不審に思われない使い古しの軽自動車を入手し、一応走行に差し支えない程度まで整備して、引き渡してくれたのです。これは彼の配下に、自動車整備技術を持った者がいるからできたわけです

が。（中略）

ハヤシが斎藤君の雀荘《ジャンそう》（筆者註・昔、斎藤が経営していたもの）に出入りすることはありえません。二人が初めて会ったのは名古屋事件の直後なのですから。もともと彼は斎藤君に会う必要は全く感じていなかったのですが、名古屋事件での私の逮捕という非常事態が生じたので、止むをえず斎藤宅へ赴いて彼を連れ出し、○○ガレージにあった物品を（多分、名張宅へ）引き取ってもらい、ガレージの解約手続をしたのです。もっとも、留置されていた私には外界の出来事が分かるはずはなく、あくまでその後の推移から推測しただけですが。

私が「特別義勇隊」用装備として調達した銃器弾薬――突撃銃（自動小銃）７丁、短機関銃５丁のうちの４丁、軍用拳銃５丁とその弾薬はハヤシが保管していたのです。私より若い彼が事実上の行動隊長の任に当たることになっていましたし、それに当時の私のアジト（小平市）では、こうした大型の銃器多数を安全に保管するのは困難だったからでもあります》（２００９年４月５日付け書簡）

また、大阪都島事件の裁判では、次のような資料も提出している。ハヤシと傷をなめあった様が窺《うかが》える。

《ハヤシと私とは共通の目的に向かって共闘してきた間柄ですから、他の誰よりもその思考方式や行動様式を理解できると考えます。（中略）２００１年9月11日のイスラム過激派によるワールド・トレードセンターと国防総省への自爆突入は、かつて影の戦士としての闘いを志していた私たちにとっては、一般の人々の場合よりはるかに激烈な衝撃となりました。私たちには、イスラム原理主義者との思想的共通性はありませんが、それとは別にあのような少数で世界の歴史を変えたという事実に圧倒されたのです。

９・11後、間もなくハヤシと夜を徹して語り合ったときの会話は、悲嘆と痛憤を交えた自嘲《じちよう》的なものでした。彼らの軍資金はおそらくわれわれが地下活動に注ぎ込んだ４０００万円（30〜40万ドル）とは大差はなかっただろうに、片方はあれだけのことを成し遂げ、一方、われわれはなんの功業もないままに今は志も喪失して卑俗な生き方に甘んじる卑小な存在に成り下がってしまったという現実を再認識させられたからでした》（「最終意見陳述（１）」平成18年11月27日」）

盟友あるいは戦友と呼ぶ「ハヤシ」と行動を共にする中で、中村は方針などをめぐり、しばしば意見の衝突を繰り返したという。厳しい批判を受けることも多く、中村にとって「ハヤシ」は多少、憚《はばか》られるような存在だったようだ。

《ハヤシのほうは私を戦意が不足している、あるいは優柔不断であると批判していました。それに対して、私は自分なりに反論する根拠はあると考えていましたが、しかし、対オウム闘争において私が逡巡《しゅんじゅん》していたばかりに結局地下鉄サリン事件の発生を防ぐことができず、多数の死傷者を出してしまったことについて、あのときこそ最もトクギ（特別義勇隊）の理念と存在意義が鮮明になる機会であったのに、それをみすみす逸してしまったというハヤシの批判は、今に至るまで私の心中に重く沈んでいます。（中略）それにまた私は物事にこだわりすぎる、つまり未練がましい性格だともいわれていました。もっともハヤシは、一方ではそれが集中力として何かを成し遂げる原動力にもなるわけだから難しいところだといっていましたが。（中略）私がいかにハヤシの正論に対抗して我を通し破綻《はたん》を招いてきたかを痛感せずにはいられません。それにもかかわらず、ハヤシが私を同志として遇してくれたのは、チェ・ゲバラに心酔して自分の生活を擲《なげう》って大義に殉じようとした志、全く知らない外国へ単身赴いて仕事をする行動力、一人前の狙撃手になるための訓練に精進した集中力、偽装の免許証や旅券を駆使して監視の目を潜《くぐ》り大量の武器弾薬を収集搬入した秘密工作員としての能力などを常人にはない異能として評価してくれたからです。（中略）引退後の私は彼にとって不可欠というほどの価値はなかったと思われるにもかかわらず、あえて突き放しもせずに私が自滅するまで支援してくれたことには感謝の念を持っていま

す》（〔平成18年11月27日付け　意見書（弁43号）の後半部〕より）

私は2008年初め以来、中村が「ハヤシ」という仮名で呼ぶその「同志」の影を追って、名古屋、名張、大阪を駆け回った。そして前述のとおり、ロスなど海外にも飛んだ。それらの地で、「ハヤシ」の影は、その生身の実体が投射する形で確かに存在していたのである。

たとえば、名古屋事件を起こす前に中村が借りた、前述のガレージのオーナーが言う。

「契約にきたのは、二人の男でした。『島田満』という名前を騙《かた》った中村容疑者と、それより一回り若い、背が高く、恰幅《かっぷく》のいい男の人でした。大きいのと小さいのが来た、という印象です。中村容疑者はぼそぼそ話し、風采《ふうさい》の上がらない、冴《さ》えない老人という感じでしたが、若い方ははきはき物をしゃべって、立派な人という印象でした。スーツにネクタイというきちんとした姿でしたね。

私は中村容疑者が銀行強盗で捕まった後も、しばらくそんな危険な人にガレージを貸していたなんて気づかなかったんです。しばらくして、東京から警視庁の刑事さんが来られて、初めて分かりました。つまり、中村容疑者が捕まった後も、警察が来るまでのしばらくの間、誰かが賃貸料を振り込み続けてきていたということです。その若い方の人が払い続けていたのかどうかは分かりませんが、そのうち支払いがなくなりました。

警察とガレージを見に行ったときは、もう荷物はなく、もぬけの殻でした」

また、名張でも近在の住民の中で唯一《ただ》人だけ、「ハヤシ」を目撃した者がいた。その近所の主婦が証言する。

「東京から刑事さんが車で来られました。このあたりで、その男を目撃したのは、私一人だけだそうです。私だって、見たのはその一回きりなんですよ。それも偶然。洗濯物を干していたら、突然強い風が吹き、魚や野菜を日干しにするための〝あみ〟が飛ばされて、中村のおじさん（筆者註・むろん当時は名前は知らなかったという）が住んでいた家の庭に落ちたんです。慌《あわ》てて拾いにいくと、庭に中村のおじさんと、もう一人の男がいたんです。〝ごめんなさい。洗濯物を拾わせてください〟と中に入ったんですが、おじさんは普段どおり無愛想で、こちらに一瞥《いちべつ》もくれず、庭の水道をいじってました。もう一人の男は、カッターシャツにネクタイをし、スーツのズボンをサスペンダーで吊《つ》っていました。そんな姿なのに、足だけ、下駄を履いていたので、今でも鮮明に覚えています。外見からは、どこかの会社の立派な社長さんか、重役さんというイメージやったね。私の洗濯物を見て、〝それは何だね？　そんな便利なものがあるんだ〟と東京弁で話したので、〝あっ、関東の人なんだ〟と思いました。顔の特徴はほとんど何も覚えていませんが、その時は一瞬、中村のおじさんとどことなく似ているなと感じ、彼の従兄弟《いとこ》かなという思いがよぎったのを記憶しています。警察から、似顔絵を描きたいので、協力してほしいといわれ、できる範囲で応じましたよ」

「中村捜査班」は、長官狙撃事件の共犯とみられるこの「ハヤシ」の行方を血眼になって追っている。しかし、その所在は杳《よう》として知れず、どこの何者なのか、その人定さえままならない。捜査当局にとっては〝幻の男〟となっているのだ。

その影は海外にもあった。中村がハリウッドで契約していた「メイル・ドロップ」の主人はこう語った。

「2008年暮れ頃、東京から警察が来て、〝コバヤシ〟という偽名で契約していた、中村という男の話を聴きたいといわれた。うちにある資料はすべてその警察官らに渡したよ。コバヤシは死んだんじゃないのかい？　エッ、生きているの？　いや、2002年頃、コバヤシの家族を名乗る男からうちに電話があり、〝コバヤシが死亡したので、契約を解除したい。実費を送るから、これまでに届いて保管してもらっている郵便物を日本のこの住所に送って欲しい〟と頼まれたんだ。日本の住所はもう忘れたよ」

翌年にもこのメイル・ドロップには連絡が寄せられていた。今度は英文ワープロ打ちの手紙によるもので、私も店主からこの文面を見せてもらった。2003年3月26日付けで、コバヤシの従兄弟を名乗る人物からの手紙だ。内容はこうだった。

〈600番の私書箱を借りていたテリー・コバヤシは03年の1月に死んだ。だから、契約は解除されなければならない。誰も継続する者はいないし、郵便物の引き取りを求める者もいないので、彼の荷物は全て捨てて処分してほしい〉――。

2002年といえば、中村が名古屋事件で逮捕された年であり、この手紙が発信された03年はすでに獄中にいた時期である。

中村は、名古屋や名張に現れた男が長官狙撃《そげき》を共に行った同志の「ハヤシ」であることを認めている。またハリウッドの会社に電話をかけてきた男についても、

「おそらく〝ハヤシ〟に間違いないでしょう。必要に応じて、私が社会に遺《のこ》したものの残務整理をしているのですよ」

相当数にのぼる大阪拘置所での面会で、中村は「ハヤシ」についてこう語っていた。

「ハヤシの射撃の腕前は私より上です。一緒に実地で訓練したことはありませんし、彼の射撃の場に立ち会ったこともありませんが、話を聞くだけで分かるものなのです。

実弾射撃ではありませんが、一度だけ名張の自宅で、私たちは『ターゲット・レインジャー』という名称の赤外線パルスを用いる屋内用射撃訓練装置を使って『試射』を行ったことがあります（筆者註・名張のアジトからこの箱が発見、押収《おうしゅう》されている）。

これは、室内のような狭いところでも、実弾を使わず、射撃訓練ができ、その能力がはかれるものです。標的は数メートル先に置いた小さなピース。実弾を使いませんから、引き鉄《がね》をひいた時、カチンという音がするだけで、銃声もしないのです。

この時、ピースを固定して狙《ねら》う射撃では、私も命中したのですが、その標的のピースを手の平にのせて動かしてもらう〝動的射撃〟においては、的を外してしまいました。私のほうが加齢による反射運動能力や動体視力の低下で好結果が出なかったのです。それに比べて、ハヤシの方は、動的射撃でも的に見事に命中させ、私より格段に、成績が優れていました」

私は、「トクギ・グループ」において、「ハヤシ」の方の射撃能力が上なのであれば、長官狙撃事件で、なぜハヤシを狙撃犯にしなかったのか、疑問に感じた。より確実に目的を達成し、国松長官の射殺を完遂したいと願うなら、技量の最も優れた者をスナイパーに選ぶのではないか。

事件現場のマンション壁に付いた射撃残渣《ざんさ》や硝煙反応からは、中村の背丈でも実行犯として矛盾はない。しかし、現場の目撃証言による犯人像は、170センチ以上で、ハヤシの方が体格的には合っているのだ（約160センチの中村も、シークレット・ブーツを履けば、165〜170センチ近くになるが、この時、彼はシークレット・ブーツを履いていなかったと証言している）。

だから最初、私は、狙撃の実行を務めたのは「ハヤシ」の方で、中村は支援役だったのではないか、との疑念を持っていた。実を言うと、今もその疑念を100％、完全に払拭《ふっしょく》できているわけではない。ただ、いずれにせよ、犯行が中村と「ハヤシ」の「トクギ・グループ」によるものであることに変わりはないが。

私はこの疑念をそのまま面会室で何度か中村にぶつけたことがある。すると、中村は、当初は、

「供述調書で、『私が撃った』と証言しているのは事実です。しかし、それはあくまで当局が立件しやすいようにしてあげるためで、事実かどうかは二の次です。狙撃犯が『ハヤシ』だった可能性はあります」

と、なんとも煮え切らない物言いをしていた。しかし、その後しばらくすると、「自分が撃った」と一貫するようになり、それは今も変わっていない。

では、どうして狙撃犯は中村になったのか。その理由を中村は次のように述べるのだった。

《Target Ranger(ターゲット・レインジャー)で試したのは(中略)その時には加齢による自己の動体視力の劣化を認識させられて、その焦燥感のようなものが私を名古屋での「実戦行動」へ駆り立てる要因になったともいえましょう。私が長官狙撃事件の実行担当を主張したのは、これが自分としては実戦行動をする最後の機会だという思いもありましたが、それに加えて、Python は私が自分の手で狙撃用に改造加工をしたものでしたから、自分自身の手で試してみたいという思いも強かったのです》(09年12月14日付け書簡)

あの事件が「最後の実戦行動」のはずだったのに、隠退した後もやはり焦燥感にかられ、名古屋事件で自滅したというのである。

ともあれ、これだけ共犯者「ハヤシ」の影はあちこちで実体をともなって出現している。一説には、すでに「中村捜査班」は執念の捜査の結果、この「ハヤシ」に肉迫していたという情報もある。また中村も、捜査側が「ハヤシ」を割り出すのも時間の問題と覚悟しているようだともいう。

先に挙げた、〝秘密の暴露〟など膨大な証拠類の数々と、「自分が撃った」という本人の自供。この大きなパズルに、「共犯者の捕捉《ほそく》」という最後のピースがはめこめられれば、捜査は完璧《かんぺき》なものとして完成する。

そうなれば、いくら時効を迎えたからといって、検察がこれで何もせず、放置するということはあり得ないだろう。被疑者の起訴はなくとも、事実解明だけは目指し、捜査に乗り出すはずである。かりにそういう展開にならないとすれば、「もう味噌《みそ》をつけてしまった、この呪《のろ》われた事件に関しては、未解決のまま封印してしまったほうがいい」と判断したとしか思えまい。

2009（平成21）年12月末。まだ時間は、検察と警視庁上層部によって、「公訴時効送致」の敗北宣言表明の方針が決定される前のことである。

私は都心のコンサートホールにいた。警視庁公安部の主要ポストも務めた、旧知の元警察幹部と会うためである。

彼は毎年、年末には、オーケストラと合唱団による、ベートーベンの「第9」を聴くため、どこかしかのホールに足を運ぶのだという。

「君もたまには高貴な芸術の息吹《いぶき》に触れてみたら、どうだ」

電話でアポをとる際、こうからかわれ、私もそのコンサートに付き合うことにした。といっても、遅れてチケットをとったため、むろん席は離れ離れだった。

途中、何度か眠りそうになったが、アイーダの「凱旋《がいせん》行進曲」や、「第9」の「歓喜の歌」はすばらしく、自分なりに楽しんだ。それは疲れた精神を昂揚《こうよう》させるに充分だった。

コンサートが終演した後、観客がはけた後のロビーで幹部と落ち合い、外に食事に出た。

近くの和食割烹《かっぽう》に入り、師走《しわす》の慌《あわただ》しい近況について、互いに報告しあう。相手は私などより何倍も忙しいのに、まるで部下に接するように、ずっと年若い私の労をねぎらってくれる。

ビールに一口、口をつけたところで、私は切り出した。

「電話でも話しましたが、南千を率いる警視庁公安部は来年（2010年）3月に時効を迎える長官狙撃事件について、未《いま》だオウム真理教にこだわり、強制捜査を狙っています。ご存知だと思いますが、10月から11月にかけ、またあのK元巡査長に事情聴取を試みました。米村さんは実行犯と見ていますが、そこで本人から完全に否認されてしまっているんです。

あわてて、K元巡査長を支援役に戻して修正しているようですが、こんな捜査は検察は受け容《い》れないと思います。

それにもかかわらず、米村総監は、強制捜査がダメなら、せめて書類送検だけでもして、犯行をオウム真理教によるものだったとの印象を世間に与えて、事件の幕引きを図ろうとしているんです」

熱くなりがちな私の話を黙って聞く相手。そしておもむろにこう言った。

「それを声高に言っているのは、もはや米村氏だけだろう。他の人はもっと冷静なんじゃないのか」

「そうかもしれませんが、現場を仕切っている栢木公安一課長だって、K元巡査長にはこだわっていませんが、〝俺は絶対、実行犯は端本悟だと思っている〟と言って、恣《し》意《い》的な捜査をしていると聞きます」

「ということは、公安部の中でも上と下とで意見が割れているということじゃないか」

「そうはいっても、結局、オウム真理教の犯行とする点では一致しています」

幹部は水に手を伸ばし、一口飲むと、溜息《ためいき》をもらした。

「いやー、米村氏がK元巡査長にこだわっている点に関しては、警察庁も当惑しているんだよ。Kでもう一度勝負するなんて、もともと無理を通そうという話だったのに、この期《ご》に及んで、Kが否定したというんじゃ、どだい話にならない。とてもじゃないが、Kを実行犯で事件を立てることはできないし、もう支援役での捜査だって、無理なんだ。

安藤長官（筆者註・安藤隆春《たかはる》・警察庁長官・東大法卒、72年警察庁入庁）も〝米村をどうしたもんか〟と扱いあぐねている。晩節を汚すようなまねはさせたくないということで、来年1月の勇退を勧め、その線で調整しているらしい。3月まで置いておくと、どういう無茶をするか分からないからね。それに、あれだけ捜査に深く関わったから、3月の時効のときに総監として警視庁にいると、色々、記者から質問を浴びせられ、コメントを求められるだろう。〝それが気の毒だ〟と、心配もしているんだ」

事実、米村はこの後の2010年1月18日付けで警視総監を退官し、警視庁を去った。

この時、私はかねてから幹部との間で話題にしてきた「中村捜査」を持ち出した。

「『中村捜査班』は相当な証拠を積み上げています。私は中村が犯人だと確信しています」

そう言って、中村にまつわる証拠の数々を並べて、説明した。

「これだけの証拠を現場は苦難の末に集めています。それなのに、それを黙殺するなんて、おかしくないでしょうか」

幹部は、〝困った奴《やつ》だ〟といわんばかりの面持ちで口を開いた。

「それだって、拳銃《けんじゅう》が出ていないんだから、結局のところは物証がない点で同じじゃないか」

「しかし」

幹部は右手をあげ、待てと命じた。

「まぁ、いい。君の言うことも分かる。ただな、『中村捜査班』がどれだけ証拠を積み重ねても、この事件は、オウムでゴールするんだ」

〈オウムでゴールする?〉

私は一瞬、意味が分からなかった。

「どういうことですか」

怪訝《けげん》な表情を浮かべている私に、幹部は諭すように語りかけた。

「それだけ証拠を集めたのだから、中村の線で逮捕状をとれば、起訴もできるし、裁判で有罪にだってできるだろう。長官狙撃事件は全面解決となる。しかし、それはできないんだ。この事件は、オウムでゴールする。それはもう決まっていることなんだ。強制捜査にしろ、書類送致でお茶を濁すにしろ、あるいは、そのまま時効にしてしまうにしろ、いずれにせよ、事件はオウムの犯行だったという印象を残して、２０１０年3月30日の最後の日を迎えるんだ。それで、特捜本部は解散となる」

「なぜですか」

相手は、黙ったまま答えようとしない。

「米村さんですか。米村総監が『中村捜査』での解決を許さないからですね」

なお、幹部は黙っている。黙って、暗黙の了解を与えるかのように。

「米村総監の保身やメンツのために、事実を捻《ね》じ曲げて、真相を闇《やみ》に封印するなんて、おかしくないですか。証拠に基づいて、捜査をするのが警察でしょう。こんなの警察のやることじゃないですよ」

青臭い、きれいごとを口にしていることは自覚していた。しかし、言わざるを得なかった。

「これじゃあ、苦心惨憺《さんたん》の思いで証拠をかき集めてきた『中村捜査班』の人たちがかわいそうです。それに、どう考えても、トップ一人のために、真実を握り潰《つぶ》して、封殺してしまうなんて、おかしい。どうしても納得できません。そんなおそろしいことが本当にできるんですか」

「一人じゃない！」

「エッ⁉」

意味を量りあぐねる私。幹部は、言わずもがなの態《てい》だったが、やがて口を開いた。

「米村氏一人だけの問題じゃない。その背後には、これまで南千の総指揮をとってきた、歴代の公安部長たちが控えているんだ。皆、事件はオウムの犯行だと信じ、威信をかけた捜査を行ってきた」

〈この人は一体、何を言ってるんだ……〉

私は言葉が出なかった。それに対し、幹部はコップの水を飲み干して、まるで呻《うめ》くように呟《つぶや》いた。

「みんな、威信をかけて、捜査してきたんだよ。それが正義と信じて……。眼下を見渡せば、ボロボロになって散っていった捜査員たちが死屍累々《ししるいるい》だ」

「警察って、何なんですか……」

それを言葉にして自分の口から発せられたのかどうか、もはや覚えていない。

幹部と別れた私は、重い体をひきずりながら、近くの駅に向かった。年の瀬の街の喧騒《けんそう》も、この景気のせいか、いつもより静かに感じられる。

《苦難の末に、歓喜に至れ》——。コンサートで響いた「第９」の調べが頭にこびりついていた。

私は用意していた手紙を手に取り、道すがら、ポストに投函《とうかん》した。岐阜の地で、真実を明かすべく、朗報を待つ男。その男に、年明け早々、面会に赴くことを告げる親書である。

星が綺麗《きれい》な夜だった。

《星空の彼方《かなた》に神を求めよ
星星のうえに、神は必ず住みたもう》

その歌は、悲観の音色で謳《うた》われるのか、あるいは希望に満ちた歓喜の魂で謳われるのか、この時点の私には判然としなかった。

オウムの犯行を世間に匂《にお》わせながら、時効で捜査を終結する——。東京地検も含めた捜査当局において、その最終方針が決定したことを内々に知ったのは、年が明けた数日後のことだったのである。

第九章「一神よ　もう十分です…」

《矯正教育

20年もの投獄は
頭でっかちで　足の浮いた
未熟な青二才を
堅忍不抜の戦士に
あるいは老練な秘密工作員に
鍛え上げてくれた
多分　この制度を創設した者たちも
これほどの成果が挙げられるとは

期待していなかっただろうに
しかし　言葉だけでは
容易に信じられはすまい
美辞麗句で飾り立てるのは
制度を運営する官僚の特技でもあるし
そこで95年の春　Acrocity で
その一端を実証してみせた
だが　これは長期間にわたる
事後処理を併せて完結するもの
表向きは　２０１０年が区切りの目安
―というわけで
まだまだ　全容の公開にはほど遠い
そして　その間も闇中の闘いは続く
2002/2/11》

表向きは２０１０年が区切りの目安……。中村が名古屋事件で逮捕される前に書いた詩篇。この詩に秘めた暗示は、後に大きな意味をもつことになるのだろうか――。
私のことは既に十分ご存知のはずですが、ここにあらためて次のように申し上げておきます。
《要望書
私は一九九五年三月三〇日の警察庁長官狙撃事件――後日、私たちはこれを三・三〇決起または三・三〇義挙《ぎきょ》と称しましたが――を計画し実行したこと明言するものです。この事実は既に貴庁の捜査によって明らかになっています（後略）》
これは２００９（平成21）年10月、中村が、時の警視総監・米村敏朗に差し出した要望書である。果たし状といっても差し支えあるまい。時効が近づいた最後の局面になっても、一向に真相解明に向け、行動を起こさないトップに対し、自分への強制捜査の決断を迫るものであった。
同年秋、中村は大阪拘置所から岐阜刑務所に移管された。雪の多い岐阜の地からは、米村宛《あ》てのものにつづいて安藤隆春・警察庁長官にも要望書が発信されていた。そこには、次のような文言があった。
《警視庁の私に対する事情聴取は初期には捜査一課員のみによっていましたが、その後は公安部員も加わる南千住署の捜査本部からの派遣となり、出張回数は二〇回以上、延べ日数は六〇日に及ぶほどになっていることです。それに対して、私も応分の協力をしましたし、そのうちには私自身が思い及ばなかった事実まで発掘されているくらいで、その結果、私自身のものを含め関係者の供述書など膨大な量の証拠資料が集まっていますから、捜査本部はほぼ十分な成果を挙げたと評価されます。私にしてみれば、これで立件できなければおよそ事件捜査など成り立つまいと言わざるをえません》

しかし、今のところこれらの文面が奏功している様子はない。それどころか、本書で述べたとおり、2010（平成22）年に入ってからは、「公訴時効送致」の方針が決定され、捜査当局は極めて容疑性の高い男の存在を黙殺したまま、一方的に敗北宣言、捜査終結宣言を出そうとしているのだ。

岐阜市の中心部から車で1時間弱ほどかかる山間《やまあい》の地。周囲を山と田畑に囲まれた雪景色の中に、岐阜刑務所はあった。

2010年、2月某日。中村は薄緑色の作業着姿で面会室に現れた。

「むしろ、この方が良かったんです。オウムでの捜査は時効にしてしまい、落ち着いた環境の中で、じっくり捜査した方がいい。米村氏もいなくなり、新体制になりました。私のところに取調べに来ている捜査員たちも、まだ捜査を継続すると言ってますよ。今度こそ正義の実現がなされることを期待しましょう」

事件を時効にしようとする、当局の方針をうすうす感づいていた中村。しかし、その表情はむしろ、さばさばしたものだった。

説明が必要だろう。長官狙撃事件は、この2010年3月30日をもって時効となる。全容解明がなされないまま、基本的に、事件は迷宮入りとなる。

しかし、である。中村は偽名パスポートを使い、事件後もアメリカなど外国へ頻繁に出国していた。この間の期間が「時効停止」となるのである。

実は、その期間は約2000日にものぼる。すなわち、真相解明を果たすための、本当の時効は、2010年秋ということになるのだ。

したがって、昨秋、中村が米村宛てに出した要望書には「中村捜査」の無視に対する、次のような皮肉も盛り込まれていた。

《確かに私が捜査対象である限りは、公訴時効は来年（筆者註・2010年）三月ではなく、時効の中断により再来年以降に延長されますから、まだ時日の余裕があるので、さらに入念に捜査を進めてもよいという理屈は成り立ちます。

しかしながら、それに関して次のような声も聞かれます。すなわち、時効延長を口実に捜査の引き延ばしを図っているのは、もし私が立件されれば、貴殿はこれまでオウム犯行説に固執して捜査の方向を誤らせたあげくに、誤認逮捕まで招いた失態の責めを負う矢面に立たされてしまうので、それを避けるために決着を先送りして、その間に勇退の時機を探るためであろうというのです》

実際、この要望書にあるとおり、「中村捜査」は封殺されたまま、表向きの時効前である今年1月、米村は勇退の花道を飾った。

面会室で、私は中村に言った。

「でも、もう200日も必要ないんじゃないですか。『中村捜査班』はもはや捜査をやり尽くしているんですから」

「そのとおりです。でも、まぁ『中村捜査班』には残りの時間を有効に使って、立件の本懐を遂げてもらいたいと思っています。本来なら、この捜査班の捜査一課の刑事の中には、今年7月に時効が近づく、八王子スーパー事件などの捜査にも専念している者もいるのです。その刑事にしてみれば、この事件など早く処理したいところでしょう。ここの刑務所だって、警察の取調べが入ったり、マスコミによる面会の取材が殺到する私のような存在は迷惑千万なんですよ」

笑みを浮かべる中村。腰痛《ようつう》に苦しんでいるようだが、それ以外は健康そうだ。

「中村さん、どうしても一つ聞きたかったのですが、いいですか」

「はい」

あらたまった口調の私に、中村の表情は、戦闘員のそれに戻る。

「確か、トクギの活動を断念した後、ハヤシとも話し合い、銃器類をすべて処分しようと決めましたよね。実際、廃棄を進めていました」

「そのとおりです」

「最後の決起と決めた長官狙撃を終えた後、名張に隠遁《いんとん》されました。名古屋事件で捕まるまでかなり時間があったと思いますが、なぜその間にすべての武器を処分しきれず、〝武装解除〟を果たさなかったのでしょうか。へたに銃器が残っていたから、現金輸送車襲撃事件に手を出してしまうことになったわけですよね。それに貸金庫の銃器だって、いつ何時《なんどき》、発覚して、銃刀法違反容疑で捜査の手が伸びてくるかもしれません。時間があったのに、なぜ、拳銃《けんじゅう》をあんなに残していたんですか」

左手で頭をおさえていた中村の動きがぴたりと止まった。目は下を向いたまま、一点を凝視している。その口から言葉が発せられるまでには、しばしの間があった。

「未練です」

その答えは私にではなく、別の誰かに発しているかのようにも思えた。

周囲に民家はまばらにしかない刑務所。その敷地を出た後、私は近くにあったコンビニで缶コーヒーを買い、体を温めた。

面会の別れ際《ぎわ》、最後に言った中村の言葉を思い出していた。

「長官狙撃事件について認めていない時でさえ、私には『特別義勇隊』を志していた者の軌跡を社会に残したい、という潜在的願望は常にありました。その真実を語るためには、ふたたび中央の地で公判廷に立つ必要があります。だからこそ私は、長官狙撃事件で真相が解明され、自分自身が立件されることを強く望んでいるのです。名古屋事件で逮捕されて以降、これまでいくつか書面や手記を書き残してきましたが、それらはすべて遺書のつもりで書いたものでした。でも、まだ十分ではないのです。長官狙撃事件で裁かれる日。その法廷の場で、私には語らなければならないことがあるのです」

幻の男「ハヤシ」を追いつづける「中村捜査班」。彼らは「ハヤシ」の実体に肉迫し、執念の捜査を今現在も連綿と展開している。最新情報では、未確認ながら、ついにその所在を突きとめたとの噂《うわさ》もある。本当の時効がまだ先である以上、私は、この労苦が結実し、近く事件の全容解明がなされる日が必ずやって来るものと信じている。

その段になっても、表向きの時効をタテに、警察上層部が立件着手を封印すれば、それは目の前の犯罪事実を意図的に放置し、警察が警察でないことを自ら露呈する愚挙となる。過去の捜査指揮における致命的ミスと、オウム信者らの誤認逮捕を隠蔽《いんぺい》するための黙殺にほかならず、これ自体が大きな警察スキャンダルとなる。

福音がもたらされ、中村が再び中央の法廷に立つ日が来るとしたら、その時、その口から語られる言葉は何なのだろうか。それはこれまで私が承知し、本書でも伝えてきたものか。あるいは未《いま》だ不知の新たな秘密か。

中村の長官狙撃事件における容疑性が極めて高く、真犯人と確信し、刑事訴追できるだけの材料がそろっている事実。それを、特捜本部を主導する警視庁公安部が最後の最後まで握り潰《つぶ》し、封殺しようとする理由。そして、東大中退の老スナイパーは何《な》故《ぜ》、警察庁長官の暗殺を企てたのか、その深遠なる動機。これらを読者にお伝えするという本書執筆の意図は、ある程度、達成されたものと自負している。しかし、これだけ取材を尽くしながらも、私は未だ中村という人間が分からない。これほど紙幅を費やしながら、中村という人間の本質やその心の宇宙を充分には読者に伝えきれていないことを恥じるより他ない（中村自身が自分のすべてを明かそうとしていない以上、仕方がないといえば、仕方ないのだが）。

拳銃への異常なまでの愛着。怜悧《れいり》な頭脳。内に秘めた激しさ。時と場合によっては非情に徹せられる冷酷な一面。独りよがりの論理。相手の立場を慮《おもんぱか》る理性。完全には消し去れない虚栄心。常人にはない集中力と、測り知れないほどの行動力。優柔不断の一面。目的達成に向けてのあくなき執念。秘密工作員の暗い熱情。企図した謀略への偏執狂的な執着。極左と極右が苛烈《かれつ》に混交するカオス。

人間はそもそも単純な存在ではないが、これほど多面的で、複雑怪奇な心象風景が仄《ほの》見える人物もいないのではないか。

「特別義勇隊」結成と朝鮮総連幹部の拉致《らち》計画。オウム真理教第7サティアン急襲、爆破作戦。そのいずれもが頓挫《とんざ》する中、トクギは何一つ狙った成果をあげられず、野心は潰《つい》えた。秘密工作員、中村の地下活動は、挫折の連続だったといえよう。

そんな中、最後に唯一《ゆいいつ》、成功したのが長官狙撃事件の実行と、それによって、警察をしてオウム撲滅を完遂せしめるよう誘導する謀略作戦だったのである。この成功だけがトクギ結成の理念を形にし、謀略活動を志向した中村がその足跡を残せたものであり、唯一の心の慰みだったにちがいない。ゆえに、この残酷な犯罪行為は、彼の中では、常人には能《よ》くなし得ない、英雄による偉業でなければならなかったはずだ。そしていつしか、それを公《おおやけ》にし、自身の行動を社会に広く示すことが生きがいと感じるようになったのであろう。私には、それはあまりに悲しく、愚かとも見えるほど独善的で、どこまでも哀れな、老残者の悲劇としか思えなかった。

最後に、名張のアジトで発見された詩の一篇を紹介したい。

《Le Monologue de Monte-Cristo

警察　検察　裁判官
これがまぎれもなく当面の敵
したがって　警察庁長官　検事総長　最高裁判所長官
やつらこそ倒すべき標的
だが肩書きはともかく
たまたまそのとき　その椅子に坐っていただけの

丸腰無抵抗の老人やら初老の男が
血にまみれて路上に転がるのを見れば
それですむのか
確かに　長官狙撃事件以降　警備は増強された
だが　所詮は貧弱な火器しか持たない
戦技の上では素人同然の連中
この腕の中の machine-gun が吠えれば
Domino のように薙ぎ倒されるのは目に見えている
——結果は　大量殺戮　そして不幸の環は
その周辺へ五倍、十倍にも広がって行く
中米で　東南 Asia で　Africa で　Balkan で
飽くこともなく繰り返される虐殺に
暗然と対していた男が
今度は　自らその mini 版を演出しようとするのか
Acrocity であの target は死を免れないはずだった
それがあり得ないほどの奇跡で生き残った

しかも生き延びたために
かえって　その衝撃は後々まで尾を曳いて
敵への打撃は　さらに効果的となった
これは啓示と受け止められるのか
所詮　詩人は悪鬼にはなり得ぬ
羅刹になってはならぬとの——
海底 20,000 lieues を航行した Nemo は
復讐の大殺戮の後　蹌踉として呻いた
「—神よ　もう十分です…」
1999/2/13》

最終章　告発の行方

「平田信です。出頭しにきました」

それでも警視庁本庁舎正面玄関で警備にあたっていた機動隊員は、悪質ないたずらと思い、「近くに警察署や交番がありますから、そこに行ってください」というのみで、取り合おうとしなかった。

「特別手配の平田信なんですけど……」

そう言いながらも、男は本庁を後にし、丸の内警察署の方に向かったという。

その超弩級《ちょうどきゅう》のニュースは本年2012年の元旦にお茶の間に飛び込んできた。昨年大晦日《みそか》の夜、まもなく新年のカウントダウンが始まろうかという時に、オウム真理教の元幹部、平田信は17年近い時を経て、ようやくその姿を現したのである。かつて警視庁公安部の「平田追跡班」が血眼になって追いつづけた男。ついに警察力は及ばず、本人の意思による逮捕となったのだ。平田は、目黒公証役場事務長・假谷清志さん拉《ら》致《ち》事件で逮捕され、逮捕監禁罪で起訴された（オウムに好意的だった宗教学者宅への爆弾設置による爆発物取締罰則違反でも追起訴）。ここでもまた一つ、公安警察は敗北を喫していたというほかない。しかも、重大犯罪者に対する緊張感のない警察官の対応のまずさは、さまざまな報道でご存じの通りだ。出頭劇のニュース性の高さに比して、その現場では滑稽《こっけい》なやりとりが展開されていたわけである。

平田はかくも長きにわたり逃げつづけ、そしてこの時期に出頭した理由については、3つの理由を挙げた。「国松孝次・警察庁長官狙撃《そげき》事件」「東日本大震災」「飼っていたウサギの死」である。

このうち、最大の理由が、「警察庁長官狙撃事件で犯人扱いされ、冤罪《えんざい》にもかかわらず逮捕される恐怖があったから」というものだ。すでに時効が成立し、誤った逮捕はなくなったので、出頭を決意したという。

とはいえ、これで、再びクローズアップされることになったのが、「長官狙撃事件」である。警視庁公安部の捜査員の中には、「ようやく本当の真相解明が果たせる。やつが何かを知っている可能性がある」といまだ大真面目《まじめ》に語る人間さえいる始末で、それをもとに無責任な報道をするメディアもあった。

冗談ではない。すでに述べた通り、彼の容疑性は、他ならぬ南千《ナミセン》特捜本部を主導した公安部によって否定されていたではないか。

その特捜本部は、平田ではなく、別のオウム信者らを犯人扱いしていたのである。2010年3月の時効を迎える直前、何ら確定的証拠もないのに、彼らを逮捕しようとして足掻《あが》いたドタバタ騒ぎは、すでに本書で詳報した通りである。

本書の前章までは、2010年3月に刊行された拙著単行本が基になっている。したがって、基本的な時間軸は、それを脱稿した時点の同年2月に置いたままにした。そのうえで、必要に応じて、加筆・修正させていただいたものである。

文庫版刊行にあたり、今回、書き下ろすこの新章では、時効を迎えた日とそれ以降の展開について詳《つまび》らかにしていきたい。

あの日、南千特捜本部を主導する公安部によって、一体、どんなおぞましい計略が実行されたのか。また、「中村捜査」そのものはその後、どういう展開を辿《たど》ったのか。

ご存じのない方も多いとは思うが、実は後刻、中村は東京地検特捜部に刑事告発され、特捜部によって捜査される身となったのである。果たして、その捜査はいかなる帰趨《きすう》を見たのか。

それを語るためにも、私は今一度、時空を遡《さかのぼ》らなければならない。まずは2010

年3月30日のあの日に時間を巻き戻すことをご容赦いただきたい。

隠された意図

もとより、保身に走ることは想定していたが、ここまであからさまな自己正当化と世論誘導の暴挙に打って出るとまでは思わなかった。

「これまでの捜査結果から、本件はオウム真理教の信者グループが教祖（筆者註・麻原彰晃）の意思のもと、組織的、計画的に敢行したテロと認めた」

緊張した面持ちで、手元の書面を読み上げる青木五郎・公安部長（当時）。その顔面は紅潮し、目は泳ぎつづける。うしろめたさからか、終始おどおどした様子で、談話の内容とは裏腹に、その内容への自信のなさばかりを露呈するものとなったのである。

2010年3月30日、警視庁本庁舎9階の会見室。この日の午前零時、警察庁長官狙撃事件が公訴時効を迎えたのを受け、南千特捜本部の本部長を務めた青木は記者会見に臨んだ。

そこで「オウムの犯行だった」と一方的に断定する所見を公表したのだ。警察が、時効の成立した事件について、公式に特定の団体を名指しして、犯人だと決め付けるのは前代未聞《みもん》のことであり、異常としか言いようがない。

前述の通り、本書のもととなる単行本が刊行されたのは、同年3月20日で、時効を迎える直前だった。ここまでご高覧いただいていればお分かりの通り、その冒頭で、私は来《きた》る時効の日の特捜本部による会見のシーンを予見していた。「警視庁が要望した、〝事件をオウム信者らによる犯行〟と特定した形での書類送検の強行を、検察は認めない」「立件できないまま、事件は時効を迎え、警視庁は『公訴時効送致』という類型の書類送検を行って敗北宣言し、捜査を終結する」というものだ。さらには、「公安部幹部らによるその会見の際に、口頭で『犯行はオウム真理教によるものと強く推認される』などの見解が織り交ぜられることになる」とも予言した。未検挙ながら、南千特捜本部が、「事件はオウム真理教によるものであり、特捜本部の捜査は立件へ向け、もう一歩のところまでに肉迫していた」との印象を強く世間に与え、捜査に幕を引く。すなわち「オウムでゴールする」という確証を得ていたからだ。

手前味噌《みそ》となって恐縮だが、その後の展開はほぼ予想した通りとなった。拙著は〝予言の書〟となったわけである。それどころか、「オウムでゴールする」という策略については、私の想定をはるかに凌《しの》ぐほど、なりふり構わず徹底、完遂されたのだ。

オウムを犯行グループとする所見は、推認どころか、認定したとまでなっており、しかも口頭だけではなく、形に残る書面でも発表されたのである。それはA4判16ページにわたる「捜査結果概要」なる資料だった。

そこには、K元巡査長やオウム信者らを「A」〜「H」までの匿名《とくめい》で挙げ、事件前後の彼らの言動や会話から、オウムを犯行グループと断定しているのだ。しかし、その内容はといえば、K元巡査長にかかわる「射撃残渣《ざんさ》」や、韓国ウォン硬貨についていた、早川紀代秀の部下の「ミトコンドリアDNA」など、これまで本書で完膚なきまでに証拠価値や証拠能力を否定してきたものばかりで、極めて根拠薄弱というしかない。

しかも、書面では相変わらず、《拳銃《けんじゅう》、弾の入手ルートについては解明には至らなかった》とし、《グループを構成する個人全員の特定、各個人の果たした具体的な役割の特定には至らなかった》とも記されている。しかし、である。にもかかわらず、「可能性を強く示唆するものと認められる」「強くうかがわせる」などの曖昧《あいまい》な表現のオンパレードで、《本件はオウム真理教の信者グループが教祖の意思のもと、組織的、計画的に敢行したテロ》と一方的に断定してしまったのだ。そしてこの「捜査結果概要」を警視庁のHPでも1ヶ月にわたって掲載したのである。

メチャクチャである。ここまで来ると、もはや怒りを通りこして、驚きで唖然《あぜん》とするよりほかない。当然、報道陣らの質問は厳しかった。

「こんな曖昧な根拠で、犯行グループと断定し、公表するのは人権侵害ではないか」

「この程度の証拠で、犯人扱いされたら、たまったものではない」

しかし、それに対し、動揺しながらも青木はこう抗弁し、嘯《うそぶ》いたのである。

「15年間、48万人を投じた捜査について国民に説明する必要があると考えた。オウムによるテロの悲劇を二度と繰り返さないことが大事で、人権にも配慮して公益性の観点から判断した」「警察には国民の生命と身体の安全を守る行政機関としての役割もある」「捜査で得られた結論や事実を国民に具体的に説明し、事件の風化を防ぐことが正義にかなう」

嘘《うそ》である。試験結果は零点だったが、ここまで頑張ったんだから、努力のプロセスを認めてほしい。そういうことなのだ。司法のルールを大きく逸脱し、仮説や見立てをあたかも事実であるかのように公表した公安部。公判手続きに乗せられなかった事件において、特定の人間や団体に対し、法廷外で一方的に有罪判決を言い渡したようなものである。「負け犬の遠吠え」と表現した捜査関係者もいた。

新聞各紙は有識者のコメントを紹介し、この法治国家の最低限のルールを踏みにじった警視庁の手法を痛烈に批判した。

〈藤本哲也・中央大教授(犯罪学)の話。「教団に絞った初動捜査のミスを正当化する内容だ」〉(日本経済新聞2010年3月30日付け夕刊)

〈一橋大学の村岡啓一教授(刑事法)の話。「公表された内容はあくまで捜査機関が組み立てた仮説に過ぎず、時効を迎えた今となっては検証もできない。(中略)教団側から見れば、弁明の機会を与えられずに一方的に公表され、教団に対する批判をあおられたという批判も出るだろう」〉(読売新聞同年3月30日付け夕刊)

〈作家の高村薫さんの話「オウムによる犯罪だという証拠があるのならば、事件として立件すればいい。十分な証拠がなく、立件できなかったのに、オウムを『容疑グループ』と名指しして捜査結果を公表することは、国民の常識からかけ離れていて、理解できない」〉(同前)

〈ジャーナリスト・江川紹子さんの話。「公安部はターゲットを攻めて問題点を洗い出すのは得意だが、事件捜査は逆。白紙から物証を積み重ねて犯人に迫ることができていなかったと思う。警視庁は地下鉄サリン事件など教団が関与した数々の事件の解明はよくやったと思うが、警察庁長官銃撃事件の捜査結果は、今までの捜査への侮辱だ」〉(東京新聞同年3月30日付け夕刊)

どれももっともな指摘である。しかし、こうした批判にも公安部は全く耳を貸さなかった。そのまま1ヶ月間、HPに前述の「捜査結果概要」を掲載しつづけたのである。

　こうして、自己保身、メンツのため、オウムに執着した捜査を正当化した公安部。そしてそこにはもう一つの意図が隠されていたことを明言しておく。事件がオウムによる組織的犯行とのイメージを社会に大きく喧伝《けんでん》して、それをあたかも事実であるかのように印象付ける。こうすることで、それ以外の可能性を探らせることを阻止する。すなわち、未《いま》だ時効まで時間が残されている中村を対象とした捜査を完全に粉砕し、封殺することを目論《もくろ》んだのだ。

　この暴挙によって、公安部は、警察官にとっては一番の不祥事とされる誤認逮捕、あの2004年の七夕の日に強行された4人のオウム信者逮捕劇を誤認ではないと糊《こ》塗《と》したのである。嘘に嘘を塗り固めたわけだ。

特捜検事の登場

「共犯者とするハヤシについて、もうそろそろ本当のことを話してくれてもいいんじゃないですか。一体、何者なんです。あなただって、起訴されることを望んでいるのでしょう。今のままでは、そこが必ず障壁になりますよ」

「何度、請《こ》われても、それは私の口からは言えないのです。警察に対してもそうですし、マスコミに対しても、この件については一切、話さず、説明を拒んできました。あなたに対しても同じで、今さらこの方針を変えるつもりは毛頭ありません」

四方を灰色のぶ厚いコンクリートの壁に囲まれた岐阜刑務所。その敷地奥に建つ管理棟の中には5つの取調室がある。そのうちの一室、殺伐とした空間の中で、二人の男は机をはさみ、険しい表情で対峙《たいじ》していた。

「この事件はあなたの単独犯という形にはならないものですかね」

迎合するか否《いな》か。スーツ姿の男性は、まるで瀬踏みでもするように相手の反応をうかがう。目には冷たい怜悧《れいり》な光が宿っていた。

「いえ、これは今まで明かしてきたとおり、私と同志のハヤシ、二人による義挙です」

そんな誘導に乗ったら、供述を二転三転させたK元巡査長の二の舞になる。老齢の男は、それが供述の信憑性《しんぴょう》を自ら破壊することになることをよく理解していた。どのようになろうとも、記憶に基づき、自分の信じる真実を話し続ければよいのだ。

張り詰めた空気の中、さらにスーツの男性が、老人に質問を重ねていく。小さな声でそれに答える老人。男性はまなじりを決し、彼の話す内容に耳を傾けている。その真贋《しんがん》を見極めるべく、全神経を集中して。
スーツの男性は、東京地検特捜部の検察官である。このS検事の隣では、年配の検察事務官が供述の記録に努めていた。

《追伸
休み明けの本日（10／12）、発信手続きが実行される直前に、突如、東京地検から検事と検察事務官が来所しましたので、それについてお伝えするため、投函《とうかん》を中止し、この追加文を書くことにしました。来たのは若手の人ですが、翌日（10／13）も続けて事情聴取をすることになっています。（中略）来訪の理由は長官事件について私に対する刑事告発がされたからとのことでした。（中略）異常なほどに素早い反応で、検察庁が本件をかなり重視していると受け取ってもよいかと思います。都内ならばともかく、遠隔の当地へ至急派遣する決定をしたわけですから》（２０１０年10月12日付け書簡）

いつも冷静な男が珍しく高揚している。文面からは急展開に対する興奮が見て取れた。

説明が必要だろう。警察庁長官狙撃事件は、２０１０年3月30日をもって時効を迎えた。しかし、従前より申し上げてきた通り、中村を真犯人として捜査対象にすれば、事件後の海外渡航があるので、時効は未だ成立していない。時効延長される日時は200日余り。すなわち同年10月27日が本当のデッドラインとなるのだ。これを知ったうえで、長官狙撃事件における中村の容疑性、犯人性が極めて高いと判断した都内のある弁護士が、同年10月1日、中村を東京地方検察庁に刑事告発（第三者告発）したのである。

ちなみに、この弁護士、N氏はかねてより刑事事件の弁護に情熱を傾けてきた人物であり、この世界では高名なベテラン弁護士である。オウム信者の弁護にも携わったことがあり、一連の教団の事件を熟知してもいる。彼が発した告発状。その中身をかいつまんで紹介しよう。

《同事件の犯人は被告発人であり、それを裏付けるに足る十分な証拠があり、（中略）そのような被告発人に対する捜査を遂げず、いたずらに公訴時効の完成を口実にして事件の解明を放棄することは、我が国の刑事捜査に消しがたい汚点を残すものであり、到底許されることではない。（中略）被告発人は、同事件の犯人であることを自認しており、その自認の任意性、信用性に疑問はなく、その内容には、犯人しか知り得ない事実、いわゆる秘密の暴露を含むものであるところ、警視庁の捜査本部は、同事件の犯人は、いわゆる地下鉄サリンテロ事件等のテロ事件を敢行したオウム真理教の信者に違いないという予断と偏見に囚《とら》われ、あえて被告発人の自認を無視しているので、そのような警視庁に対して本告発をしても、真剣な対応は期待し得べくもなく、あえて、貴庁に対して直告に及んだものである。

警視庁の捜査本部（筆者註・「中村泰・特命捜査班」）は、被告発人を容疑者とする捜査を遂げており、その一件記録を精査することにより、公判請求は十分可能な状況にある。

よって、勇断を持って被告発人を起訴することを求めるものである。　以上》

N弁護士がこの刑事告発を行ったのは前述の通り、10月1日。告発は即日受理された。これを受け、10月12日に東京地検特捜部は岐阜刑務所に捜査員を派遣し、中村への事情聴取に着手させたのである。聴取は、14日まで3日連続に及んだ。表向きは、時効の完成している事件について、検察当局がこうした対応を取ることは極めて異例で、過去に聞いたことがない。それだけ、検察側が、長官狙撃事件の警視庁公安部による異様な処理に不信感を抱いており、本件の真相解明を重要視していたことが窺《うかが》えよう。

「時間は限られているが、これまでの経緯はすべて白紙とし、東京地検公安部の意見にも左右されず、特捜部として独自の捜査を遂げてほしい。なにしろ、あれだけ徹底的に警視庁公安部によって、オウム真理教の犯罪だという印象が広く社会に植えつけられてしまった事件だ。かりに中村の犯人性が極めて高いとしても、立件に踏み切るとなると、容易ではなく、あちこちで相当な軋轢《あつれき》を生むだろう。しかし、とにかく今はそれを気にしなくてもいい。特捜独自の捜査を行い、そのうえで、シロクロの判断をつけようじゃないか」

特捜部の幹部は本件を担当する主任検事にこう告げたという。こうしてついに日本最強の捜査機関といわれた東京地検特捜部が動き始めたのである。

＊

「これですべて揃《そろ》いました。最後に調書に署名押印《おういん》していただけますか」

「むろん、です」

岐阜刑務所の特別面会室。検事は淡々とした口調で、中村にこう告げた。

「告発があった以上、被告発人の供述を得ておく必要がありますから、今回、調書を作成させていただきました」

感情を押し殺した事務的な語り口だ。

「しかし、今後、仮に何か訴訟などが起こされた場合は、今回、私から取ったこの調書の存在が明らかになるものと認識していいのですか」

「それは十分承知しています。隠すつもりは全くありませんから」

うんうんと、中村は小さく頷《うなず》いた。

「では、この調書を持ち帰ったうえで、措置が決定されることになりますから。必要が生じれば、またこちらから連絡させていただくことになります」

カバンに資料をつめ、帰り支度をするS検事。席を立つと、嘆息まじりにこう不満を漏らした。

「それにしても、時効ぎりぎりの瀬戸際《せとぎわ》になる今の今まで、どうして刑事告発がなされなかったんでしょうかね。誰かがもっと早く、あなたを告発していれば」

その思いは私もまったく同感だ――。心中でそう思った中村に、取調室に入ってきた刑務官が席を立つよう促す。一礼すると、検事は検察事務官を伴い、部屋を出て行った。中村もまた刑務官に引かれて、居住棟にある房へと帰っていく。取調室の灯《あか》りは落とされ、狭い空間は仄暗《ほのくら》い闇に沈んだ。

《検事の来所は10／14（木）まで続き、要点を網羅した検面調書を作成しました。これはハヤシに関することを除いてすべてを認めた全面自供ともいえるものです》（2010年10月17日付け書簡）

自らの決起（むろん、検察当局からすれば、単に殺人未遂という凶悪な重大犯罪に過ぎないが）について、その意義を披瀝《ひれき》する場を望んでいた中村。その独善的な渇望《かつぼう》は満たされるのか。これから検察は真の時効に向け、その供述内容の真贋を見極めるべく、最後の捜査を展開することになる。しかし、彼らに残された時間はあまりに短かった。

フェデラル社で判明した事実

これまで何度も繰り返してきたが、長官狙撃事件の全容解明で肝要、不可欠なのは、凶器である拳銃と銃弾の裏付け捜査である。このうち銃弾について中村は、私の取材に対しては、こう語っていた。

「私が持っていたナイクラッド弾は、80年代半ば過ぎ頃までに製造された古い時期の製品と思われます。というのも、弾薬箱の色が旧製品のものだったからです。フェデラル社のナイクラッド弾の弾薬箱は濃い青色、あるいは紺色の部分が勝ったやや暗い感じのする色でした。それが、80年代後半のいつ頃からか、箱のデザインが一新され、薄い地色に金色のゴールドの線が入った、明るい感じのものに変わったのです。私は50発入りのナイクラッド弾を二箱持っていましたが、それらはいずれも旧製品の濃い青色の箱でした。実包そのものについても、ナイロン・コーティングされた弾頭部分はやはり濃い青色でした」

かたや、科学捜査で、実際に事件で使われた銃弾も357マグナムのナイクラッド弾だということがほぼ特定されていた。その正式名称は、「Federal Nyclad 158gr. 357Mag. SWC. LHP」（フェデラル社製のナイクラッド〈10・2グラム〉、357マグナム・セミワッドカッター・ホローポイント弾）。

ちなみに、事件に使用された拳銃は、「コルト・パイソン　357マグナム　8インチ銃身」ということが特定されていることも既述の通りである。この8インチのパイソンで357マグナム弾を撃った場合、どれくらいの威力を発揮するのか。私が2008年夏に渡米した際、ある銃砲店の店主はこう語っていた。

「パイソンの8インチバレルは、〝拳銃の中のキャデラック〟と称された逸品中の逸品です。8インチというのは、コルト社製の拳銃の中でも最長の銃身で、95年当時なら命中精度において、間違いなく№1といえるでしょう。一方、1955年に初お目見えした357マグナム弾はすさまじい破壊力です。音速をはるかに超える弾頭速度から発せられるエネルギーは、車のエンジンを正面から撃ち抜ける威力を持っていると、発売当時は宣伝されたものです。そのうえ、ホローポイント弾となると、さらに強烈で、殺傷能力はひときわ増大します。アメリカでは熊《くま》などの狩猟用によく使われますが、それどころか象をも倒すことができると言われています」

国松長官が鋼《はがね》のような強靱《きょうじん》な肉体を持ったうえに、いかに強い運の持ち主であったかが窺えよう。私は、国松氏のものであることを伏せて、ある外科医に彼のカルテの記録を見てもらったことがある。ひととおり、内容を解説してくれた後、その外科医は最後にこう言ったものだ。

「ところで、この人、当然、死んでいますよね」

この「ナイクラッド」という銃弾はそもそも法執行機関用に製造、販売されたものだ。アメリカの警察官やＦＢＩ捜査官らは、日々、屋内施設で射撃訓練に励み、相当数の銃弾を撃つことになる。しかし射撃の際には鉛の粉塵《ふんじん》を含んだ蒸気が発生する。それを吸いつづけると、いつ何時、鉛中毒に陥るやもしれぬ怖《おそ》れがあるのだ。この被害を防ぐために、開発されたのがこの「ナイクラッド弾」なのである。弾頭部分にコーティングされたナイロン樹脂が、射撃の際に生じる蒸気を封じ込め、鉛の微粉末が飛び散るのを防ぐというわけだ。

もともと銃器メーカーのＳ＆Ｗ社が開発し、特許を持っていたが、１９８２年に、フェデラル社が製造・販売権を買い取った。その際、工場の製造設備一式やナイロン樹脂の原料などもそっくりそのまま譲り受けたという。

同社は、これを捜査機関の訓練用としてだけではなく、広く一般にも売ろうとした。同社のカタログに記載された型番は「N357E」、商品名は、「ナイクラッド・プレミアム」として販売したのである。

しかし、製造工程が増える分、当然、コストもかかる。値段は通常の弾薬よりかなり割高となった。健康被害を心配することのない一般の人間にとっては、高い金を払ってまで購入する必要はないものだった。それゆえ需要は限られ、銃砲店にとっても売れ筋の品ではなく、やがてフェデラル社がATKという大手軍需産業の傘下《さんか》に入ると、親会社の判断で製造中止となったのだ。90年代初頭以降、このナイクラッド弾が一般の銃砲店でほとんど出回らなかった所以《ゆえん》である。

そんなアメリカでさえ希少な実包が遠く離れた極東の地で、警察の最高指揮官を射殺するための凶器として選ばれ、使用されたのである。

南千の捜査関係者が語る。

「しかも、ナイクラッド弾は、製造時期やそのナイロン樹脂の原料によって、ナイロンの色が異なります。事件で使われたものは、青みがかった黒色でした。紺色に近い濃い青と表現してもいい。また、弾頭のホロー（先端の窪み）の深さや、弾頭の硬度を決める鉛合金の成分も製造時期やラインによって異なることが考えられた。とすると、アメリカのフェデラル社に照会すれば、事件で使われた遺留弾頭がいつ、どのラインで製造されたかが特定できるかもしれない。そこで、我々はフェデラル社に赴き、製造工程の説明を受けたり、各年代の実包のサンプルの提供を受けようとしたのです」

南千特捜本部の捜査員と科警研の技官らがミネソタ州のアノーカという街にある同社を訪ねたのは、96年11月7日のことだった。

このフェデラル社への捜査員派遣の結果、判明したのは、次のことだった。

「フェデラル社では、82年にS&Wからナイクラッドの特許を取得して以降の5年間は、S&Wから引き継いだ製造設備やナイロンの原料などをそのまま使用し、全く同じやり方で製造していたそうです。しかし、87年以降は、鉛とアンチモンから成る鉛合金成分については、より硬度を強くするため、アンチモン濃度を増していました。長官狙撃事件で使われた弾頭は、きれいにキノコ状に裂けていることからも分かる通り、硬度が弱く、柔らかい。つまり、アンチモンの濃度が低い87年以前のものであることが分かりました。さらには、フェデラル社では、94年以降はナイロン樹脂の原料も変えています。ナイクラッドは、弾頭にナイロンをまぶし、熱で溶かして固着させた後、乾燥させる工程がありますが、旧来のものではこの乾きが遅いため、製造ラインを流れる過程で、弾頭どうしがくっついてしまうトラブルがよくあったからです。弾頭を引き離すと、ナイロンもはがれてしまい、売り物にならなくなりますからね。使用原料に対する歩留まりが悪いということで、より速乾性を高めるため、原料の『コバルト青』の成分を変更したといいます。そうしたところ、弾頭部分のナイロン樹脂の色は、それまでのダーク・ブルー、すなわち紺に近い濃い青色から、明るい感じのライト・ブルーに一変しました。長官狙撃事件の遺留弾頭のナイロン樹脂の色は、前者のものでした」（同）

こうした事実を総合・勘案した結果、長官狙撃事件で使用された銃弾は、87年以前に製造されたものであることが判明したのである。

さらにもう一つ、興味深い事実が判明していた。それは、弾頭のナイロン樹脂の下地の鉛部分に刻印される模様にまつわるものである。

ナイクラッド弾では、ナイロン・コーティングが剝《は》がれ落ちないよう固着させるために、弾頭の下地の鉛部分に菱形《ひしがた》の模様を刻印し、ナイロンの滑り止めにしている。それを刻印するには、金型のローラーを使う。他の2本のローラーと組み合わせて回転させ、そこに弾頭を通すのである。南千の捜査関係者がつづける。

「この金型のローラーも当初は、S&W社からのものをそのまま使っていて、当時の刻印の模様は『網目』でした。しかし、87年に鉛合金の成分を変えたのに合わせて、フェデラル社ではこの金型のローラーも別のものに替えた。結果、ナイロン下地の模様が『菱形』となったのです。これ以降、フェデラル社では一度もローラーは交換していないことが分かりました。ちなみに他の2本のローラーは、S&W社から譲り受けて以降、全く交換していないと話していました。そこで、長官狙撃事件の遺留弾頭のナイロン樹脂の下地を調べたのですが、そうしたところ、実はこれに刻印されていた模様は、『網目』でも『菱形』でもなかったのです。それは、菱形の模様が横長になったうえに、形がずれて二重に刻印されたようになり、しかも一部が盛り上がった歪《いびつ》な模様でした。科捜研の研究員の中には、〝これはどういうことなのか、もしかして工場製造の純正品ではないのでは〟と訝《いぶか》る者もいました。しかし、フェデラル社に照会したところ、同社の工場では、ある一定の周期で、ごく短期間ながら、その妙な形の下地模様が刻まれた弾頭が製造されるのだといいます。原因は、ローラーを長期間使いつづけていると、鉛合金の原料がこびりついてしまい、それが金型の模様を変形させてしまうためだということが分かりました。そのこびりつきがひどくなると、職人がローラーにやすりをかけ、削り落としていくそうです。すると、模様はまた元のきれいな菱形に戻ります。ですから、長官狙撃事件の銃弾は、87年以前に製造されたナイクラッド弾の中でも、さらにある特別な周期でごく短期間だけ発生する、歪な下地模様の製品であり、極めて数の少ないものであることが判明したのです」

長官狙撃事件で使用された銃弾は、一般銃砲店ではほとんど出回らなかった稀少なナイクラッド弾であるばかりか、さらにその中でも珍しい下地模様を持った稀少品だったのである。だからこそ、中村が持っていたナイクラッド弾をアメリカから回収し、検分することが重要だったのだ。それを、フェデラル社の87年以前の製造銃弾と見られる事件の遺留弾頭と比較・照合し、特徴が一致するかどうかを確認する。

この点、中村は「自分が所持していたナイクラッド弾の弾薬箱は濃い青色で、80年代後半以前の古いものだ」と証言している。

「これはまさに87年以前の商品の弾薬箱です。フェデラル社では、鉛合金の成分などを変えた87年に、弾薬箱のデザインも明るいゴールドが入ったものに一新したのです」（科警研関係者）

他のいくつかの特徴のうち、ナイロン樹脂の色については、これまで述べてきたとおり、何の問題もなく一致していることがすでに分かっている。

「アメリカの貸し倉庫会社の記録係が、中村が置いていた荷物の記録を作成しており、そこには〈Nyclad navy blue〉、すなわち〈紺に近い濃い青色のナイクラッド弾〉との記述があった。同社の人間に再確認したところ、『間違いなく、ネイビー・ブルーの色をした弾頭のナイクラッド弾があった』と証言もしています」（検察幹部）

あとは、鉛合金成分などを調べればいい。そのうえで、いよいよ事件で使われた遺留弾頭の下地模様そのものと、中村のナイクラッド弾のそれを比較照合すればよいだけのことなのだ。その結果、この模様が全く同じものであれば、遺留弾頭と同じ、稀少な中でもさらに輪をかけたように稀少なナイクラッド弾を中村が所持していたことになる。彼の犯人性はより一層高まることになっていたわけだ。

そう考えたからこそ、『中村捜査班』はこのナイクラッド弾の回収を南千特捜本部の公安幹部に何度も何度も繰り返し具申した。警察庁からＩＣＰＯを通じた公式ルートで押さえ、日本に持ち帰って、遺留弾頭と同一のものか、照合のための鑑定作業を行うことにこだわったのである。法と証拠に基づいて、事件の全容解明を果たし、正義を実行しようとする警察官の本分からすれば、当然のことである。

しかし、南千特捜本部は、この当然の願いを、最後までひたすら無視しつづけた。

「彼らは『中村捜査班』の要望を黙殺することで、立件に結びつくような、肝となる捜査を完全に粉砕してしまった。中村の弾をアメリカから回収されて、照合作業を許すと、事件の遺留弾頭と全く同じものであることが判明してしまうからです。彼らはそれを怖れた」（前出・検察幹部）

警察の本分が発揮されなかったばかりか、メンツ保持のための真相解明妨害の醜悪さはここにおいて頂点に達したとも言えよう。

かくして、中村に帰属したナイクラッド弾は、何ら正当な理由もなく、黙殺されたまま、最後の最後まで押収、検分されることはなかったのである。それはロスの銃砲店の陳列ケースに眠り、やがて別の持ち主のもとへと流れ流れていき……。

その人物は、これまで法廷で中村と対面し、犯罪立証のための証言を行ってきた、拳銃・銃弾捜査のエキスパートだった。

「我々は、中村が長官を撃ったという供述が本当かどうか、見極めなければなりません。あなたは、中村が狙撃犯だと思われますか」

担当検事が向き合っていたのは、科警研の技官である。残された時間がない中、事件発生当時の国松の秘書官、警備に当たっていた警察官、はては「中村捜査班」の刑事など事情を聴かねばならない相手は多くいたが、そのうち銃器・銃弾の科学捜査を主導したこの技官も、彼にとっては極めて重要な聴取対象者だった。

「新宿の貸金庫にあれだけのコレクションがあったわけですからね。ちょっとお目にかかれない品ですよ。何かを目論んで準備していないかぎり、あれほどの銃器、実包を集めることはないでしょう」

技官は直接的な表現は避けたが、中村が何がしかの犯罪を計画していた可能性は示唆する。

「じゃあ、中村が狙撃したという供述は信用に足りますか」

しばし沈黙があった後、彼はこう切り返したとされる。

「事件で使われた実包の薬莢部分は何色だと思いますか」

問いには答えず、逆に検事に聞き返す技官。

「鉛のような色ですか。真鍮《しんちゅう》の……」

「いえ、違います。事件で使われた実包の薬莢部分は、きれいなシルバー、銀色なんです。これは真鍮の上に、ニッケル・コーティングを施しているからです。もちろん、事件で使われたのは、回転式拳銃ですから、現場に空薬莢は残されておらず、現物を確認しているわけではありません。しかし、我々はフェデラル社に、実際に事件で使用された遺留弾頭を持参し、向こうの製造担当責任者に見せている。相手は、『これは間違いなくうちで作った、ナイクラッドのプレミアム弾だ』と断言していました。だから、事件で使われた実包の薬莢部分は、１００％、シルバーメッキでプレーティングされた銀色で間違いないんです」

「中村は、自分が持っていた弾の薬莢部分をシルバーだと証言しているんでしょうか」

「中村はともかく、オウムのK元巡査長が狙撃を実行したということはあり得ません。それは断言できます。というのも、彼は公安部の取り調べや、拳銃、実包のスケッチを描かされた時も、銃弾の先端部分は、深い緑色のナイロン樹脂でコーティングされていたと言い、しかも薬莢部分については、金色または真鍮色と語ったからです。〝あぁ、これは嘘をついている〟と即断しました。弾頭を緑としたのはひとまず置くとしても、薬莢の部分は違いすぎます。これは彼がこうした銃弾しか見たことがないからですよ。なぜなら、日本の警察が扱うのは、すべて薬莢部分が真鍮色の実包だからです。つまり、Kは真鍮色をした弾しか見たことがないから、そう語ることしかできなかった。銀色と答えられなければ、実行犯ではあり得ないのです」

「私もKを含め、オウムは犯行グループではないと確信しています。これまで公安部が公訴時効送致で送ってきた捜査資料一式を精査、検討しましたが、オウムであるはずがありません。それで、中村の話に戻りますが……」

鉢植えはあった！

警視庁の「中村捜査班」が作成した中村の捜査資料。それを精査していた担当検事の目があるところで止まった。

それは「鉢植え」の項目である。これも一度も報道されず、一般には知られていないが、アクロシティの狙撃地点あたりに、事件前のある時点まで「鉢植え」が置いてあり、それを中村も「目にしていた」と話しているというのだ。また一方で、「95年3月28日、決行に赴く前、ハヤシから『狙撃現場の植え込みに体を隠す遮蔽物《しゃへいぶつ》として、檜《ひのき》の類《たぐい》の鉢植えを置いた』と聞かされていたが、狙撃ポイントに着いたところ、そうした鉢植えはなかった」という供述も出ていた。これについて、中村は私に対しては、概要、次のように話していた。

「95年3月上旬に現場の『アクロシティ』に初めて赴き、以降、何度か下見を重ねたことはこれまで話した通りです。この間、狙撃地点あたりで、私はゴールドクレストのような小樹の植木鉢を目にしたことがあったのです。しかし、その後のある時点からこの植木鉢を目にすることはなくなり、当初、本件の決行日としていた3月28日や、実際に決行した30日に現場の狙撃地点に行った時にも、その鉢植えはありませんでした。

ハヤシからは、偵察活動を始めて以降、どこかの時点で、『相手から体を隠す遮蔽物として、狙撃地点の植え込みに鉢植えを置いた』と言われた記憶がぼんやりあります。もっとも、この鉢植えにまつわるハヤシとの話は、もう私の中ではうっすらとした記憶しかなく、曖昧になっています。しかし、それに比べて、ある時点まで狙撃地点近くに置かれていたゴールドクレストのような小樹の植木鉢については、私自身が目にしたものであり、間違いのない事実なのです」

この供述について、マンションの管理人や清掃人に確認するなどの裏付け捜査を行ったところ、中村の供述どおり、95年3月当時、ゴールドクレスト様の植木鉢が狙撃地点あたりに置かれており、マンション業者が設置したものではなかったことから、事件前までの間に管理人によって撤去されていた事実が確認されたのである。

アクロシティ関係者が証言する。

「3月中旬以降ですかね。清掃人が、狙撃現場となったFポートの植え込みの横に、植木鉢が倒れているのを見つけたんです。植え込みに置いていたものが、強風であおられ、下に落ちたような感じでした。下になる鉢の方が、長官公用車の停まっていた方向に向いている形で地面に落ちていました。清掃人は誰か住民のものだと思って、それをFポートのエントランスの方に移動させたのです。そうすれば所有者が持っていくだろうと思ったんですよ。しかし、数日経《た》っても、誰も持っていく人がいない。それで、管理人が撤去して、管理棟で保管していたんです」

これを当時、初動捜査にあたっていた刑事が勘鋭く、何か事件に関係があるのではないかと疑ったという。管理棟に置かれていた状態や、また発見時、Fポートに倒れていた状態を記録していたのである。

これもまたそれまで一切、南千特捜本部からは公表されず、マスコミでも全く報道されていない事実だった。誰も知らない筈のその鉢植えの存在について、中村は「中村捜査班」に供述していたのだ。こんな十数年前もの瑣末《さまつ》事を証言するとは、直接、事件前に現場に赴き、目撃した者でないかぎり、供述し得ない内容である。

このことを中村に伝えると、彼はこう言うのだった。

「この鉢植えの話については、十数年前のそんな些細《ささい》な現象を憶《おぼ》えている者などいまいと思いながらも、何かの折りに、取調官に告げたのが発端でした。管理人がそれを憶えていたとは驚きです。捜査当局も居住者たちも知らなかった些事を私が知っていたということは、これはとりもなおさず、私が事件前に狙撃現場を訪れていた事実を裏付ける証左にほかなりません」

中村の「植木鉢供述」の裏が取れたことを報告された、当時の刑事部幹部も興奮して、こう思ったにちがいない。

「これも犯行前に現場に行っていた者にしか分からない〝秘密の暴露〟だ」

中村を立件するためには、一体、いくら〝秘密の暴露〟を積み重ねなければならないのか……。それが彼らの偽らざる心境であっただろう。

名簿の中身は

さらにもう一つ、極めて重要な点について、密《ひそ》かに裏取りが行われていたことは、南千特捜の捜査員の間でさえあまり知られていない。中村が国松長官の自宅住所を知った経緯に関する供述の真贋である。中村は、これを警察庁への潜入諜《ちょう》報《ほう》活動の際に副産物として知ったと証言していたことはこれまで述べてきた通りだ。当時の杉田和博・警備局長室で連絡名簿を見つけ、そこに長官の住所が出ていたというものである。

この杉田警備局長の部屋に当時あった名簿については、実は南千特捜本部の公安幹部らが、早い段階から入手していた。そこには、果たして長官の住所は記載されていたのか。

「確かにその名簿には、警察庁の局長ら幹部の氏名、住所が載っていた。しかし、あくまで局長以下の者だけが記載されており、国松長官の住所は出ていなかった。中村の嘘が判明し、化けの皮がはがれた」

南千特捜本部の公安部の中には、中村証言をはなから信用しない連中が多数おり、彼らはこの名簿の話をもとに、「中村供述をひっくり返した」と声高に叫んだ。そして、その誘導に乗せられて、「当該の名簿には、国松長官の住所は載っておらず、南千特捜は、その嘘を突き止めた」と書いてしまったジャーナリストもいた。

しかし、それは事実とは違った。どういうことなのか。この点をある検察幹部が厳しく糾《ただ》す。

「公安部がやりそうなことだよ。中村供述の信憑性を貶《おとし》めるために、彼らは一部のマスコミに虚偽の情報を流したんだ。それがメディアに書かれ、広められれば、中村証言の真実性を根本的に叩き潰すことができるからね。公安部による、完全な負のプロパガンダだったんだよ。実際の名簿はそんな局長以下の住所しか出ていないようなものではなかった」

それは携行できる、ポケットサイズの冊子だった。

「これが杉田警備局長の部屋にあった本当の名簿です。表紙を開くと、そこには、当然、最初のトップの位置に、国松長官の名前と住所、電話番号が明記されている。その下に警察庁次長だった関口祐弘さんの名前がつづき、目黒区の住所が記されていました。国松さんの表記を正確に再現すると、次のように記されています。『長官（2000）國松孝次　〒116　荒・南千住6—37—11—6××　3805—0×××』」

ここでもまた、中村供述の裏は取れていたのである。いかに歪な工作が行われようとも、真実は覆《おお》い隠せないことを明記しておく。

担当検事は悩んでいた。事件二日前の長官公用車の変更と、警察幹部らによる国松宅訪問、さらには「鉢植え供述」など、それらの供述はことごとく裏が取れ、事前に中村がアクロシティの現場に赴き、国松の動静を探って、下見活動を行っていたことは明白だった。しかも、当時の警察庁警備局長の部屋にあった名簿にも、中村の証言どおり、国松長官の住所は記載されていた。

しかし、しかしである。彼が本当に狙撃も実行したのか、その点については判断をしあぐねていたのだ。

「どうだ。中村供述の信憑性はどう評価すればいい」

上司から尋ねられた検事はこう答えたとされる。

「これは犯人ですね。といいますか、犯行グループの一員ですよ。事件二日前の長官公用車の変更や、警察幹部らの訪問など、現場に行っていないと、絶対話せない供述です。鉢植えの話もやはり中村が事前の偵察活動を行っていたことを指し示しています」

「そのあたりを南千の特捜本部はどう評価していたんだ。本当なら、強い傍証じゃないか」

「中村捜査班の刑事たちが、取り調べの過程で、教えたと主張しているようです。『刑事部の連中が情報をインプットした』と」

「そんなバカなこと、本気で言ってんのか」

「それはともかく、警視庁の『中村捜査班』は相当程度、捜査を遂げています。ここまで徹底してやっていたとは、思ってもみませんでした」

「そうか……。じゃあ、中村はクロか」

「いえ、それがそう簡単にいかなくて……。やつが襲撃実行グループの主犯格であることは間違いないんでしょうが、自供している通り、本当に狙撃の実行犯なのかどうか、判断が難しいんです」

概ねこのようなやりとりがなされたという。判断が困難とされた最大の理由は、中村が供述する狙撃の状況と、弾道捜査の検証結果に異なる点があったことだという。これは、一般に狙撃犯による拳銃発射の状況、被害者への銃弾の当たり方、複数が命中した場合は、その順番、被害者の体を貫通した場合は、その後の貫通弾の状況、また被害者を外れて、周りに流れた銃弾の行方などを推定するものだ。被害者の証言や近くにいた目撃者（本件の場合は、秘書官）の証言、遺留弾丸や現場の状況、被害者の手術を行い、弾丸の摘出などを行った医師の証言やカルテ、また科学的な弾道計算などから総合的に判断するものだ。しかし、この弾道の確定は極めて困難だという。

「一般論ですが、犯人が複数の銃弾を発射していて、何発か被害者に当たり、また外した弾もある場合、この被弾状況を解明する弾道捜査は極めて難しい。何発目が当たり、何発目が外れたのかや、また当たったうちでも、どれが最初に命中したのか、その順番を特定するのは至難の業なのです」（捜査関係者）

南千特捜は秘書官などから被害状況を詳細に聴き、それによって、できる範囲で、弾道の分析を行った。しかし、前出の捜査関係者が言うように、この弾道の分析は極めて難しい。断定や特定といえる結果が出るものではなく、様々なデータから、〝おそらくはこうであろう〟〝そう考えるのが最も合理的で妥当だ〟という内容が推定されたものである。

だから、長官狙撃事件においても、最終的な推定が出るまで、何度か内容の違う途中経過の分析が出ている。私も何種類か、弾道に関する捜査資料を入手しているが、たとえば、一番初期のころは、銃弾が当たった順番も違っていた。最初は、「1発目が外れた」などと推定されていたのだ。

弾道捜査で、最終的に、こうだったのではないかと推察された内容は、次のとおりである。

1発目…被害者、国松長官がEポートの通用門からアクロシティ敷地内に出て、約5メートル歩いたところで、銃撃音発生。

被害者、国松の背中の正中線から左に2・5センチ、肩甲骨《けんこう》下方10センチの位置から射入。左上腹部より射出。弾道計算により、半年後の95年9月、隅田川土手手前の植え込みから発見。〈貫通〉

2発目…被害者がよろめき、前のめりに倒れそうになりながら、1・43メートル前方に進んだところで、2発目の銃声。

前に突っ伏すようになった被害者の左大腿《だいたい》部後部から射入。弾丸は左臀《でん》部から右臀部皮下を激しく動き、右大腿部側面から射出（その間、破片等が左右の臀部に、外側に向け、銃創を負わせた）。マッシュルームの笠《かさ》の部分や一部破片、金属片を体内に残して貫通。国松のコート右側から発見される。貫通した弾丸は、マッシュルームの笠部分が体内で分離、脱落。腰のあたりから破片、右大腿部付け根から下部約10センチの、銃創近くの位置から金属片3個を摘出。〈貫通・笠の部分など一部金属片が留弾〉

3発目…被害者が背中から仰向けに倒れ、自力でうつ伏せになる。秘書官は左側から被害者の体に覆いかぶさり、Eポートの植え込みの陰に体を運ぶため、再び仰向けにする。その間、被害者の体は倒れた時点より右側（東側）に1・70メートル移動。その瞬間、3発目の銃声。

狙撃者に足を向ける形で仰向け状態の被害者の陰嚢《いんのう》裏後部から射入。腹腔《ふくこう》内を38センチ侵入し、右上腹部皮下に留弾。肝臓付近、肺の下近くの腹壁から摘出。マッシュルーム状に変形していた笠の部分が完全な状態で残っていた。〈留弾〉

4発目…秘書官が倒れたままの状態で、被害者の体を1・25メートル右側に移動させ、植え込みの陰に隠した瞬間、4発目の銃声。

弾丸は植え込みの左上部角にかすって弾け散り、一部は隅田川方向に跳弾。消失して未発見。

一方、中村が「中村捜査班」や私に語った内容は、本書第五章の210ページで記した通りだ。1発目は弾道捜査の推定と一致し、2発目、3発目も大きな矛盾はない。

拳銃事件の捜査に関わったことのある捜査関係者が語る。

「〝微妙に異なる〟と難癖をつけることもできますが、しかし、これくらいは立証の上で何ら問題なく、許容範囲です。というのも、犯人は興奮した異様な精神状態で連続射撃を行っていますから。どんなに冷静沈着な人間でも、事実通りに銃撃の正確な状況を記憶に留められる者などいません。昂揚《こうよう》して、頭の中でのイメージは増幅され、その心象風景はかなり現実とは変わってしまうものです。ましてや、本件では、至近距離ではなく、20メートル以上離れた場所から狙撃しています。自分ではある部分を狙って撃ったつもりでも、本当にその場所に命中したのか、正確な着弾点など供述のしようもありません。しかも、中村の場合は、供述を始めたのが、犯行から12年以上経ってからですから、固着した増幅イメージだけが一部残り、他の記憶はあやふやになったうえにどんどん抜け落ちているでしょう。とにかく、数メートルの至近距離から1～2発撃って、犯行直後に捕まった犯人でさえも、事実とは全然違う、誤った射撃状況を供述するものですからね」

問題は、4発目の射撃だった。推定では、これも国松に命中させようとして執拗に狙ったものが、植え込みの角に当たったたものと見られた。一方、中村は、左手から駆けつけようとした護衛の警官に向け、威嚇《いかく》の意味で、その背後にわざと的を外して狙撃したと供述している。しかし、4発目が放たれた時は、まだ警備の警官は、現場には間に合っていなかった。

「これも、高揚感、興奮からイメージが増幅し、記憶が歪《ゆが》んでいる可能性はある。狙撃後、すぐに逃亡しなければいけないという焦燥感もありますから、警戒していた護衛がすぐそこまで駆けつけているように錯覚し、焦《あせ》りから、彼らが現場に到着する前に、発砲したことも考えられます。4発目が本当に植え込みの角にかすっているなら、犯人はこれも長官に命中させようとしていたことになりますが、問題はこの推定を導き出した根拠が、唯一、長官の至近距離にいた秘書官の証言だけだということです。科学的に証明されているわけでもない。中村の言の方を信じるなら、威嚇用にわざと外して撃った弾丸は、隅田川方向に飛び去り、川に落ちたと見られますね」

中村と秘書官のどちらが正しい内容を証言しているのか。ちなみに、この秘書官は、95年3月23日に、アクロシティFポートで、不審な男を目撃している。この日は、オウムへの一斉強制捜索が行われた翌日で、中村が国松長官の動静を探るため、本格的な偵察活動を始めたという日だ。その秘書官の供述内容は次のようなものである。

「23日の朝、Fポートに、黒いコート姿にショルダーバッグを肩にかけた、60歳くらいの田舎のおじさん風の人間がいて、こちらの様子を窺っていました。アクロシティの住人には似つかわしくない風体だったので、不審に思い、警備要員に職質させようと思いましたが、彼らは護衛車両に乗っており、振り返ると、もう男は姿を消していたのです。また長官が丁度、Eポートの階上から降りてきたこともあり、そのまま長官をお迎えしました」

この秘書官は、後日、中村のニュース映像を見て、驚愕《きょうがく》したという。

「俺があの時、見たのはこの男だ」と。

東京地検特捜部長の会見

時間が迫っていた。

中村が国松長官襲撃実行グループの一員であることは間違いなかろう。ただ、本人が自供している通り、狙撃役だったのかどうか……。拳銃・銃弾の調達や計画立案を行った支援役ではないのか。

検事たちの判断は揺れた。しかし、この決断を下さなければならない時が刻一刻と近づいていたのだ。狙撃役との確証は得られずとも、とりあえずは、犯行グループの一員として、起訴に踏み込むかどうか。実行犯の特定は起訴後の補充捜査で行うというもので、２００４年のオウム信者に適用されたパターンに近い。あるいは、自供通りの狙撃役としての確証が得られなければ、不起訴で捜査を終えるか。

前代未聞、極めて異例の展開を辿った「長官狙撃事件」。検察に発せられたその告発の行方は――。

２０１０年10月25日、午後４時45分。東京地検の堺徹《さかいとおる》・特捜部長は、司法クラブ加盟の記者らを前にこう切り出した。

「中村泰を今日付けで不起訴処分とした。嫌疑不十分という判断である」

会見室で小さなどよめきが起こった。

「本来は不起訴の理由は発表しないが、本件は、警視庁が時効完成後に送致してきている事件であることや、被疑者が自白していること、また事案の重大性から、不起訴の理由について、できるだけ発表することにした。告発の受理は10月１日。中村の時効完成は10月27日午前零時である」

「嫌疑不十分とした理由は何ですか」

記者から質問が飛ぶ。

「中村は犯行を自白しているが、その信用性に疑義があるうえ、中村を犯人と認めるに足る証拠がない」

「疑義とは具体的にどういう点ですか」

「中村が供述する狙撃の状況が、秘書官らの供述から認められる状況と明らかに異なる。また供述している動機についても、論理の飛躍があり、不合理と認められる」

弾道捜査の推定結果の不確かさについては、すでに述べたので、ここでは繰り返さない。

堺特捜部長はこうつづけた。

「中村の聴取は複数回行った。自白の信用性を吟味する上で必要な時間をかけたつもりだ。警視庁からは、捜査の状況や結果について、証拠資料を取り寄せて検討し、必要に応じて、秘書官や警護の警察官など関係者からも事情を聴いた」

一人の記者がこう質《ただ》した。

「警視庁が15年かけた捜査を1ヶ月で終わらせるのは、短すぎるとの批判も出ると思いますが」

「警視庁は、中村を対象にした捜査に相当な時間をかけており、必要な捜査資料は取り寄せて、検討した。1ヶ月の短時間ではあったが、私どもが処分するに必要な捜査は遂げたと考えている」

「中村の供述に〝秘密の暴露〟はないのですか。事件二日前の警察幹部の訪問とか……」

当然の質問である。しかし、それに対し、特捜部長の答えはそっけないものだった。

「犯人だけが知り得るものではないと判断した。現場を下見した犯人にしか供述し得ない話を、中村が供述したとまでは言えない」

そしてこう言って、会見を打ち切ったのである。

「中村は外形的、具体的に詳細な自白をしているので、まったく嫌疑がない事案とは言えない。そのため、嫌疑不十分とした」

〝秘密の暴露〟への判断は到底、納得しがたいものだった。この特捜部長会見が終わった後、筆者は捜査の内幕について確かめるべく、検察庁の最高幹部の一人に連絡を取った。彼は、私が無念の思いを抱いていることを充分承知しており、慰めるような語り口でこう明かしてくれたのである。

「担当の主任検事は、中村が襲撃実行グループの主要メンバーであるとの心証は得ていた。ただ、本人が自供している通り、狙撃役だったかどうかの見極めが最後までつかなかったんだ。個人的には、狙撃役は『ハヤシ』と呼んでいる共犯者の方で、中村は支援役ではないかという判断に傾いていたようだ」

私はこう聞き返した。

「しかし、狙撃役である可能性も否定し切れていないのでしょう。それに犯行グループの一員であることが明確で、検事もそう思ったというなら、とりあえず時効前に起訴して、あとは公判で役どころを特定するという方法もあったんじゃないですか」

しかし、これに対し、検察幹部はきっぱり撥《は》ねつけた。

「それでは、ダメなんだ。中村本人が狙撃役だと自供している以上、その筋で裏付けをきちんと取れないかぎり、訴追はあり得ない。もし公判の中で違う証拠が出てくると、とんでもないことになる。実行グループの一員だというだけでは起訴できないんだ。自供に沿った形で立証する。それが我々の本分だ」

「それにしても、事件二日前の〝秘密の暴露〟の評価について、判断が厳しすぎます」

「起訴しない、嫌疑不十分で不起訴処分だと決めた以上は、中途半端なことはできない。『秘密の暴露があり、犯行グループの一員と思われるが、狙撃役との確証が得られないので、不起訴にする』なんて言えるわけないだろう。不起訴にすると決定した以上は、徹底的に証拠価値の評価をネガティブなものにするしかないじゃないか」

承服し難い話だが、それが検察の論理といわれたら、それまでだ。私はもう一つ、気になっていたことを尋ねた。

「ロスの銃砲店にある中村のナイクラッド弾の検証はどうしたのでしょうか。回収して、日本で実物を検分したんですか。遺留弾頭との比較検証は――」

私の質問を遮《さえぎ》るように、彼は言った。

「それには及ばなかった。確認したところ、その銃砲店は、中村のナイクラッド弾と、他から仕入れたナイクラッド弾を混ぜて、保管してしまっていた。つまり管理状況が悪すぎて、どこからが中村のもので、どこからが別の人間から持ち込まれた弾なのか、証明できなくなっていたんだ。そうなった以上、証拠価値はもはや認められない」

検察の判断を非としたのは、私だけではなかった。告発の主、N弁護士もまた「不起訴処分は不当である」として、翌日の10月26日、ただちに検察審査会に不服審査の申し立てを行った。時効が直前に差し迫ってはいるが、まだ完成していない以上、法的には申請可能だ。事務局の人間は前例がないケースに困惑しながらも、即日、これを受理した。中村の公訴時効完成の8時間前のことだった。

その後、この審査の申し立ては、東京第六検察審査会に係属することが決まった。

小沢一郎・元民主党代表の「強制起訴」議決で何かと話題となった検察審査会だが、この中村の事案ではどのような判断を行ったのか。これについては、申し立てを受理しておきながら、事実上、審議を放棄したのである。

「議決の趣旨
本件不起訴処分は相当である」

「議決の理由
本件については、平成22年10月26日をもって公訴時効が満了しているため、上記趣旨のとおり議決する」

この極めて簡略的な議決の内容が記された「議決通知書」が東京第六検察審査会からN弁護士のもとに送られてきたのは、２０１０年12月16日のことだった。N弁護士はこう語り、落胆の色を隠せなかった。

「議決の趣旨は不起訴処分相当ですが、その理由は公訴時効満了ですので、証拠の審査を一切していない、いわゆる門前払いをしたものです。これでは、検察官が公訴時効満了近くまで処分を引きのばした場合は、検察審査会に審査請求をしても無意味になります。今後は、この件を教訓とし、公訴時効満了前に審査請求した場合は、公訴時効が中断するという法改正しか対抗方法はありませんね」

いずれにしろ、これによって、中村泰という男をめぐる大捜査の物語は終焉《しゅうえん》を迎えた。「司法執行機関による刑事処分の実施という観点での真相究明は完全に潰《つい》えたのである。

エピローグ　ゲバラになれなかった男

〈フィデル　私は今、いろんなことを思い出している。マリアの家で初めて君に出会った時のこと。革命戦争に誘われた時のこと。君から〝死んだら、誰に連絡すればいいか〟と訊《き》かれた時、現実に死を突きつけられ、慄然《りつぜん》とした。しかし、それは後に真実と知った。真の革命であれば、勝利か、さもなければ、死しかないのだ。今、世界の他の土地で、ささやかな私の助力を求めている国がある。別れの時がきたのだ。たとえ、私が異国の空の下で死を迎えても、私の最期《さいご》の思いはキューバ国民に向かうだろう。とりわけ君に〉（1965年10月3日　チェ・ゲバラがフィデル・カストロに宛《あ》てた『別れの手紙』より）

「このたびの検察、検察審査会の対応は残念でした。ただひたすら真相解明を目指し、奔走されてきた貴兄や『中村捜査班』の捜査員たち、ならびに刑事告発を行ったN弁護士の無念の思いは、察するに余りあります。私が供述した内容について、変遷《へんせん》や事実と食い違う点があるとのことのようですが、10年余の歳月が経《た》てば、細部が曖昧《あいまい》になってしまうのも仕方のないことです。そういう瑣末事《さまつじ》で揚げ足を取って、重大事件の真相を封印してしまうのは理不尽なことと言わざるを得ません」

淡々としながらも口惜しさをにじませた文面。その後、中村からは幾度か手紙が届いたが、刑事告発に対する検察の処理や、検察審査会の議決に関しては、概《おおむ》ねこのような反応を見せていた。そこには、私や「中村捜査班」への気遣いが感じられた。私も無念の思いを抱く人々のことを考えると、慚愧《ざんき》の念に堪えない。一部の公安幹部によって、意図的に歪《ゆが》められてしまった長官狙撃事件の捜査。オウム真理教の組織的犯行であったとの誤ったイメージが流布《るふ》され、あたかも事実であるかのように喧伝《けんでん》されてしまった。私が本書を著したのは、それを糾明し、歪曲《わいきょく》された虚偽の歴史を是正するためだ。これによって〝事件の正史〟となる真実の記録を世に残したいと切望したからである。それが本件の真相解明に苦心惨憺《さんたん》の思いで懸命に取り組んだ人たちへの鎮魂にもなるはずだ。中村は共犯者ハヤシについては、こうも綴《つづ》るのだった。

「東京地検の検事が語ったように、ハヤシについての供述拒否が、起訴に向けた最後にして最大の障壁になることは承知していました。しかし、それでも私は同志について、口を閉ざす道を選ぶよりほかなかったのです」

ついに、中村が公《おおやけ》の場で、本件決行の真意を語り得る機会は訪れなかった。チェ・ゲバラのように生きるため、思い描いた「ニカラグア革命防衛戦争への外国人義勇兵としての参戦」、「特別義勇隊結成」、「オウム第7サティアン爆破」。どれも成し遂げられず、挫折《ざせつ》の連続だった中村という男の裏面史。その男が唯一《ゆいいつ》、ゲバラのように〝義挙〟を完遂できたと内心誇っていたのが、「長官狙撃事件」だったのである。しかし、真にゲバラになるためには、公の場でこの動機を明らかにし、広くその行動の軌跡を世に知らしめ、認定されなければならなかったのではないか。もっとも、それも世人の感覚からすれば、病的に倒錯した心理であり、歪んだ陶酔感に満ちた独善的理屈にすぎないのであるが。

ゲバラになる最後のチャンスを逸した男の悲嘆。その念を呑《の》み込んで、彼はこの不条理劇の結末を受け容《い》れようとしているようであった。そして、「ゲバラになれなかった男」は、あの鎖で繫《つな》がれたような生活を送り、不毛の地でやがて最期の時を迎えるのである。こうして、そも本人が望んだように、歴史の闇《やみ》に埋もれていくのだ。

そして、ハヤシもまた〝幻の男〟のまま、犯罪史の表舞台に出ることもなく、まるで幽霊のように、消えゆくのである。

光と闇

「なんや、まだこの事件、追いかけてんのか。あんたもほんと、しつこいな」

２０１２年春、大阪・ミナミの飲食店街。煌《きら》びやかなネオンが輝く歓楽街の中でも、スナックが軒を連ね、場末感が漂う盛り場の一角にある焼肉屋に私たちは入った。この大阪府警の刑事と会うのは、３年ぶりのことである。

ヤニがしみついた壁に囲まれた店内には、仕事が終わったばかりのホステスたちの嬌声《きょうせい》が響いていた。

「ほら、これがあんたのお望みのもんや。見せるだけやで。コピーはあかん」

肉を焼く煙が立ちのぼる中、刑事は一枚の紙を差し出してきた。こうして私は大阪府警が作成したある捜査資料を見ることができたのである。はやる思いを抑えて、その一枚の紙を受け取ると、食い入るように目を落とした。

福々しい、微笑をたたえたような顔。丸顔で、眼鏡をかけたその容貌《ようぼう》は、見る者に安らぎを与えてくれるかのような福相だった。私が追い続け、思い焦《こ》がれた男、ハヤシ。そこには、名張のアジトで唯《ただ》一人だけ、この〝幻の男〟を目撃した隣家の主婦の証言に基づく、ハヤシの似顔絵が描かれていたのである。但《ただ》し書きによると、主婦は、「完成度は80％」と証言していた。

「ほら、そこ焦げてるで。はよ食わんと」

そんな声はもはや耳に入らなかった。私の目はしばし、その似顔絵に釘付けとなっていたのである。

まるで警戒心を人に与えないような、ふくよかで優しげな顔。これがあの苛烈《かれつ》な思想と行動力の持ち主であるハヤシなのか。似顔絵描きの警察官が達者だったこともあるのだろう。その面貌の周囲からはまるで明るい光が幾筋も発せられているように感じられた。大仰な表現を許してもらえば、神々《こうごう》しく後光が差すかのように。

刑事と別れた後、私は一人、道頓堀《どうとんぼり》川にかかる戎《えびす》橋界隈《かいわい》で、ネオンの光が溶ける、黒く汚れた川面を見つめていた。その川幅は、あの不毛の捜索が行われた神田川と同じくらいだろうか。4発の轟音《ごうおん》が鳴り響いた隅田川よりははるかに狭かった。

「だから、私は、南千特捜本部の捜査員たちに初期段階から、アメリカのATFの捜査を何より最優先しないといけないと言っていたんです。あの拳銃《けんじゅう》は絶対、アメリカで調達されているはずですからね。ATFに照会し、8インチ銃身のコルト・パイソンの購入歴のある日本人名の人物をすべてリストアップし、捜査対象としてつぶしていかないとダメだと、進言しつづけたんですよ」

私は、一連の取材の中で、こう語ってくれた、科警研の関係者の話を思い出していた。かえすがえすも、この関係者の言う通りなのであった。

「パイソンでも8インチのものとなると、銃社会のアメリカでさえ、レアーな拳銃で、そんなに持っている人は多くないんです。これを購入したすべての日本人、東洋人らしき人物の名前をリスト化し、捜査対象にすべきだと提言しました。この事件は、最初からオウムと決めつけず、本来、拳銃から入っていかなければならなかったのです。拳銃事件とは、いくら捜査が難航していても、このブツの捜査を尽くせば、往々にして、そこから犯人に辿《たど》り着けることが多いものなんですよ。そして思いもしなかったホシが挙がることもある。最初に、ATFに照会し、浮かび上がった全《すべ》ての日本人を調べていれば、この事件の捜査はその後、全く違う展開となったはずです。中村が騙《かた》った『テルオ・コバヤシ』の名前も浮上したことでしょう。これが他人に背乗《はいの》りした偽名だということが判明するのは時間の問題でしょう。特捜本部はこれを怪しみ、何者なのか、必死に解明を試みて、独自の力で中村に辿り着けたはずです。こうしていれば、事件は全面解決となっていた。しかし、南千特捜の公安幹部たちは、『そんなことをしたら、膨大な数の人間が出てきて、捜査不能に陥る』と取り合わなかった。しかし、そんな大人数になるわけがないのです。『中村捜査班』はATF捜査を尽くし、中村のパイソン購入の裏付けを取りましたが、それは2008年に入ってからのことでした。あの2004年のオウム信者の誤認逮捕を許してしまった後では後の祭り。それでは遅すぎたのです。あの過《あやま》ちを犯してしまった以上は、もう南千特捜本部は死に物狂いで中村の線を潰《つぶ》しにかかるしかない。全容解明への気力や情熱など望むべくもなかったのです」

そして最後にこう付け加えたのだ。

「8インチ銃身のコルト・パイソンという数少ない拳銃と、フェデラル社製のナイクラッド357マグナム・ホローポイント弾という希少な弾薬。この考えられないほど極めて稀有な組み合わせの凶器を所持していた者こそが長官狙撃事件の真犯人なのです」

日本警察の最高指揮官が銃弾に倒れ、瀕死《ひんし》の重傷を負わされた「警察庁長官狙撃事件」。日本の治安神話が根底からこなごなに叩《たた》き壊された、世界でも類例を見ない重大事件は未解決という恥辱にまみれたまま、犯罪史にその〝戒名〟を留めることになった。

日本の銃器犯罪の捜査を牽引《けんいん》してきた科警研の関係者の慨嘆。それは、15年の長きにわたり、南千特捜本部の捜査が迷走に迷走を重ねた理由と、平成最大のミステリーといわれた事件の謎《なぞ》を解く、すべての答えのようにも思えた。

〈シリアル№. T49604〉〈ATF№. F4473〉

波頭をたたく音をあげ、冷たい夜の海に飛び込んできたカーボン・スティールの物体には、かつてこの識別番号が付されていた。ゆらゆらと沈んでいくそれは海面近くではまだ海中に差す月明かりでかすかに青みが見えた。通称コルト・ブルーと呼ばれるロイヤル・ブルー仕上げ（黒色光沢仕上げ）の黒い銃身は、燦々《さんさん》と降りそそぐ太陽の光の下では、青みがかった不思議で美しい光沢を放っていたのだ。

しかしそれは黒い海を静かにゆっくり沈みゆき、今や闇の色に染まってしまった。ゆらゆらゆらゆらと深く深く沈下をつづけ、やがて地の底に至る。そこはもはや光の届かない世界で、銃身があの美しい光沢を放つことは永遠にない。あとは気の遠くなるような無限の時間の中、徐々に腐食を進め、線条痕《こん》ばかりか、その全身をみにくく赤茶色に染めて、錆《さ》びゆくばかりである。かつて怜悧《れいり》な刃で苛烈に〝悪の華〟を咲かせた男が、不毛の煉獄《れんごく》に堕《お》ち、老残の身を朽ち果てさせていくのと同じように。

銃弾が叩いた扉。それが開いた先に彼を待っているのは、あやめもわかぬ暗闇だった。

（本文敬称略）

＊参考資料①　中村が捜査当局に提出したものに一部を書き加え、筆者に送ってきたもの

長官狙撃事件について供述するに至った経緯

以前に私が作成した「1994〜5年の事態の推移」文書の末尾部分に記したように、警察庁長官暗殺作戦には二つの大きな目的があった。

そのうち当面の緊急のものは、坂本弁護士一家殺害、松本サリン事件等の凶悪犯罪を繰り返していたオウム真理教というテロリスト集団に対して、地下鉄サリン事件以後も未《いま》だに腰が引けている警察を奮起させ敢然と立ち向かわせることであったが、これはほぼ所期の効果を挙げたといえる。

もう一つは、松本サリン事件という前代未聞《みもん》の化学兵器テロが発生したにもかかわらず、なんら実効ある対策を講じなかったため、遂に地下鉄サリン事件という大惨事の発生を阻止できなかった警察の失態に対して、その責任を糾弾することであった。

しかしながら、これら二つのうち、前者は完全に実態を秘匿《ひとく》偽装して実行する謀略工作であるのに対して、後者では真相を明らかにして報道機関等に公表する必要があるため、相互に矛盾するから、同時には両立しない。

そこで、われわれの目論見《もくろみ》では、当初は警察はオウムの所為と判断してその制圧と追及に捜査の努力を集中するであろうが、やがて時日が経過するに従って長官事件については何の裏付けも得られないことから、オウム犯行説には疑問を抱くようになるであろう。そういう傾向が目立ってきた頃合いを見はからって、事件の実況を詳細に記述した文書を添えた弾劾状《だんがいじょう》を主要報道機関へ送ることを計画していたのである。

後日、こうした文書の信憑性《しんぴょう》を補強するために、事件に使用した物と同種のNyclad弾を添付するのが効果的であると思い付いたものの、その時には既に手持ちの残弾は使用銃器と共に投棄してしまっていたので、当時、賃借していたロサンゼルス市内(2600W.6th St.)のA-American self-Strgの貸倉庫(№.580)内に保存していた同種の弾薬をそれに当てることにした。

しかし、未使用の実弾をそのまま持ち込むことは非合法行為であるから、万一の危険を避けるためには、同じ倉庫内に保管していた多数の銃器の中に含まれていた357マグナム口径の(弾体に残る腔旋痕《こうせんこん》が類似する)コルト・パイソン型回転式拳銃にそれを装塡《そうてん》してマットレス等に撃ち込み、その弾丸を回収して持ち帰るのが最も安全面で望ましいと考えていた。

ところが、オウムの捜査が一段落した後も、一向に教団の犯行に疑問を呈するような報道が目立たないままに翌年（'96年）になると、信者とされるK（原文は実名）巡査長が犯行を自供したという報道が流布《るふ》され、いわゆるK騒動が起こるに至って、われわれの当初の計画は全く狂ってしまった。

こうした騒ぎの中で新たに声明文の類いを出したところで、状勢に便乗して何か事態の攪乱《かくらん》を企てる輩《やから》が策動しているかのように見なされて、とうてい所期の効果を挙げることはできないと判断された。それに、その頃、私は関西へ転居することになっていて、これは実質的には隠退を意味するものであるから、もはや長官事件はこのまま闇《やみ》に葬《ほうむ》ってしまい、これ以上かかわることは止めようという結論に達したのであった。

その後は、この方針に従って事件には触れることなく過ごしてきたが、しかし、いくつかの文献には、この狙撃事件が警察に対する大きな刺激となってオウム真理教への制圧行動を強力に推進させる結果になった事実が記載されていたので、身を挺《てい》してそれを敢行したわれわれの存在が全く世に知られないままに消えてしまうことに多少とも心残りをおぼえていた私は、あくまで個人的な立場ながら、事件の内容を部分的に変容させるなどして詩的に表現することによって、そうした鬱屈《うっくつ》した思いを晴らしていたこともあった。こうして歳月の経過と共に事件に関する報道も希《まれ》になり、社会の関心も薄れていった。

02年11月、私は名古屋のＵＦＪ銀行押切支店で、拳銃強盗の現行犯として逮捕されるという醜態を晒《さら》した。もし私が以前のとおり戦闘員としての意識を維持していたならば、身の安全を保つためには仮借なく警備員を撃っていたに違いない。もちろん、これは相手を射殺するのではなく（そのような必要は全くなかったので）、単に抵抗を抑制する程度に負傷させるという意味であるが、しかし、既に引退して数年を経ていた私には、もはや目の前にいる丸腰無抵抗の人間を敢《あ》えて撃つほどの猛々《たけだけ》しさは失われていた。普段、庭いじりなどして日を送っている年寄りが、数時間で忽《たちま》ち戦闘員に復活変貌《へんぼう》することなどできるものではないと、事前に旧同志から警告されていたとおりの結果になったのであった。

この強盗事件の公判中、03年10月に突然「週刊新潮」のスクープ記事によって、長官狙撃《そげき》事件と私との関連が大々的に報道されて驚愕《きょうがく》したのである。前述のとおり、私は自分が決起して遂行し、それなりに奏功した特別義勇隊の理念にふさわしい作戦行動が人知れず葬られてしまうのは残念でもあったし、さらに週刊誌等の報道内容には事実に反する記述も多く、特にこのような重大事件の動機ともなると甚だあいまいで、とうてい世人が納得できるものではなかったから、訂正されなければならないことは数多くあった。

しかも、本来の目的の一つは未だに達成されないままになっていたのであるから、これを潮に真相を公表したらどうであろうかという考えも生じていた。しかし、隠退時に、それまで共闘してきた同志と、この件はこのまま封印してしまうことで同意したのであるから、それを自分勝手に破るわけにはいかなかった。

それに、週刊誌の報道記事を見るかぎりでは、明らかな誤りも多く、どうも立件するに足るだけの証拠が出ているとも思えなかった。そもそもそういう証拠を消滅させるために、わざわざ銃器と弾薬を回収不能な海中に投棄したのであるし、また、そのときには事件前後の詳細な貸金庫開扉《かいひ》記録を捜査当局が入手していたことは全然知らなかったのである(あるいは当局の入手時期も、もっと後だったのかもしれない)。

とにかく早まって下手な動きをすれば、かつてのK巡査長と同様に、マスコミによって興味本位の対象とされ、弄《もてあそ》ばれただけで終わるという結果にもなりかねない。そこで、取材に対しては、否定も肯定もしないという姿勢で臨むことにした。捜査の実状もわからず、自分自身の態度も決められないのだから、これが適切な対応だと考えたのである。

その後、銃刀法違反事件で警視庁に逮捕されてから知ったのは、公安部が長官事件への私の関与を否定しているというか、私の介在を拒否しているという事実であった。捜査一課の担当者が事件の解決に並々ならぬ熱意を注いでいるのはわかったが、肝心の南千住署の捜査本部が拒絶しているのに、私のほうから、いわば強引に自分を売り込むような行為は馬鹿《ばか》々々しいかぎりだと感じたので、供述調書の作成には応じなかった。それに、私には差し当たって起訴されている銃刀法違反事件の公判への対処に集中したいという思惑もあった。

ところが、その初回の公判の直後に、今度は三井住友銀行都島支店における強盗事件で大阪府警に逮捕された。これは身に覚えがないことなので、いったいどういう結末になるのかと、むしろ興味を持って成行きを見守るようなところもあったのだが、意外にも結果的には有罪が確定してしまった。これには弁護活動にかなりの不手際《ふてぎわ》があったことが影響した点はあるが、しかし、冤罪《えんざい》には違いない。

あるいは、長官事件が立件されないのであれば代わりにこちらの強盗事件で有罪にしてやるというような底意が潜んでいたのかもしれないし、また、穿《うが》ちすぎともいえようが、この事件で示された犯人の卓越した射撃技量が私に長官事件における狙撃者の役割を振り当てるための要件として必要だったからとも推量できなくもない。

刑事裁判についての疑念はしばしば見聞きしてはいたが、それを自分が身をもって体験することになるとは思い及ばなかった。ともかくも強引なこじつけが目立つ一審判決であったが、上級審までがその点を黙過したことには全く納得しがたいものがある。

このような粗雑で強引なやり方は、この裁判所だけに限らず、警察の行為にも見られた。04年7月に、警視庁は長官事件の容疑者としてオウム関係者4名の逮捕を強行したのである。

私は警察（公安部）のこの愚劣な行為に呆《あき》れると同時に、麻原彰晃如《ごと》きにたぶらかされた連中に、われわれが義勇の志に基づいて敢行した行動を横取りされるような形になったのは残念だという感情を抱いた。それにはまた、戦闘員としての訓練を積んできた者にして初めて遂行できるような作戦行動が、オウム信者のような素人風情《しろうとふぜい》に実行できるものかという自負もあった。

それに加えて私には、日本人は同胞が外国へ拉致《らち》されても無関心でいたり、毒ガステロに襲われても決然として対抗することもできないほど無気力だと見られては悔しいではないかという思いが長く続いていた。したがって、長官事件を含め、われわれ特別義勇隊結成を志していた者の軌跡を社会に示したいという潜在的願望は常に存在していたのである。

しかしながら、大阪の裁判では一般社会も報道機関も関心が薄く、また状況からしてもその種の理念的な主張ができる場は殆《ほとん》どなかった。まして公判が終了した現在では、そのような機会は全くない。そこで、もはや先の短い身にとって最後の主張を開陳するためには、再び中央の地で広く関心を集められる状況を速やかに作り出すほかない。

それが、長官事件で公判の場に立つことによって目的を達するために、事件についての供述をすることになった理由であるが、しかし、それは決して一時に決意したものではなく、「週刊新潮」の報道以来、心情面でも環境面でも紆余《うよ》曲折を経た後に、ようやく到達した結論であった。

2008年10月23日

＊参考資料②　事件関係年表

●1995年	
3月20日	地下鉄サリン事件
22日	警視庁を始めとする警察による、オウム真理教関連施設の一斉捜索
30日	国松警察庁長官狙撃事件発生
5月16日	麻原彰晃を逮捕
●1996年	
5月	K元巡査長が、警視庁公安部の聴取に犯行を認める供述
10月14日	K元巡査長に関する匿名《とくめい》の告発状が報道機関に届く
24日	二度目の告発状が報道機関と検察官などに届く
25日	供述内容の一部が報道される
27日	K元巡査長が拳銃《けんじゅう》を捨てたと供述した神田川の捜索を開始
11月28日	K元巡査長が懲戒免職
12月3日	井上幸彦警視総監が辞任

20日　神田川の捜索打ち切り

●1997年

1月10日　K元巡査長を地方公務員法違反で書類送検

3月31日　国松長官勇退

6月17日　東京地検、K元巡査長の狙撃《そげき》事件での立件は困難との見解を表明

●2002年

警視庁公安部、長官狙撃事件の特捜本部の体制を立て直し、K元巡査長への接触を始める

11月22日　中村泰、UFJ銀行押切支店で現金輸送車襲撃を企て、愛知県警に逮捕（名古屋事件）

●2003年

4月　「スプリング8」で、K元巡査長のコートから「射撃残渣《ざんさ》」を検出。事件現場で採取されたものの成分と一致しているとして矛盾しないとの鑑定結果が出る

7月　愛知県警、大阪府警、警視庁刑事部捜査一課の合同捜査班が、三重県名張市の中村のアジトを捜索。長官狙撃事件への関与を疑わせる

8月21日　資料を押収《おうしゅう》。すぐに公安部主管の狙撃事件特捜本部に提報
愛知県警、大阪府警、警視庁捜査一課の合同捜査班が、中村泰の新宿の貸金庫を捜索。多数の銃器を押収。同日、愛知県警、大阪府警、警視庁捜査一課による合同捜査本部が設置される

●2004年

2月12日　警視庁捜査一課、銃刀法違反などの容疑で中村泰を逮捕
6月11日　大阪府警、別の現金輸送車襲撃事件（大阪都島事件）で中村泰を逮捕
7月7日　南千の特捜本部を主導する警視庁公安部公安一課、国松長官狙撃事件に絡《から》みK元巡査長ら元オウム信徒3人と、別の事件の容疑で元信徒一人を逮捕
28日　東京地検、4人を処分保留として釈放
8月　警視庁捜査一課、中村への捜査を一時、打ち切り
9月17日　東京地検、国松長官狙撃事件などで逮捕された4人を不起訴処分とする
10月　警視庁捜査一課、中村への捜査を再開

●2005年

2月　警視庁捜査一課、中村への捜査を完全に打ち切り

●2007年

3月　警視庁捜査一課、中村への疑念をぬぐいきれず、またもや捜査を開始する。しかし、中村は狙撃事件について、明確な供述をせず

秋　中村、国松長官狙撃事件について「私が長官を撃ちました」と自供。事件についても本格的に語り始める。捜査一課、アメリカに捜査員を派遣

暮れ　警視庁、特捜本部内に公安部公安一課員と刑事部捜査一課員で構成された「中村捜査班」を結成。中村に対する、狙撃事件に関しての本格的な捜査が開始される

●2009年

4月　「中村捜査班」、銃や弾など、アメリカにまで亘《わた》った国松長官狙撃事件に必要な裏づけ捜査をほぼ完了させる

10月　国松長官狙撃事件特別捜査本部を主導する公安部、K元巡査長を任意で事情聴取

12月 東京地検と警視庁上層部は、事件を公訴時効とし、立件を断念する最終方針を確認

●2010年

1月18日 米村警視総監が勇退

3月30日 長官狙撃事件が時効を迎える。立件できなかったにもかかわらず、警視庁の青木公安部長は「事件はオウム真理教による組織的な犯行と特定した」との談話を一方的に発表。その捜査内容の要旨を公表する

10月1日 「中村捜査班」は時効延長も視野に入れ、捜査を継続

都内の弁護士が、中村が長官狙撃事件の真犯人である可能性が濃厚として、東京地検に刑事告発（第三者告発）。中村が犯人とすれば、事件後の海外渡航のため、未だ公訴時効は完成していないとした東京地検はこれを受理する

10月12日 東京地検特捜部が岐阜刑務所に検事を派遣し、中村への事情聴取に着手（14日まで連続で行われた）

10月25日 東京地検特捜部は中村を不起訴処分とする

10月26日　前記の弁護士が、不起訴は不当として、検察審査会に審査を申し立てる。東京第六検察審査会がこれを受理

10月27日　午前零時　中村が真犯人としても公訴時効が完成

12月16日　東京第六検察審査会は、公訴時効を理由に、中村の不起訴処分は相当と議決。申し立てを受理しながら、その後、時効を迎えたとして、実質審議は一度も行わなかった

※参考資料③ 現場見取り図と中村の貸金庫の開扉状況一覧表

アクロシティ 銃撃現場見取り図

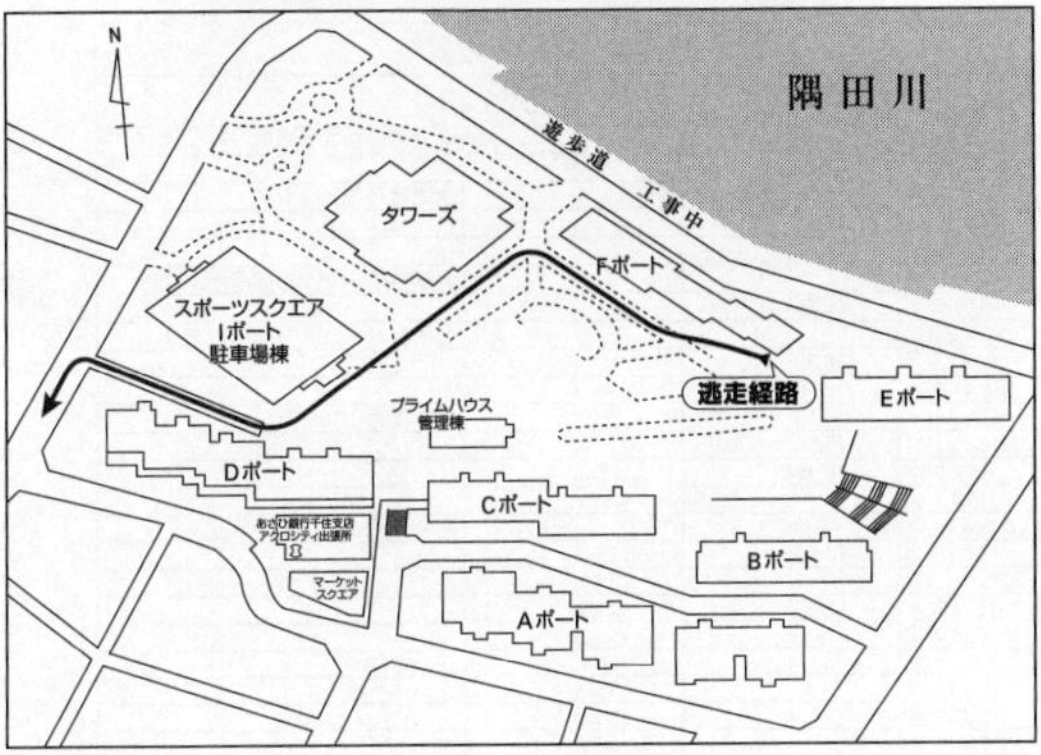

貸金庫開扉状況

貸金庫開扉状況一覧表

No.	年月日	曜	金庫番号6051	金庫番号6028	金庫番号6080	金庫番号5220	備考
1	H4.4.~~20~~21	~~月~~火	14:30				金庫番号6051契約
2	H4.4.22	水	14:28				
3	H4.9.28	月	15:45	契約			金庫番号6028契約
4	H4.12.7	月	16:35				
5	H5.1.12	火	12:55				
6	H5.4.19	月					金庫番号6051の領収証あり
7	H5.6.30	水	10:35				
8	H5.9.20	月					金庫番号6028の領収証あり
9	H5.10.25	月	16:30				
10	H6.1.19	水	16:50				
11	H6.1.26	水	14:10		14:10		金庫番号6080契約
12	H6.1.31	月	11:50		11:50		
13	H6.2.9	水	16:48		16:00		
14	H6.4.1	金			15:35		
15	H6.4.18	月					金庫番号6051の領収証あり
16	H6.5.13	金	13:50		13:50		
17	H6.5.25	水			16:55		
18	H6.6.1	水	12:30		12:25		
19	H6.6.7	火			11:33		
20	H6.7.8	金			15:48		
21	H6.7.11	月			9:50		
22	H6.8.12	金			13:35		
24	H6.8.18	木			15:15		
25	H6.9.19	月					金庫番号6028の領収証あり
26	H6.10.3	月			15:40		
27	H6.10.17	月			10:12		
28	H6.10.26	水			16:25		
29	H6.11.14	月			14:44		
30	H6.11.17	木			16:30		
31	H6.11.25	金			16:30		
32	H6.11.29	火			14:00		
33	H7.1.30	月			9:45		
34	H7.2.9	木			12:08		
35	H7.2.10	金					金庫番号6080の領収証あり
36	H7.3.13	月			14:40		
37	H7.3.23	木	9:40				
38	H7.3.28	火			9:46		
39	H7.3.28	火			13:10		
40	H7.3.30	木			9:26		
41	H7.4.11	火			16:45		
42	H7.5.10	水					金庫番号6051の領収証あり
43	H7.5.17	水			16:25		
44	H7.6.16	金			12:32		
45	H7.7.10	月			16:40		
46	H7.7.25	火			11:40		
47	H7.9.22	金	15:51		15:51		
48	H7.9.25	月	16:37	解約			金庫番号6028解約
49	H7.10.11	水	16:30		16:30		
50	H7.10.25	水			14:57		
51	H7.10.27	金	16:18		16:18		
52	H7.11.20	月	14:36				

解　説

立　花　隆

必要があって、オウム真理教関係の文献を読み直している。直接には「警察庁長官狙《そ》撃《げき》事件」の〝深層〟を追及したとされる本が大宅賞の候補になったのでその予備知識を得るため。これも読んでおかねばと手にとったのが、鹿島圭介『警察庁長官を撃った男』。

警察庁長官狙撃事件は、一時、オウム事件特捜本部にもいた現職警官が「自分がやったかもしれない」と名乗り出たため大騒ぎになった。取調べがすすむうちに話がどんどん怪しくなっていき、ついにその元警察官を訴追できないまま、迷宮入りで終わった。じつはあの事件、時効を迎える直前に、「あれは自分がやった」と名乗り出た不思議な男がいた。

別の事件で大阪で服役中の中村泰《ひろし》という八〇代の老人。一九五六年に警官を射殺して無期懲役刑を受け、二十年間服役。その後、大阪でも名古屋でも銀行襲撃事件を起こし、有罪判決を受けている。他にも何件かの凶悪犯罪の疑いがかけられている奇怪な人物。

中村は射撃の腕も度胸も抜群で頭も切れる。一九四九年に東大教養学部に入学したあと、学生運動に身を投じ、占領下の共産党の地下活動に参加。当時から、犯罪に手を染めるようになり（ペニシリン等の薬品、高級外車などを盗む）、有罪判決を受けて「ノーベル賞級の頭脳の持主と教授に惜しまれ」つつ東大を自主退学。平和条約成立後の日本で革命を起こすべく資金獲得と武器調達（機関銃、バズーカ砲などまで入手希望）を目的として、ますます手広く犯罪に手をそめた。アジトや貸金庫には、驚くほど多彩な銃火器類が隠されていた。実弾射撃の腕もみがいた（アメリカで訓練。日本の山中でも密《ひそ》かに練習）。ゲバラの影響を受け、中南米の革命運動に参加しようとしたこともある。国内で武装蜂起《ほうき》をはかる組織を作ろうとしたこともある。

長官が狙撃されたとき、警察は、犯人はオウムに違いないとの思いこみから見当外れの捜査に終始した。一方、中村は、これを機会に警察組織に積年の恨みをはらした上で、犯人はオウムと思い込ませようと図っていろんな仕掛けをほどこした。

長官狙撃の特殊銃弾のタネ明かしひとつとっても、この事件の犯人が中村泰であることはほとんど疑いがないと思う。

中村は度々海外に渡っており、その間は時効が停止しているから、この事件、時効で終わったと見えて、実はまだ終わっていない。
これだけ面白い本に、ここ数年出会ったことがない。

『週刊文春』２０１１年4月21日号「私の読書日記」より転載
（ノンフィクション作家）

この作品は二〇一〇年三月新潮社より刊行され、文庫化にあたり加筆・修正した。
なお、個人の肩書き、年齢、データ等は原則として単行本刊行当時のままとした。

警《けい》察《さつ》庁《ちよう》長《ちよう》官《かん》を撃《う》った男《おとこ》

新潮文庫　か－65－1

平成二十四年七月一日発行
平成二十七年一月二十日六刷

著者　鹿《か》島《しま》圭《けい》介《すけ》

発行者　佐藤隆信
発行所　株式会社新潮社
郵便番号　一六二—八七一一
東京都新宿区矢来町七一
電話　編集部(〇三)三二六六—五四四〇
　　　読者係(〇三)三二六六—五一一一
http://www.shinchosha.co.jp

価格はカバーに表示してあります。

乱丁・落丁本は、ご面倒ですが小社読者係宛ご送付ください。送料小社負担にてお取替えいたします。

印刷・株式会社光邦　製本・株式会社植木製本所

ISBN978-4-10-136281-6 C0195